吸猫游戏

薄暮冰轮　著

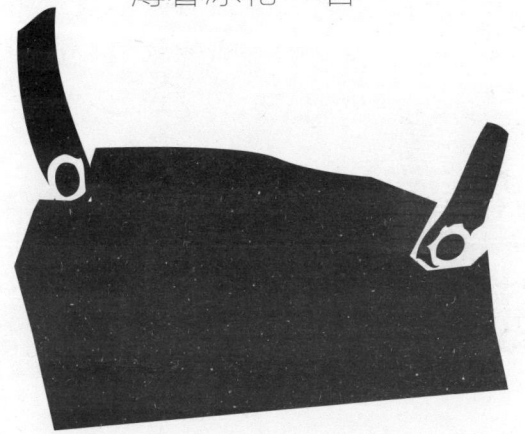

长江出版社
漫娱文化

吸猫游戏

目录 CONTENTS

第一卷 · 脑洞物语

未来昔日	001
萌系童话大冒险	015
寄生访客	045
猎杀异能者	069
饲养人类	100
飞升飞太早	105
听说我是个勇者	111

第二卷 · 巫师与猫

有钱巫师和他的吃醋猫	117
白雪公主和七只矮脚猫	123
绿帽骑士和他的花心橘猫	126
变身的绿帽骑士和他的绿帽橘猫	128
诱捕猫奴巫师的办法	131
一个沉迷撸猫无心熬药的咸鱼女巫	137
丑小猫	141

第三卷 · 撸猫游戏

恶龙与猫	145
美女与野猫	157
有猫的灰姑娘	170
巫师界的三次猫咪战争	176
一个搬砖的亡灵法师	189
名猫大盗	196
吹猫高手	201

第四卷 · 神奇世界

可以说是很丧了	205
如何攻略一个外星小天使	215
一个善于催稿的编辑	244
记一次特别的假期旅行	247
男神恋爱中	262

脑洞物语

○ 未来昔日
○ 萌系童话大冒险
● 寄生访客
○ 猎杀异能者
○ 饲养人类
● 飞升飞太早
○ 听说我是个勇者

震惊！拯救地球的办法竟是逼学渣学习高数；
小鸡误入机关变身小鸭竟开启了新鸭生；
章鱼不仅会吐槽竟觊觎主人的身体已久……
这究竟是暴走的脑洞，还是来到了异想新世界？

PART 1

未来
昔日

让我回到过去，
拯救地球，
也拯救亲爱的你。

"我曾经拯救过世界。"

"……亲,这个玩笑可一点都不好笑。"

"是真的,没骗你。"

"好吧,你是怎么拯救世界的?"

"那要从很多很多年前说起了,你现在有时间吗?"

"没有呢,亲。"

"那你先忙吧,我慢慢打字给你看。"

"好吧……"

"很久以前,具体多久我已经记不得了,可能有五十亿年了吧,那个时候的地球和现在一样繁华。我和你一样,是个淘宝客服,每天要应付各种稀奇古怪无理取闹的客人,恨不得地球现在就原地爆炸。"

"……亲,地球也就四十多亿年吧。"

"哟,你这个淘宝客服还挺有文化的,和当年的我不一样啊。"

"亲,我不是淘宝客服……"

"你现在不忙啦?"

"在忙的!"

"那我继续说。某天停电,我手机也没电了,于是在家找了根蜡烛照明,百无聊赖地准备早早睡觉了。临睡前我坐在桌子边盯着蜡烛看,那蜡烛的光啊,忽闪忽闪的，一明一暗，我也不知道怎么想的，突然有了一个奇怪的念头——要是我把这团火焰吞掉会怎么样呢？"

"会进医院的，亲。"

"就在我这么想的时候，眼前的蜡烛突然熄灭了。我猛地站起来想要找打火机，可是刚一动弹，我发现自己还是坐在椅子上，前面的蜡烛是亮着的。"

"？"

"我不知道发生了什么，还以为自己眼花了，于是又盯着蜡烛看了半天，蜡烛又熄灭了，我又站了起来，然后下一秒，我眼前一花，发现自己依旧坐在椅子上，眼前的蜡烛是亮着的。"

"你这个蜡烛还会自动点亮？"

"呵呵，蜡烛怎么可能自动点亮呢？"

"亲，也有可能是你房间里有鬼。"

"你这个淘宝客服，怎么一点都不讲科学呢？不要迷信，懂？"

"……我真的不是淘宝客服……"

"后来我又试了好几次，每一次都是一样，大概七八次之后，我累得睁不开眼睛，脑袋也疼，只好去睡觉了。这一晚就这么过去了，那时候我没有意识到，其实这是一种超能力。"

"呃，自动点亮和熄灭蜡烛的超能力吗？"

"小同志啊，要透过现象看本质啊。"

"亲，我只是个淘宝客服……"

"哎哟，这下承认你是淘宝客服啦？"

"呸呸呸，不是的，我只是被你带跑了！"

"哈哈哈哈哈哈哈哈哈哈哈哈。"

"亲，我要去忙了，您自便哦，有空把收货地址改一下。"

"不笑你了，我继续说。第二天电来了，加上店里生意越来越好，客人越来越多，我每天忙着工作，就把这件事情当作自己的幻觉放下了。直到有一天，我在去外婆家吃饭的路上目击了一场火灾。可以说，是改变我一生的一场大火。那个时间点我记得很清楚，17:47。地点正是我外婆住的那栋楼。

"当时我全身的血液都凝固了，呆呆地看着大火，看着挤在阳台上求救的居民，里面就有我的外婆。她已经八十岁了，挂在阳台上摇摇欲坠。我不顾一切地要冲进火场，被路人拦了下来。消防车还没有到，可是火已经烧到了阳台上。她从五楼掉了下来，当时就不行了。我跪在她面前，看着燃烧的大火，一种强烈的荒谬感在我的脑中徘徊，我始终无法相信刚才发生的一切。

"那时候我突然有了一个念头——要是我能把这团火吞掉该多好，不要再让它害人了。就在我产生这个念头的时候，眼前突然黑了。当我回过神来的时候，我坐在自己的办公桌前，电脑的右下角显示着时间——17:32。"

"时间倒流了？"

"是的。我从椅子上起来了，听不到同事的叫喊，朝着发生火灾的地方跑去，一路上浑浑噩噩，仿佛在梦里。当我赶到现场的时候，时间是17:38，大火已经烧起来了，没办法冲进去了，周围也已经有人给消防打了电话。外婆出现在了阳台上，我大声喊着她，死命盯着大火，想要再尝试一次，可是怎么也没办法成功。17:47，直到同一个时间，她掉了下来，17:48，我跪在她面前，死死盯着大火，再一次回到了17:32。"

"怎么回事？为什么第二次不灵了？"

"你可以理解为游戏技能冷却。"

"……"

"我给你举个例子吧，假如你在正午12点的时候'吃了'一团火的能量，回到了上午11点，然后回到11点的你又'吃了'一团火的能量，回到了上午10点……以此类推，只要有能量，岂不是能将时间无限倒流下去？"

"呃，好像是的……我有点晕。"

"所以这是不可能实现的啊……你可以理解为你在正午12点'吃了'一团火焰能量，回到了11点，你的'技能'就冷却了，一直到再一次度过12点，你才能继续往前拨动时间轴。你可以在 13 点吃掉一团更大的能量，回到早上 7 点，但是不能从 12 点退回到 11 点后，再往后退一次。"

"有点明白你的意思了。"

"聪明的淘宝客服。"

"……亲，你够了……那后来呢？你外婆……救活了吗？"

"我试了很多次，真的很多次。"

"几次？"

"大概有七八次吧。我试遍了各种方法，可是哪怕一回到 17：32 就立刻打消防电话也来不及救人。那时候我简直是魔怔了，发疯了一样往火灾现场跑，满脑子都是从小到大和外婆相依为命的日子，我一定要救她。最后一次的时候，我几乎已经绝望了，头痛欲裂地坐在桌子前呆了很久，因为我意识到哪怕我有了这样的超能力，我还是救不了她。"

"哎，要是能回到更早一点的时间就好了。"

"是啊，要是能回到更早一点的时间就好了……这个愿望，我一直念了很多年。"

"那后来呢？"

"后来我干了一件要进监狱的事情。"

"？？？"

"太疯狂了，搞不好要被枪毙呢！"

"！！！"

"搞事情，搞事情，搞事情！"

"亲，你到底干了什么？"

"哦，干了票大的。我把我们楼下的加油站给炸了。"

"……"

"炸了加油站之后，那个能量足够大了，我一瞬间就回到了 15：30，距离那场火灾还有两小时。我把外婆带到了自己住的地方，嘱咐她不要出门，然后回到了外婆家附近。当我听到三楼传来煤气爆炸声之后，我立刻就报了火警。所有人都得救了，一个都没有死。"

"亲……其实我还蛮高兴的，可是……有点可怕。"

"哈哈，一开始我也觉得蛮可怕的，毕竟干了从前想都不敢想的事情，那时候特别后怕。可是那又怎么样呢，我外婆活下来了，原本可能会死的人一个都没有死，这不是很好吗？"

"是挺好的，这个超能力很好啊。"

"是啊，那阵子我很得意，干过不少傻事情。"

"？"

"比如看完彩票开奖号码，去炸个加油站回到几小时前去买彩票啊。"

"……我去！我去！我去！"

"所以我再也不缺钱啦，给我外婆买了栋能种菜的别墅，我和她一起住，也不去当淘宝客服了，哈哈哈哈，不用每天面对极品客人好开心，那段时间简直开心得不行。"

"羡慕。"

"不过好景不长啦，这样的好日子没过多久，我作了个大死。"

"啊？"

"有一次炸加油站的时候，失手被抓住了……"

"……"

"被判了四年。上了社会版呢，标题我还会背——《震惊，亿元双色球大奖得主深夜加油站纵火，是人性的缺失还是道德的沦丧？》。"

"噗。"

"我当时真的是想做好事。公路上连环车祸死了好几个人，后来我知道其中一个死者还是非常著名的天才科学家，我想回溯时间抢救一下的。"

"然后你就进监狱了？"

"嗯……蹲了一个月。"

"一个月就放出来了?"

"本来是不可能这么快的,但是发生了一件大事。"

"?"

"外星人入侵地球了。"

"……啊啊啊?"

"你没看错,外星人来了,一群能够在宇宙中旅行的巨型虫族,什么都吃,巨凶。"

"……"

"地球面临着生死存亡的重大危机,人类企图在外太空狙击这群蝗虫过境一样的虫类,但是失败了。它的数量太多,太难对付,光是最先抵达的侦察虫族就把人类折腾得够呛。我在监狱里每天都有看新闻,人类联军节节败退。几个小国已经沦为了宇宙虫族的狩猎场,大国还在勉力支撑,甚至动用了核武器,可除了把地球和虫族一起炸成烟花,还能怎么样呢?"

"那可要怎么办啊?"

"所以为了地球的爱与和平,我站了出来,决定成为……救世主。"

"……"

"我说我能回到过去,但是这个不好证明,因为对'现在'这个时间点的人来说,他们看不到,也什么都不知道。我要证明给'现在'这个时间点的人看,却只能回到'过去'的某个时间点,而且被我改变了的'过去',并不在通往我要证明的对象所在的那个'现在'——因为那个'现在'的人,并没与我做关于'证明自己能够回到过去'的约定。"

"亲,我有点乱了……简单来说就是你只能向'过去'的人证明自己去过未来,却不能向'现在'的人证明自己能够回到过去,因为你拿不出证据?"

"对。"

"那要怎么办呢？"

"凉拌咯，这都不是什么大问题，都能解决的，只要迈出了第一步，后面的事情就好办了。"

"亲，你真的蛮自信的哦。"

"呵呵，那当然，毕竟我是个拯救过世界的人啊。"

"……"

"后来我是这么做的，我在星期一与研究员约定进行异能检测，我让他写下一个只有他自己知道的秘密，明天告诉我。星期二，研究员把他写下来的秘密告诉了我。星期三我吞噬了一股能量，回到了星期一，研究员刚刚写完这个秘密，我就能把他的秘密脱口而出，不需要他告诉我。"

"这个办法好，很厉害！"

"但也有个问题，处在星期一的这位研究员，看不到星期三的我回到了星期一，而我未卜先知的能力也可以解释为一种心灵感应。这就是我一生都在面对的困难——如何证明我从未来回到过去。"

"呃……"

"更多时候，我被认为具有预知未来的能力，因为我可以知道未来几天里发生的事情，从彩票号码到虫族袭击的时间，而随着这种'预言'越来越多，我的超能力逐渐被认可了，我离开了监狱，来到了人类联军指挥部，不断测试我的能力。一团蜡烛的火焰能让我回到几秒钟前，大楼的一场火灾能够让我回到几分钟前，一座加油站的爆炸能让我回到几小时前……燃烧的能量可以被我吸取，用以回到过去，但回去的仅仅只有我的意识。我最大的用处就是从'现在'退回到'过去'，向'过去'的人发出预警，靠着这种预警，人类能够对虫族的突袭做出防范，战争局面一度得到了稳定。"

"那我们赢了吗？"

"没有，我们输得很惨。"

"呃……"

"最后总指挥部提出了一个惊世骇俗的策略。"

"什么策略?"

"全部兵力掩护我,让我登上宇宙飞船冲出虫族包围圈,冲向太阳,用这颗太阳系最大的恒星的全部能量读档回到过去,将外星虫族入侵的事情告诉过去的人。那时候我们算不准到底能回到多久之前,全靠赌一把。"

"成功了吗?"

"算是吧,我回到了一年前,我入狱之前,还顺手救下了那个我原本打算救的人——那个天才科学家。其实这一次回到过去,最大的蝴蝶效应就是他。他真的是个天才,在他的帮助下,我的能力才真正被数据化。最重要的是,他提出了一套针对外星虫族的战略武器,这些都是未来一年里倾尽全球之力研发出来的。我这个人没什么文化,对原理一知半解,但是只要我说得出来的东西,都在给他启发,不出一个月他就带队把原型机搞出来。我总算知道为啥上辈子地球跪得这么快了,敢情是不小心出现 BUG 把金手指给撞死了啊!"

"这么厉害!那这次赢了吗?"

"你这位小同志还真是哪壶不开提哪壶啊,当然是输了啊!"

"……"

"所以我又一次被送上了飞船,临别前一晚他拿了一张写满了鬼画符的纸来找我,让我务必背下来,再回去救下一年前的他,让他根据现在的科技水平再继续研究下去。他想法是好的,可是……我背不下来啊!他这种学霸怎么能理解学渣的痛!!!我要是有这么好的记性,早就考上大学了!"

"……"

"所以我回去也没什么用。一年的时间里,他就算再天才也没法凭一己之力把人类的科技水平往前推进三五百年,所以我们就不断地重复读档,回到一年前,外星人入侵,负隅顽抗,读档,再回到一年前……这根本是个死循环,因为太阳已经是离我们最近最大的能量来源了,但就算以它的能量,也只能让我们回到一年前。"

"那怎么办?"

"那个混蛋出了绝招,他找人逼我学习!他说既然整个世界只有我一个人能回到过去,那我这样的傻瓜就必须肩负起一点责任,把未来的科技带回去。而我这个傻瓜又连公式都不认识,吃了文化的亏,害地球屡战屡败,所以我必须补课了。"

"哈哈哈哈哈哈哈哈哈哈哈。"

"反正我被填鸭式地教育,外面的世界战火纷飞,人们忙着打外星虫,我在基地里生不如死学高数。人家高数不及格最多毕不了业,我高数学不好地球就要完了!好想骂人呀!"

"噗,那你后来学好了吗?"

"凑合吧,起码记性好了,每次读档回去能把最尖端的科技原理和技术难关背下来,多循环几次,对付虫族的武器的确先进了,不会那么惨了,能撑过一年了,但是……"

"但是什么?"

"但是我必须在那个时间点回去,因为我要去救那个混蛋。如果地球撑到了第二年,我在第二年再飞往太阳读档,那我还是只能回到一年前,而那个时候,他已经死在了一年前一场平淡无奇的车祸里。最重要的是,就算我们的科技在进步,我们也抵挡不了虫族,让我们焦头烂额的甚至只是它们的先头部队,后续的主力会在未来的三五年内抵达,到那个时候……地球注定是灭亡的。"

"那要怎么办?"

"我记不清是第几次了,他也绝望了。临别前的那晚,他敲了我的房门,我还以为他又要拿着最新科技难题让我背,但这次他没有。他和我聊了很久,聊到从前那么多的过去里我认识的他,我说:'你这个人真的挺讨人厌的,可见不是学历越高情商越高的。'他竟然笑了,嘲笑我说:'你这个读档十几次才念完本硕的家伙,也不讨人喜欢啊。'我俩都笑了,笑着笑着就哭了。"

"哭了?"

"是啊,这么多辈子,我第一次见到他哭。他这个人为人傲慢,脾气又坏,仗着聪明瞧不起人,鼻孔长到天上去,可有一点我一直是赞赏他的,他这个人顶得住压力,撑得起担当。哪怕研究进度压力最大的时候,他宁可几天几夜只睡一小会儿,也从来没见他失态过。那天我见到他哭了,我才意识到,他也不过是个聪明的普通人罢了。他不是我,我有从头来过的自信,因为我已经经历了无数次这样的轮回,可是他没有,我见过无数个他,可他只见过一个我,不会有第二个。他的一生就只有这样一次,而这样的一生,他永远只能见到地球毁灭的结局。我很想……真的很想,让他见证我们胜利的那一天。"

"难过。"

"也就是那一次,那个混蛋想出了一个惊世骇俗的主意。"

"什么主意?"

"他说,既然太阳太小了,那就找一个更大的恒星,让更多的能量带我回到更远的过去。可是外星虫族的势力庞大,我们就算能穿过它们在地球外层的部队,也很难冲出太阳系——太阳系外几乎已经是它们的地盘了,整个银河系都是它们的盘中餐。我们只能朝外走,前往别的星系,寻找一颗还没有被虫族染指的恒星。最后锁定了一颗,它在地球 5000 光年外,直径有太阳的 2000 倍,它的质量足够我回到很久很久之前……"

"多久?"

"我的时间回溯能力是一个指数爆炸的增长,到后期增加哪怕一丁点能量,都是一段漫长的时间。"

"多长?"

"五十亿年。"

"也太长了吧!"

"是啊,那时候太阳才刚刚诞生,地球还没有出现,没有物质可以盛放我的灵魂。可是那个混蛋说,我的意识会留存下来,飘荡在这个宇宙中,也许那也是另一种永生。"

"可那还有什么意义啊?"

"有啊,我可以等很多年,一直等到人类从头再来。"

"……"

"我问他:'结果你学了这么多年科学,最后只是为了好把我打包送得更远?'他想了想,笑着说:'都是因为你太讨人厌了。'"

"真的吗?我觉得……你们也不是那么讨厌对方啊。"

"也许吧。"

"……"

"所以这一次读档,人类放弃了正面抗衡虫族的念头,倾尽全力打造了一艘能够接近光速行驶的飞船。这种资源倾斜严重影响了人类的抗战,在我坐上飞船的时候,地球也已经快沦陷了。所有人簇拥着飞船,我走入了飞船,手里拿着他给我写的一封信,那时候人太多,也太乱了,我甚至没能和他说上一句话,我们只能互相眨了眨眼睛作为最后的告别。飞船起飞了,我要等起飞一年后才能进入休眠仓,闲着的时候我就去看他给我写的信,那混蛋在信里写了二十个理论难题给我,让我有空想想怎么解。"

"噗,你解出来了吗?"

"当然了,闲着没事我就做题,一年后终于把二十个题解出来了,可那又怎么样呢?那个时候,我身后的家乡,那个孕育了人类文明的蓝色星球已经不存在了……偌大的宇宙,只有我一个人类漂泊在一条不能回去的航道上,肩负着所有死去的人类的希望。"

"想哭。"

"一年后,我躺进了休眠仓,准备开始沉睡,直到五千年后醒来。当我的意识快要陷入沉睡的时候,我听到休眠仓里传来那个混蛋录下来的声音,他说：'再见了，我的英雄，我们五十亿年后见。'那时候我大概是哭了吧，因为那时候我觉得，我们再也不会见面了。哪怕我真的成功回到了五十亿年前，成为了超脱于时间和空间的世界意志，在关键时刻引导着人类文明走向正确的方向，让人类早早强大起来，足以抵御未来宇宙的风险。可我已经改变了太多，巨大的蝴蝶效应里，我的外婆还会出生吗？我还会出生吗？那个混蛋，他还会出生吗？那是一个和我记忆里的地球截然不同的地球，没人知道，曾经有另外一个地球了。"

"我好难过啊亲！"

"不要难过啦，反正最后成功了呀。"

"？"

"不然你现在怎么能安安心心当淘宝客服呢？现在核算一下年份，相当于1760年，隔壁那个已经'狗带'的地球可才刚开始第一次工业革命呢，你们都进入信息化时代了！当然全靠我为你们保驾护航帮你们'点科技树'啦！为此我可是勤勤恳恳，亲自化身'上帝'降临人间，教你们少走弯路，哎，我可是精分了好多历史上的伟大人物。没错，第一本高数书的作者就是我啦！人造子宫和基因改造技术的倡议者也是我！这还不是终极，未来一百年里我们的目标可是开始殖民太阳系呢！"

"呃……好像很厉害，什么是'狗带'啊？"

"哦，忘了你们这里不讲英语，就是死了的意思。说了这么多，亲，你这件宝贝到底能不能包邮啊？"

"亲，真的不能包邮，而且你填的这个单位全球闻名拒收快递的，你填个附近的驿站让人自取吧。"

"淘宝不包邮好意思叫淘宝吗？"

"亲，我们的网站叫天宝不叫淘宝，谢谢。"

"啧，看，这就是蝴蝶效应，好气哦，X云爸爸就这么被扇没了，天宝不包邮，垃圾天宝，负分滚出！"

"别闹了亲,要不你直接去附近的花店订一束花吧,让花店直接送到你爱人单位,花应该还是可以收的,毕竟搞科研的人也要谈恋爱啊。"

"算了,我自己去一趟吧。"

"再见。"

系统提示:您的临时好友"恋爱中的救世主"已下线。

PART 2

萌系童话
大冒险

咦,那只特别丑的鸭子……我们交个朋友吧。

01 当小公鸡变成小鸭子

对于一只小鸡来说,最糟糕的事情是什么?

找不到食物?

不,绝不是。

是突然变成了一只鸭子!

这桩咕咕国亘古未闻的奇事惊动了咕咕国王——他是一只长相威严的猫头鹰。咕咕国王在审视过这只因为突然踩进了一台奇怪机器然后突然变成了鸭子的小鸡之后,严肃地对鸡群说:"他一定是中了邪恶女巫的陷阱。"

大家看着那台奇怪的机器,茫然不解。

这台叫作变压(鸭)器的东西看起来足有半米高——对于鸡群来说这真是个吓人的高度,而这只倒霉的小鸡——哦不,现在是小鸭子了,因为和伙伴玩捉迷藏而爬上了这个机器,然后失足跌了进去。

众所周知,鸭群和鸡群的关系一向不好,就像鹅群从来不屑于和鸡鸭交谈一样,他们都是排外的种族。

咕咕国的猫头鹰国王用大而圆的眼睛瞪着小鸭子,这只鸡群中唯一一只小鸭子被他的眼神吓得直往后退。

"不能就这么把他送到鸭群去。总之先把这个孩子留下吧。"咕咕国国王说道。

就这样，变成了鸭子的小鸡得以茫然地继续留在鸡群中。

但是这大概不是一件好事，对于叽叽喳喳的小鸡来说，长得比他们高大的小鸭子真是个奇怪的家伙，他有着长而扁的嘴，个头比他们大上一些，连脚蹼都不一样。

"他看起来好可怕。"

"好大个！"

"总觉得很凶的样子……"

这只名叫唐吉的小鸭子努力地露出讨好的笑容，但是小鸡们却不这么想，他们总觉得一只鸭子的"笑容"实在是太可怕了。

——小鸭子唐吉被排挤了。

唐吉记得自己曾经听鸡群里的老母鸡讲过一个丑小鸭的故事，他觉得自己就是鸡群里的丑小鸡。

但是……他什么时候才能变成天鹅呢？

小鸭子唐吉很忧郁。

鸡群在远方的草地上晒太阳，小鸡们在一起做游戏，他蹲在一片大叶子下面愁眉苦脸地思考着自己的未来——在他变成一只鸭子前，他从来不觉得自己需要思考人生。他所要做的就是跟随着鸡群一起住在咕咕国快乐地成长，然后在成年后追求心仪已久的美丽的母鸡姑娘，然后生一窝的蛋。

他的父母在他还是蛋的时候就被狐狸叼走了，他的兄弟姐妹们被踩碎，只剩下他一个顺利从蛋壳里孵了出来，族里的长老抚养了他，让他和鸡群里的小鸡们一起快乐地生活在一起

但这一切的前提是——他是一只小公鸡，而不是一只小鸭子。

鸡群没有为鸭群养鸭子的义务。

一群黄澄澄的小鸡在玩捉迷藏，有的躲在茂密的草丛中，有的躲在大树

叶下，还有的缩在隆起的树根后面，小鸭子小心翼翼地躲在树叶下远远看着。他心仪的那只小母鸡正在水塘旁的芦苇丛中躲藏着，努力掩藏起身上黄绒绒的短毛。

小鸭子唐吉失落地想，他大概这辈子都不可能娶到心仪的母鸡姑娘了，因为她绝对不会想和一只公鸭子生蛋。

负责找小鸡的那只头顶长了一撮红毛的小公鸡正在兴致勃勃地到处找自己的同伴，先是从树叶子下面揪出了一只没有藏好黄毛的小公鸡，然后又从树根后面找出了一只露出了小爪子的母鸡，最后他向看起来藏了什么东西的芦苇丛走去。

"出来吧，我已经发现你了！"顶着一撮红毛的小公鸡虚张声势地喊道。

但是躲在芦苇丛里的母鸡姑娘却不知道这是试探，她吓了一跳，纤细的小腿往后一挪，"噗通"一声掉进了水塘里。

"救命啊，救命啊！"小母鸡吓得尖叫了起来。

鸡是不会有游泳的，这是众所周知的道理。一同玩耍的小鸡们除了尖叫别无他法。唐吉呆了呆，恐惧和担忧让他的大脑一片空白，他挪腾着两条小细腿一路往水塘跑去，在小鸡们的尖叫中"噗通"一声下了水。

冷冰冰的水没过鼻子的时候他以为自己要死掉了，一只小公鸡是不会游泳的。

但是下一秒，他发现自己浮了起来。他忽然想起，自己已经是一只鸭子了。

他奋力扑腾着还没有长出成年鸭子羽毛的小翅膀往小母鸡那里游去，一拱一拱地将她往岸边推。母鸡姑娘吓坏了，拼命挣扎了起来，屡次把小鸭子拍到了水面以下，小鸭子从来不知心仪的母鸡姑娘原来如此力大无穷。

就在小鸭子觉得自己快被淹死的时候，不远处传来一声冷哼："笨蛋鸭子，连游泳都不会。"

唐吉觉得自己被拱了起来，水花顺着他的眼睛往下淌，他看到一只灰扑扑的"鸭子"从一旁将小母鸡拱上了岸，然后在一旁歪着脖子看他。

那真是一只丑鸭子，灰白色的短绒毛一根一根地竖起来，黑褐色的扁喙，连脚蹼都是扁扁的。唐吉歪着脑袋看他，丑鸭子也歪着脖子看他。

岸上的小鸡们正在安慰受惊的母鸡姑娘，唐吉远远地看着她，没有人注意他，也没有人感谢他的勇敢。

他感觉到很失落。

"别傻了，你是一只鸭子。鸡群是不会感谢鸭子的。"丑鸭子高抬着脖子说道，语气傲慢。

"我是一只公鸡，不是一只鸭子！"小鸭子激动地抗议道。

丑鸭子看着他，从鼻腔里发出一声古怪的冷笑："我没见过会游泳的公鸡。而且你和以前欺负我的鸭子长得差不多，很显然，你是一只鸭子，不是一只公鸡。"

小鸭子唐吉涨红了脸，几天前他确实是一只公鸡，但是如今……他变成了一只鸭子，一只不受鸡群欢迎的鸭子。

"你为什么要留在鸡群里呢？你明明是一只鸭子。"丑鸭子问他。

"……我，我曾经是一只公鸡。"唐吉迟疑地回答说。

"那你曾经的族人们现在还这么认为吗？"丑鸭子又问他。

也许是丑鸭子的问题太尖锐了，小鸭子没有回答，只是远远眺望着小母鸡在同伴的帮助下往枯草上蹭干了湿漉漉的绒毛，然后一步一步往远处走去。她没有回头看他，一眼都没有。

如果救她的是一只公鸡，也许她会很乐意与他交往，但是那是一只鸭子。他们是不同的，并且永远不可能走到一起的。

他早就被抛弃了，可是他自己却还奢望着能够回到族群中。

唐吉失落地低垂着脑袋，往水塘的另一边游去。那只丑鸭子跟着他一起在水面上游动着，两条长长的波纹荡了开来，划花了平静的湖面。

如果是几天前，哪怕是再荒诞的梦境里也不会出现如此可怕的场景，他在水面上游动着，脚蹼拨开水面，以往恐惧的水塘变成了他能轻易征服的东西。

然而，他却被自己的族人抛弃了。

"你在想什么？"丑鸭子回头瞥了他一眼，见他垂头丧气的样子，不由问道。

小鸭子如实告诉了他，本能地，他觉得这只丑陋的鸭子并不是一个坏家伙。

"得到总是伴随着失去。如果你没有变成一只鸭子，那只小母鸡就会淹死在这里了，至少你救了她。"丑鸭子说。

阴郁的心情一下子明快了起来，唐吉忽然觉得……变成一只鸭子也许并不是一件太糟糕的事情，至少他救了自己心仪已久的母鸡姑娘。

救人，这是一件多么神圣伟大的事情啊，他应该为自己感到骄傲，哪怕没有人赞美他的勇敢。

"谢谢你。"小鸭子郑重地说。

丑鸭子滑动的脚蹼突然停住了，他疑惑地看着他，不明所以。

"我说谢谢你。谢谢你今天救了我们，也谢谢你安慰我。"唐吉伸直了脖子大声说道。

丑鸭子轻哼了一声，短小的翅膀不安地搓动了一下，然后飞快地游向了水塘的另一边。

小鸭子歪着脖子看着他的背影，加快速度追了上去。

"喂，你要去哪儿？回家吗？"唐吉大声问道。

"我没有家。"丑鸭子回道。

"我也没有家了。"小鸭子说。

丑鸭子上了岸，扑腾着短毛的翅膀甩掉身上的水，然后用耷拉着眼皮的眼睛瞪着他："所以？"

小鸭子唐吉歪着脖子摊开翅膀转了个圈："所以，我们一起走吧，去流浪？也许我们可以离开咕咕国到处走一走，听说外面的世界很有趣。"

"不切实际的妄想。"丑鸭子嘲笑道。

"总得要试试看才知道是不是妄想啊。我听说长得丑陋的鸭子也许会变成天鹅,也许你也会变成一只美丽的天鹅。"唐吉说。

"哼。"丑鸭子发出了一声轻哼,转身一摇一摆地往森林走去。

"嘿,我是很认真的,我们一起去流浪吧!就像故事书里说的一样,两个好朋友在各个神奇的国度里冒险,我们会遇到很多好伙伴,遇到美丽的姑娘,打败邪恶的巫婆!我们会是勇者!我们会成为传说!"小鸭子一摇一摆地追了上去。

"满脑子古怪幻想是不会成为勇者的。"丑鸭子嘲笑道。

"没有梦想的丑鸭子是不会变成天鹅的。"小鸭子回道。

"你也变不回公鸡。"

"你真讨厌!"

"你也一样!"

02 丑鸭子还是白天鹅?

丑鸭子是从鸭族里偷跑出来的,他从还是个蛋的时候就长得不像其他的鸭蛋,个儿特别大。等一群毛茸茸黄澄澄的小鸭子孵出来的时候他就更扎眼了,灰不溜秋的短毛,黑褐色的扁喙,连脚蹼都不一样。

也因为如此,其他的小鸭子都不喜欢他。

丑鸭子很失落,最后一个人离开了咕咕国的鸭群,流浪到了鸡群的领地,然后遇到了一只与他同病相怜的小鸭子。

"我们一起去冒险吧。"小鸭子热情地邀请他。

"哼。"丑鸭子哼哼了一声,用黑褐色的扁喙啄着地上的草皮没好气地说,"在那之前我们得找个能过夜的地方,你一身黄不溜秋的毛实在是太扎眼了,我可不想半夜被狐狸叼去。"

唐吉难过地垂下了头,他想起自己的父亲母亲都是被狡猾的狐狸叼走的。

传说狐狸是邪恶女巫的手下,追随着女巫做尽坏事,不论是鸡群鸭群还是天鹅都讨厌他们。咕咕国的国王曾经带领着一群猫头鹰去讨伐女巫，可是狡猾的女巫躲在森林的深处，用藤蔓和树叶将自己的城堡藏了起来，没有人能找得到她，征讨邪恶女巫的行动还遭到了狐狸的阻挠。好在关键时刻善良女巫出现了，她用奇妙的魔法赶跑了狐狸，拯救了勇士们。

善良女巫总是在大家最需要帮助的时候出现，据勇士们形容，那真是个非常漂亮的姑娘。

天快黑了，两只鸭子在河边找了点水草和水生小动物，然后上岸甩干了水，互相洒了对方一身。

"你真讨厌。"小鸭子说。

"你也一样。"丑鸭子回道。

丑鸭子离开鸭群有一阵子了，他去过一些地方，也学会了一些有用的知识，比如向松鼠先生学来的搭窝法子，可惜丑鸭子不会爬树，没法住在安全的树洞里。

"我们可以藏在水草和芦苇丛中，这样坏家伙就不容易发现我们。或者躲在隆起的树根里面，用枯草和树叶搭个小窝。"丑鸭子说。

唐吉歪着脖子思考怎样攒齐足够的枯草和树叶时，丑鸭子已经开始行动了。不多久，两只鸭子挤在树根后面，蜷缩在草堆里准备睡觉。

秋天已经有点寒冷了，以往小鸭子总是和一群小鸡挤在一起睡觉，而成年的公鸡母鸡则会围成一圈将他们保护起来。可是自从他变成鸭子之后，小鸡们就不喜欢和他挤在一起了。

秋天的森林已经有些萧条了，两只鸭子透过头顶的树枝看到了夜空，一闪一闪的星星像是一瞬间水底的河蚌齐齐将自己厚实的贝壳都打开了，露出蚌肉上闪着亮光的美丽珍珠。

"对了，你还没告诉我你的名字呢。"小鸭子唐吉对同伴说。

丑鸭子用哲人的眼神审视着夜空，说道："以前我没有名字，但是后来我给自己取了个名字,叫塔兰。"

"唔,是星辰的意思吗?"小鸭子歪着脖子问道。

"是的。"

小鸭子羡慕地说:"真是个好名字,我叫唐吉,听说是因为我的妈妈在孵蛋的时候深深迷恋着人类的故事书,里面的主角叫什么堂吉诃德,真是讨厌的家伙。"

"那我以后叫你唐吉?"丑鸭子塔兰斜着眼睛看他。

小鸭子唐吉高高地抬着下巴,模仿着丑鸭子塔兰的神情哼了一声:"那我以后叫你塔兰。"

森林的秋天已经有些寒意了,两只鸭子偎依在一起睡得很香,清晨的露水从头顶的树叶上滴了下来,唐吉揉了揉眼睛从睡梦中醒来。

"嘿,懒虫,你该起床了。"唐吉推了推身边的塔兰说道。

"太早了,你还没把你公鸡的习性改掉吗?"塔兰眯着眼睛低声嚷嚷道。

唐吉刚想反驳,不远处正盯着他的野猫却让他吓得完全忘记了自己的声音。那是一只黑色的大野猫,翠绿色的眼睛直勾勾地盯着他们,猩红的舌头还在嘴边舔来舔去。

唐吉哆嗦着细腿踹了踹塔兰:"你再不醒来就可以永远睡在这里了!"

塔兰勉强睁开眼睛,然后浑身的睡意都被吓飞了。

"他可真大个。"塔兰嘀咕道。

"我们好像应该逃跑?"唐吉哆哆嗦嗦地向同伴求证。

"是的,最好往水里跑,我们应该庆幸野猫不会游泳。"塔兰的视线往旁边一瞟,很幸运,一条小河就在他们不远处,"我数到三,我们一起跑,一、二、三……跑!"

野猫发现了猎物的不轨举动,"喵"地叫了一声蹿了过来,小鸭子唐吉被吓得腿脚哆嗦，他第一次这么近地直面死亡，塔兰发现了他的走神，一脚踹在他的屁股上："快跑！"

两只鸭子慌慌张张地从窝里飞奔了出来，"噗通噗通"两声就跳下了水。落后了一步的野猫愤愤地站在河边叫唤着："你们给我回来！"

逃出生天的两只鸭子大笑了起来，唐吉回头搔首弄姿地对野猫抛了个媚眼："回头见，BABY。"

塔兰发出一声古怪的笑声，像是忍俊不禁又强自忍住。

唐吉用小翅膀拍了拍他的脖子："嘿，想笑的时候就笑出来，也别总用下巴看着我，爱口是心非的家伙是不容易找到幸福的。"

塔兰轻哼了一声："一只变成了鸭子的公鸡看来也没法讨一只小母鸡的欢心。"

"哦不……"被戳到痛处的唐吉叫了一声，可怜兮兮地回头看去，想要看看遥远的鸡群领地。

他心爱的小母鸡一定会很快忘记他，这种感觉真是太糟糕了。而他自己现在正和一只长得很丑的鸭子结伴旅行，没有目的地。

"对了，塔兰，我们要去哪里？"唐吉问道。

"我以为你脖子上的那颗玩意儿总还有点装饰以外的功能。"

"你是在讽刺我吗？"唐吉想了想反问道。

丑鸭子用不可救药的眼神看着他："我收回我的话，你脖子以上的那玩意只剩下装饰的功能了。"

这下唐吉可听懂了，他不甘心地反驳道："可你连装饰的功能都没有！"

这话可太伤人啦，骄傲又自卑的丑鸭子一下子涨红了脸，连轻哼一声都省下了，飞快地游走。

唐吉发觉了自己的错误，愧疚地游上前去道歉："对不起，我说错话了。"

塔兰没有理会他，径自沉默着。

"我听说长得丑陋的鸭子会变成天鹅,也许你是一只天鹅也说不定。童话里不都是这么写的吗,丑小鸭最后变成了美丽的白天鹅。"唐吉絮絮叨叨地说着自己的幻想,企图用以安慰自己被刺伤的同伴。

"所以我想去求证一下,去找找天鹅族的人,至少让我知道自己到底是一只长得很丑的鸭子,还是一只天鹅。"塔兰说。

"你一定是一只漂亮的天鹅。"唐吉笑嘻嘻地说。

03 兔子姑娘和猫先生

天鹅的领地天鹅湖在咕咕国的最南端以南的地方,那里叫作呱呱国。

两只小鸭子一路游着前往天鹅族的领地,虽然经常吵架,但是感情却越来越好。塔兰总结说,这就是雄性的友情,等长大一些就应该是互相打架,这都是感情的表现。

唐吉歪着脑袋想了想,族里到了交配期就经常看到公鸡们互相打架,难道这也是感情的表现,雄性的感情真奇怪。

不管怎么说,唐吉和塔兰一路往南游,最终来到了天鹅族的领地。

在唐吉的印象里,天鹅的领地应该是一片水草丰茂的绿色世界,来来往往的白天鹅在水面上翩翩起舞,那真是一种美好的生物。但是出乎他的意料,天鹅湖里只有一片寂静,所有的天鹅都不见了。

"这里真的是天鹅湖吗?"小鸭子唐吉喃喃地问道。

塔兰的脸色可不怎么好,他焦急地跳上了岸在水边的芦苇旁寻找天鹅的踪迹。但是哪里都没有,哪怕是埋满了枯叶的树洞里也没有天鹅的踪迹。

"他们到哪里去了?"唐吉嘀咕着问道。

"天哪,孩子们,你们怎么还在这里?"一个惊讶的声音传来,一只白兔子竖着耳朵一脸惊讶地看着他们,手上提着的篮子里还有一筐新鲜的蘑菇。

塔兰从远方摇摇摆摆地走了过来，焦急地询问道："这里的天鹅呢？"

兔子姑娘歪着脑袋看着他们，可爱的三瓣嘴一张一合："他们去南方过冬了啊。"

两只鸭子面面相觑，脸上毫不掩饰失望之情。

"太遗憾了，我们大老远地来找他们。"唐吉低垂着脑袋失望地说。

塔兰没有说话，可是现在他从没垂下过的脑袋却没有像以往一样抬得高高的，他一定失望极了。

"我的朋友，他看起像是一只丑鸭子，又大又丑，可是我觉得他是一只天鹅，只是不小心被放在了鸭子的窝里。所以我和他来寻找天鹅，希望确认他到底是一只丑鸭子呢还是一只美丽的天鹅。"唐吉用翅膀拍了拍塔兰的脖子，然后对兔子姑娘说，"当然，不管他是鸭子还是天鹅，这并不影响我们的友谊。"

兔子姑娘的耳朵竖起来又垂下去："我不清楚……我住在这里，见过很多小天鹅，他们和你长得很像，但是又不完全一样。也许你是一只与众不同的天鹅。"

忽然兔子姑娘像是想起了什么，用力拍着自己的爪子惊叫了起来："啊，我想起来了，天鹅们丢失了他们的王子，听说天鹅王子和普通的天鹅长得不同，他还会变成人类的样子。唔，你知道的，那种两条腿走路有着灵巧手指的高个子。"

唐吉看着塔兰："嘿，你会变成人类的样子吗？"

塔兰用看白痴的目光看着他："你脖子上的玩意儿是装饰吗？"

"你真讨厌。"唐吉忍不住将这句说了几十次甚至更多的话重复了一遍。

不出意外，丑鸭子依旧回了他一句："你也一样。"

天鹅们去南方过冬了，这可不是一个好消息，但是善良的兔子姑娘小萌却愿意收留他们一阵子。

"至少等春天来了再走吧，冬天的时候湖面会结冰，河里的水也会格外寒冷，幼崽们应该待在温暖的窝里。"兔子姑娘小萌给自己系上围裙，开始准备吃的招待自己的小客人。

小萌住在一个大大的树洞里，她甚至为自己修了一扇足够让两个她自己通过的大木门，她可真是个心灵手巧的姑娘。

"笃笃笃"的敲门声响起了，两只正在商量接下来的旅程的鸭子不由地闭上了嘴，齐齐把视线投向大门。兔子姑娘将前爪在围裙上蹭了蹭，撅起三瓣嘴嘟囔道："我打赌是那个坏家伙。"

"谁？"小鸭子不明所以地问道。

"一只讨厌的野猫。"

"那可太糟糕啦。"唐吉一下子跳了起来，他想起了自己和塔兰之前被野猫追着跑的倒霉经历。野猫可真是一种凶猛的生物，仅次于坏狐狸和邪恶女巫。

可是小萌竟然毫不畏惧地去开门了，出乎他们的意料，门外没有虎视眈眈的野猫，而是一只新鲜的死老鼠。

兔子姑娘捏着鼻子皱起了眉头，愤怒地尖叫了一声："我讨厌老鼠！"说着去厨房里寻找扫帚和簸箕。

她一边打扫门口的死老鼠一边抱怨："我真是受够了野猫的恶作剧。自从他搬来天鹅湖之后，我家的大门口就经常出现这种讨厌的东西。前天是一只蟑螂，大前天是一条死鱼，今天变成了一只老鼠！我要搬家！"

塔兰正在清理自己弄脏了的羽毛，一边说道："野猫的恶作剧，听起来可真糟糕。"

唐吉点头应和了一声："野猫真是太可怕了。"

不管怎么说，恶作剧的野猫并没有破坏他们的好心情，小萌用新鲜的水草招待了这两位小客人，并且讲述了一些关于天鹅族的故事。

"他们现在大概在呱呱国的南方。几个月前呱呱国的天鹅国王和王后产下了唯一一颗珍贵的天鹅蛋,但是邪恶的女巫偷走了那颗蛋。王后因此伤心过度忧郁而死,国王伤心极了,这时候善良女巫出现了,她告诉国王他的孩子并没有被邪恶女巫吃掉,他会平安长大,甚至会重新回到天鹅族。"小萌啃着烤蘑菇叹了口气,"哎,我倒是希望你就是天鹅王子,这样国王就不会这么伤心了。等春天来了你就前往南方吧……啊,那时候天鹅们也就回来了。"

"可我一刻都不能等了。"塔兰用丑丑的扁喙啄着水草,失落地说,"我想早一点见到他们,确认我到底是一只天鹅还是一只鸭子。"

"这几天要下雨,是湖里的青蛙告诉我的,所以你们还是住几天再说吧,至少等天气转好。"小萌说道。

"嗯。"

就这样,两只鸭子在兔子姑娘的家里暂住了下来。

小萌很勤快,喜欢每天将家里的干草清理出去一部分,然后换新的进来,然后把新的干草晒一晒。每天还要为冬天储备足够的口粮。最近因为天不放晴,她没法换干草,但是墙角长出来的新鲜蘑菇总是让她欢欣鼓舞。

可是她的烦恼依旧没有消除,第二天她家门口又出现了野猫的恶作剧,这次是一束狗尾巴草。

小萌看着地上的狗尾巴草无奈地嗅了嗅:"这东西不能吃。"

两只鸭子在她身后点头。

"不过总比死老鼠好吧。"兔子姑娘想了想又高兴了起来。

她找出了一个花瓶将狗尾巴草装饰了起来。唐吉看着狗尾巴草眨了眨眼睛:"它适合放在花瓶里吗?"

"没有什么适合不适合的,只看你喜欢不喜欢。"小萌抱着花瓶笑嘻嘻地说道。

"小萌,你的话和塔兰一样深奥。"唐吉歪着脑袋说道。塔兰经常语出惊人地说出一些"高深莫测"的话,这让唐吉觉得很惊讶。

"哦,亲爱的,我只是以一只兔子的小小体悟来回答你的问题。"兔子姑娘将花瓶放到了餐桌上,毛茸茸的狗尾巴草看起来十分新鲜活泼,甚至带着几滴清晨的露水,又或许是昨夜未干的雨水。

"雨什么时候能停?"塔兰看着窗外阴沉沉的天空问道,现在虽然没在下雨,但是晚些时候就说不准了,天气总是这么反复无常,像个顽劣的孩子。

"湖里的青蛙说至少要下个三四天,但是我真希望你们能留到明年春天,一直等天鹅们过完冬回来。"

"我喜欢寻找,而不是等待。"塔兰说。

唐吉无奈地展开稚嫩的翅膀摇摇头:"看吧,他又开始冒出高深的话语了。"

兔子姑娘"扑哧"一声笑了出来,露出两颗可爱的门牙。可是没一会儿,她又开始用红通通的眼睛看着两只小鸭子,眼里流露出祈求,"我一个人住在这里真是太无趣啦,这里只有我一只兔子,除了湖里的青蛙我没有别的朋友。"

"也许你可以和那只野猫成为好朋友。"唐吉天真地说。

"哦,不,我宁愿和一只蛤蟆结婚也不会和一只喜欢恶作剧的野猫成为朋友。"小萌苦着脸说道。

"可是至少今天,你还是挺喜欢他的礼物的。"

"只是今天而已。"

事实上不只是今天,第二天门外的恶作剧道具依旧是狗尾巴草,而且数量更多了,兔子姑娘开始忧心家里的花瓶够不够用。

"可是它至少不像死老鼠一样讨厌,不是吗?"塔兰说。

兔子姑娘为难地点点头:"至少比老鼠好,可是狗尾巴草又不能吃……我倒是更喜欢新鲜的萝卜和青草。"

第三天门外的礼物——好吧,现在终于可以称之为礼物了——不再是讨人厌的老鼠和死鱼，而是一篮子新鲜的胡萝卜，它们看起来水灵极了，每一根都洗得干干净净，连一点泥渣都没有。

小萌看呆了，抱着一篮子胡萝卜一时间忘了要怎么说话。

"看吧，也许那只野猫并不是你想的那么坏，他只是不知道要拿什么送给你。"塔兰看着一篮子胡萝卜说道。

兔子姑娘眨了眨眼睛，像是想通了什么，咧开嘴笑了起来，她打开大门对空无一人的门外说道："谢谢你的礼物，我喜欢它，如果可以的话，我希望明天能收到蘑菇，我也会为你准备回礼的。"

唐吉和塔兰面面相觑，最后塔兰看着自己的脚蹼说道："好吧，也许你说得对，他们能够成为好朋友。"

第二天一大清早，小萌煮了一条红烧鱼放到了门外，大门被"笃笃笃"地敲响了，等她去开门的时候，外面的鱼已经不见了，取而代之的是一篮子新鲜蘑菇。

兔子姑娘抱着蘑菇笑得十分开心。

"野猫先生，谢谢你的礼物，如果不介意的话，明天到我家来吃饭吧。"兔子姑娘站在门口大声说道。

没有任何应答的声音，可是小萌确定他一定听见了。

第二天的午餐一定会多一个客人，两只小鸭子都这么确信。

果不其然，第二天中午，敲门声再次响起了，兔子姑娘正在厨房里忙活，一听到敲门声立刻放下了手上的活跑去开门，她跑得是那么快，以至于就站在门边讨论天气的两只小鸭子都来不及去帮忙。

门开了，一只黑猫站在门外。他看起来真是个绅士，头上戴着一顶圆礼帽，手上还挂着一把做工精良的雨伞，只是另一只手上的一篮子青草将他身上的贵族气质破坏得一干二净。

不过显然，猫先生并不介意这份不协调的礼物。

"中午好。"猫先生在长久的沉默后终于开口了,声音还有些忐忑。

"你好。"兔子姑娘也一样尴尬地问好。

两人站在门外互相瞪视,直到厨房里传来焦糊的味道,小萌发出一声尖叫,急急忙忙跑去处理厨房的问题,猫先生似乎松了口气,可是手脚又开始不知道往哪里放。

"你好。"唐吉起初有些害怕野猫,但是猫先生看起来不太一样,他对戴着圆礼帽的猫先生很有好感,他看起来不像是会突然扑过来将他当作午餐的家伙。

猫先生礼貌地和两只鸭子打了招呼,口齿流利地介绍了自己,他叫拉罗尔,是一只呱呱国的贵族猫,不久前刚刚旅行到天鹅湖附近。

兔子姑娘的厨房危机终于解除了,她为三位客人端上了可口的菜肴,自己则接过猫先生递来的篮子,用餐盘将青草装了起来。

四人的午餐吃得很愉快,在唐吉的活跃下,猫先生和兔子姑娘至少不会相顾无言了。

猫先生拉罗尔一直盯着小萌的餐盘看,他有礼貌地询问了一下她的口味,终于发觉自己的错误——兔子是不喜欢吃老鼠和鱼类的,对蟑螂更没有兴趣。

"我喜欢萝卜和蔬菜,还有蘑菇。"兔子姑娘轻快地宣布着自己的菜谱。

猫先生已经吃完了兔子姑娘为他准备的烤鱼,他优雅地用手帕擦干净胡子上的胡椒粉,赞美了小萌的手艺:"非常美味的午餐。"

小萌羞涩地笑了起来:"谢谢,你可以经常来我家吃饭,我很欢迎。"

猫先生沉默了一下,然后郑重地说道:"我愿意陪你吃草。"

兔子姑娘显然没有意会到这是一个表白,她眨了眨红通通的眼睛,迟疑地说道:"其实我不介意你吃老鼠,只要你别再把死老鼠放在我家门口。"

"我是说,我愿意陪你吃一辈子的草。"挫败的猫先生再接再厉。

"你会死于营养不良的。"迟钝的兔子姑娘再次无意间打击了猫先生拉罗尔。

唐吉好奇地看着这场意想不到的午餐变化，直到塔兰用厚实的脚蹼踩了他，唐吉委屈地瞪着塔兰，然后被塔兰拉着出了门。

"孩子们，你们要去哪儿？"兔子姑娘焦急地问道。

塔兰回头冲她眨了眨眼睛："爱情是互相体谅。以后的日子你不会再寂寞了。"

兔子姑娘像是明白了什么，她的脸蛋一下子像她的眼睛一样红了。

唐吉明白了塔兰的意思，笑嘻嘻地挥舞着翅膀向她告别："我们要继续我们的旅程了，谢谢你的招待，明年春天再见！"

说完，两只鸭子踩着雨后还湿漉漉的泥土一摇一摆地奔向了南方。

04 天鹅湖

前往南方的路上充满了艰险，但是也充满了乐趣。他们遇上了很多有趣的朋友，比如喜欢储藏瓜子的仓鼠。他有一个好朋友向日葵小姐，向日葵小姐资助他一整年份的瓜子，为此她每天都要努力地面朝太阳生长，而小仓鼠经常揪住路过的蚯蚓连哄带吓地要求他们为向日葵小姐松土。

两只小鸭子想要抓点蚯蚓吃，因此得罪了小仓鼠，张牙舞爪的小仓鼠对着他们挥了好一会儿的爪子，最后才让唐吉和塔兰搞明白他的意思——保护蚯蚓人人有责。

经过整整一个月的风雨兼程，他们终于到达了天鹅族的迁徙之地，这里叫作水晶湖。

心怀忐忑的塔兰请求面见呱呱国的国王，也就是天鹅族的族长，一只年老的天鹅低头看他："现在可真不是时候，国王病危，现在不见任何人。"

塔兰呆呆地看着老天鹅，老天鹅垂下优雅的长颈来嗅他的气味："你是一只天鹅？不过你长得又有些不同……"

"我就是来确定这件事情的。我想知道我到底是一只天鹅，还是一只鸭子。"

"我想，你大概是一只天鹅。"

塔兰的心情一下子愉悦了起来，唐吉凑上去用翅膀拍了拍他的脑袋："看吧，我就说你是一只天鹅。"

"当然，你是一只鸭子。"老天鹅对唐吉说。

唐吉挥了挥翅膀："其实我是一只公鸡。"

老天鹅哈哈大笑："真是个有趣的孩子。"

唐吉默默扭过头，真相总是这么不为人所接受。

"可我还想确认一件事情。"塔兰肃然地说道，"我在鸭群里出生，后来流浪到了天鹅湖附近，一只在那里居住的兔子告诉我，天鹅族的王子长得和普通的天鹅有所不同，所以我想知道我有没有可能还是一位王子？"

老天鹅用探究的眼神看着他，最后犹犹豫豫地说："我也不能确定，但是如果你是王子，那么你就可以变成人类的样子，这也是继承呱呱国王位的基本要求。"

塔兰雀跃的心情一下子低落了下来——他从没变成过人。

"以前国王也会，但是现在他老了、病了，自从王后死后他一下子就老了，失去了孩子，也失去了妻子，他一定因此感到痛苦不堪。我倒是希望你就是王子，至少他会高兴些。"老天鹅沉沉地叹了口气，"去见见他吧，他就在水晶湖的中央小岛上，也许他可以确认你是不是王子。"

一大群天鹅好奇地看着他们，最后都友好地冲他们点了点头。

唐吉忐忑地站在天鹅群中，这种感觉就像他变成鸭子后站在鸡群中一样，只有他一个异类的孤独感是如此突如其来。他看向了自己的身边，塔兰心事重重地摆动着脚蹼往前游。

"塔兰……"唐吉犹犹豫豫地叫道。

塔兰看了他一眼,却什么也没说。

"快要见到你的父亲了,有什么感觉吗?"唐吉问道。

"……我……不知道。"塔兰面色凝重地垂下了头,"我觉得我不该怨恨他,因为不是他将我丢在鸭子群里,但是……在我受到歧视和排斥的那段日子里,没有人出现过,也没有人安慰过我。"

唐吉安静地游在他身边,他觉得他可以理解塔兰的心情。

那是一种被抛弃的感觉。一瞬间原本环绕在身边的友善都被抽走了,小鸭子站在鸡群中,茫然地看着自己的朋友对他露出好奇和恐惧的眼神。

没有朋友,也没有亲人,没有人爱着他,也没有人愿意陪伴他,那是一种无法言喻的孤独感。

他们都害怕着孤独。

唐吉努力让自己打起劲头来,用一种欢欣鼓舞的语气对自己的好友说道:"可你至少有了我。"

塔兰顿了顿,歪着脑袋看向他——一只还没有长大的小鸭子,他正努力瞪着眼睛板着脸企图让自己看起来诚实可靠。

"是啊,至少还有你。"塔兰感慨似的说。

可以庆幸的是,在最孤独的时候他们至少还有彼此——这是最真挚的友情。

老国王躺在病床上,他已经很老了,老得几乎看不清东西了。

但是他还清晰地记得自己曾经有个美丽善良的妻子,她为他生下了一颗健康的蛋,但是邪恶的女巫将蛋偷走了。他的妻子在伤心过度之下一病不起,最后离开了他。善良女巫的出现让他的担忧减少了些许,至少他的孩子没有变成邪恶女巫煎锅里的荷包蛋,但是失去的妻子终究是没法回来了。他带着天鹅族来到南方过冬,也离开了那片伤心之地。

他觉得他恐怕再也没法回去那里了,他已经老了,也许就快死了。

门忽然开了,两个小小的身影悄悄地走了进来。老国王张开眼睛看着他们,眼神慈祥。

"孩子们,你们来做什么?"

唐吉忐忑地看着自己的羽毛,又看着身边的塔兰。

丑鸭子一言不发地看着国王——他们长得一点也不像,但是莫名的,他却觉得这只老天鹅是这么亲切。

"您就是呱呱国的国王吗?"塔兰轻声问道。

老国王点点头:"是的。"

"听说您的孩子被邪恶的女巫偷走了,而我是从鸭群中孵出来的,所以我想……也许……您是我的父亲。"

说这话的时候塔兰觉得很忐忑,甚至带着一种自己都说不清的羞怯不安,他害怕慈祥的老国王就这样驳回了他的幻想,也许他根本就只是一只长得很丑的鸭子,也许他只是一只普通的落在鸭群里的天鹅,也许……也许从一开始他就被自己的亲人抛弃了,他什么都没有。

"孩子,你叫什么名字?"老国王问道。

"塔兰。"

"那好,塔兰,你有变成过人类的样子吗?就是那种用两条腿走路的,个子很高的生物。"老国王和颜悦色地问道。

塔兰失落地摇摇头。

"也许你是我的儿子,但是现在的你却没法成为一个好国王。只有当你懂得了什么是付出和勇气、怎样去爱你的臣民,你才能够变成一个国王。一只心怀怨恨和傲慢,不愿意结交别人的天鹅是不会成为一个好国王的,孩子,你明白吗?"

沉默在蔓延着，带着一种侵略性，唐吉最先忍受不了，嗫嚅着开口："他挺愿意结交朋友的，比如我。"

"这是不够的。"老国王缓缓说道，"孩子，你必须懂得什么是付出、什么是勇气，以及什么是爱。"

离开水晶湖后，这段话还久久萦绕在塔兰的心头，以至于他一路上都有些魂不守舍。

唐吉很担心他，但是却不知道要怎么来慰藉友人的心情。

"唐吉，你觉得什么是付出，什么是勇气，什么是爱？"塔兰问道。

天已经快黑了，前方是一望无际的草原，他们离开水晶湖已经有一段路了，现在夕阳挂在遥远的西方，天空中的暮光将草地渲染成漂亮的金红色。

"大概是……愿意为了别人牺牲？勇气的话……就是勇敢？至于爱……就像是猫先生和兔子姑娘那种吧。不过除了爱情，友情和亲情也是爱，所以我们也是相爱的！"唐吉说到最后忍不住哈哈笑了起来，像是说了个了不得的笑话。

塔兰忍不住踹了他一脚："我在问你很严肃的事情！"

"对待朋友要友善。"唐吉挨踢的屁股还发疼，忍不住跳着脚蹦了几步，愤愤地吐出一句，"你真讨厌。"

塔兰傲慢地抬起脑袋缓缓回道："你也一样。"

可是被唐吉这么一打岔，塔兰原本低落的心情却反而高昂了起来。

有个朋友真是件幸福的事情。

今天唐吉和塔兰为了成长之旅而继续前进着，塔兰想证明给老国王看，他可以变成人类，也可以领悟到他所说的付出、勇气以及爱，他们沿着河流一路南下，沿途经过了一片人类村庄。

对于小动物们来说，人类的世界充满了危险，猎人们对他们的毛皮和肉虎视眈眈，哪怕是最温柔的主妇都敢于用刀子宰杀圈养的鸡鸭。

两只小鸭子到达村庄的时候正好是傍晚，远远近近的乡村小屋冒着炊烟，他们上了岸，准备找点吃的，然后收拾个能住的地方过夜，第二天继续他们的旅程。

虽然一路上他们吵吵闹闹，经常因为一些鸡毛蒜皮的事情发生争执，但是事实上他们的感情只会越来越好。当然，只要塔兰不用那种傲慢的口气和唐吉说话，也不要把吵架的攻击点放在唐吉脖子以上的那部分。

他们小心翼翼地路过了一个篱笆围起来的鸭圈，里面的几只母鸭子正在唠叨一天的经历——生蛋、游泳、教育小鸭子，然后商讨如何讨好自己的主人以便不让自己出现在圣诞节的餐桌上。

"嘿，哪来的小家伙？"一只母鸭子发现了蹑手蹑脚的唐吉和塔兰，好奇地从篱笆中伸出长脖子看着他们。

"那个家伙看起来真是丑极了，他真的是一只鸭子吗？"另一个母鸭子也将脖子伸了出来。

"老天啊，如果他出现在鸭圈里，主人恐怕连晚餐的残渣都不会分给他一点。"

塔兰似乎是听惯了讽刺的话语，此刻一言不发地快步走过，反倒是唐吉愤愤地和一群母鸭子争吵了起来："你们真是太缺少教养了！怎么可以这么说塔兰！塔兰是不好看，可是他是只好鸭子……不对！他还可能是天鹅族的王子呢！"

母鸭子们"嘎嘎"地笑了起来，前仰后合："我没听错吧，天鹅，他这个样子怎么可能是天鹅呢？有长的这么丑的天鹅吗？哪怕是去捉蚯蚓都会把蚯蚓吓跑的丑鸭子，啊哈哈哈。"

唐吉气坏了，跺着脚和一群母鸭子吵架，作为一只曾经的小公鸡，他的嗓门可不差。可惜寡不敌众，母鸭子们现在技高一筹，"嘎嘎嘎"的声音完全盖过了唐吉的嗓门。

鸭圈里的躁动终于让屋子的主人忍无可忍了，拿着扫把的凶恶胖妇人气势汹汹地冲向鸭圈："孩子们！你们在做什么？！"

母鸭子们仰望着主人"巍峨"的身材，齐齐沉默了。

唐吉第一次看到人类，这种只出现在童话故事里的两条腿直立行走的高大生物现在突兀地出现在了他面前——上帝啊，她看起来吓人极了，简直比邪恶女巫更为可怖。

唐吉吓坏了，他躲在草丛里瑟瑟发抖，一点声音都不敢发出来。

塔兰正在胖妇人目之所及的地方，一身灰色的羽毛是如此扎眼，以至于胖妇人第一眼就看到了这个丑家伙。

"哦，孩子们，看看，看看，这是什么东西？"胖妇人用扫帚将丑鸭子赶到一边，一把拎起他的翅膀将他举到了眼前。塔兰激烈地挣扎了起来，踢蹬脚蹼想要挣脱胖妇人的手。

鸭圈里的鸭子们齐齐嘲笑道："这是一只丑鸭子。"

胖妇人当然听不懂鸭子们的话，但是她还是很高兴地对母鸭子们说："孩子们，你们要多一个同伴了，我决定了，今年圣诞节的烤鸭就是……"

唐吉一直在草丛里发抖，他眼睁睁地看着塔兰被邪恶的胖妇人抓住了，他用力挣扎，可是却无法挣脱她的手，如果不救他……如果不救他……

一路上的点点滴滴在唐吉的心头浮现，丑鸭子傲慢语气下的关心，以及他高高抬起的眼睛里闪烁的友情的光芒都让他无法原谅自己此刻的软弱。

他不能就这样沉默，更不能逃走，因为他们是朋友。

唐吉的心中鼓起了前所未有的勇气，他像是一只兔子一样蹿了出来，直直扑向胖妇人，然后……用力啄她的脚。

胖妇人发出一声惨叫，唐吉凶狠地用自己扁扁的鸭喙去咬她的小腿，胖妇人痛得松开了抓着塔兰的手，然后一脚踢开了唐吉。

唐吉狼狈地在草地上滚了几圈，然后发现自己的脖子被胖妇人提了起来。

"塔兰，快跑！别被她捉住了！"唐吉嘶哑地吼着，在胖妇人听来这就是古怪的叫声。

塔兰远远地看着他，黑亮的眼睛里涌动着愤怒和挣扎。

"我会来救你的！"塔兰忽然大喊道，"你等我，我一定会回来救你的！"

唐吉哆嗦着翅膀想要对塔兰露出一个笑容，可是那双该死的手实在掐得太紧了，他有点头晕。

最终可怜的唐吉在胖妇人的手中光荣地晕过去了。

塔兰没事，这真是太好了。

05 勇气和奇迹

塔兰沿着河边拖动着沉重的步子走着，天已经快黑了，他离村庄也远了。

唐吉还在胖妇人的手里，也许不久就会变成一盘烤鸭，他得回去救他。

可是要怎么办呢？他只是一只鸭子……不，也许是一只天鹅，可是这仍然不能改变他弱小的本质。

他第一次开始痛恨自己的弱小。当他被胖妇人抓在手里的时候，唐吉是如此奋不顾身地上前来救他，可是现在他却觉得害怕了。

如果他救不了唐吉该怎么办？也许他们都会被关进鸭圈里，最后被送上餐桌。他无法像被圈养的鸭子一样认同自己的命运。

月光照在前方的路上，莽莽的草原和涓涓的溪流在月夜下是如此宁静，而前方是一片湖泊，粼粼的波光微动，迎面而来的微风都是清淡的自然的味道。

塔兰看到一个少女坐在一只大蘑菇上，赤裸的双足浸在水里，她穿着一条漂亮的泡泡裙，手上还抓着一朵色彩斑斓的花。

"嗨，我们亲爱的天鹅小王子在为什么烦恼吗？"少女"咯咯"地笑了起来，眨了眨眼睛问道。

"你是谁?"

"我是女巫。"女巫看着塔兰戒备的神色不由笑出了声,银铃似的声音在月光下飘荡开来,"别害怕,我不是邪恶女巫。"

"我凭什么相信你?"塔兰问道。

女巫眨了眨眼睛:"凭我知道你是谁,天鹅小王子塔兰。"

"邪恶女巫也一样知道。"

"不不不,如果我是邪恶女巫,你现在就该被我提在手里准备回家烤鸭子了。"女巫笑了笑。

也许是她脸上的温柔和坦然打动了塔兰,他内心压抑不住的倾诉的冲动就这样喷涌了出来。他开始向她讲述自己的出生、成长、流浪,然后是遇到唯一的好朋友,可是现在唐吉却被抓了起来,随时都有可能被送上餐桌。

女巫静静地听他说完,然后微微一笑:"我明白了,你是在害怕。"

"我没有!"塔兰大声反驳。

"不,你有。你在害怕。一开始你害怕着鸭群对你的排挤,他们对你的不友善使得你患得患失,甚至开始自暴自弃。你离开了鸭群去流浪,企图逃避这样的隔阂。你和唐吉来到了天鹅族,你得知自己很可能是王子,可是你却更害怕了,你害怕失去这样的荣耀,你没有仔细思考国王给你的启示,反而以寻找作为自己逃避的借口,因为你害怕有天突然发现——原来一切都只是一个错误,你根本不是一只天鹅,更不是一位王子,你只是一只平凡丑陋的鸭子。现在是唐吉,你害怕自己无法救他,也害怕自己因此也陷入不可逃脱的境地,你厌恶自己的软弱,却又不敢突破你自己,塔兰,你一直很害怕失去,一直很害怕。"

女巫的话像是一把沉重的锤头,一下下敲在了塔兰的心头。

没错,他害怕。一直以来他用冷静谨慎作为自己缺乏勇气的借口,而真相是他没有超越自己的勇气。

他为自己感到羞愧。

"那我应该怎么做?"塔兰问女巫。

女巫微笑着问道:"你有计划吗?"

塔兰摇摇头。

"既然计划已经不能帮助你,那么你所能依靠的就只有勇气,相信奇迹吧,当你相信的时候,你就会发现这个世间从来不缺乏奇迹。"

"奇迹?"

女巫微笑:"是的,爱与勇气的奇迹。"

唐吉正在鸭圈里发呆,今晚的月光明亮,他呆呆地看着月亮思念着自己出生的地方,那里曾经带给他快乐,却也留给他伤感的回忆。他记得自己暗恋过一只骄傲的小母鸡,他很庆幸自己救了她一次,虽然她并不领情。他还遇到了一个好朋友,他们一起去旅行,从咕咕国一直到呱呱国。他其貌不扬的朋友原来是一只天鹅,甚至是一位王子。

可是他呢,他只是一只不小心变成了鸭子的公鸡。

鸭圈里的母鸭子们环绕在他周围,生怕他偷偷跑掉,这样的话圣诞节的烤鸭就没着落了。唐吉趴在鸭圈里伤感地回忆着自己短暂的一生。

唐吉忽然听到窸窸窣窣的声音,他好奇地抬起头往声音传来的方向看去,月光下一个灰白色的身影正急速向他跑来,他跑得那么快,以至于唐吉一下子没有意识到发生了什么。

灰色的影子助跑飞跃,一下子扑进了鸭圈里,正撞在了一只熟睡的母鸭子身上。

塔兰捧着撞疼的脑袋在地上滚了两圈,然后在唐吉惊讶的眼神中肃然站了起来。

"塔兰？你没事吧？"唐吉茫然地问道。

"我很好！我很好！"塔兰站了起来走了两步，以示自己一切安好。

从睡梦中被强迫唤醒的母鸭子迷迷糊糊地抬起了脑袋，她似乎还没意识到发生了什么，只是嘟哝着左右环顾。

"这就是你说的一定会来救我？"唐吉用不可救药的眼神看着塔兰。

塔兰咽了咽口水："是的。"

"完了，你的脑子一定是坏掉了！现在呢？现在我们该怎么出去？"唐吉跳着脚问道。

鸭子们已经发现了鸭圈里的不速之客，开始大声尖叫了起来。

塔兰神情紧张地说："等待奇迹。"

"……"

奇迹还没降临，但是胖妇人却再度降临了，她手持扫把气势汹汹地向鸭圈走来，没有一个人在半夜被无故吵醒之后还会有好心情的，她也不例外。

"孩子们孩子们！你们究竟在吵什么？！"

母鸭子们围着塔兰和唐吉直跳脚，"嘎嘎"地叫着，胖妇人狰狞的脸凑近了两只小鸭子："看看，看看，我们的小英雄来拯救自己的同伴了吗？真遗憾，你们两个都得留在这里了！"

说着她用扫把将母鸭们驱赶到了一边，一把拎起了唐吉的脖子。唐吉的两腿在半空中乱蹬，难受得直叫唤。

就在他觉得自己快要憋死的时候，胖妇人忽然发出了一声凄厉的尖叫，将唐吉一把丢到了一旁，飞也似的逃走了，期间还因为跑得太快一脚绊倒在地。

唐吉以为自己会撞在地上摔个七荤八素，可是他却被一双手接住了——是的，一双手。

他战战兢兢地睁开眼睛，捧着他的那双手的主人用担忧的眼神看着他，比天空还要湛蓝的眼睛里流露出熟悉的光芒。

"塔、塔兰?"唐吉傻乎乎地问道。

捧着他的少年露出了一个大大的笑容:"嗯。"

"你成功了?"唐吉喃喃道。

蓝眼睛的少年笑得如此快乐,以至于周围浓浓的夜色都无法掩盖他脸上的光彩。

"勇气和奇迹,我已经找到了!"

蓝眼睛的少年带着鸭子回到了水晶湖,从老国王手里接过了象征国王的权杖。

"我的孩子,我真高兴……"老国王看着少年喃喃道,"亲眼看到自己的孩子长大了,如果你的母亲能看到现在的你,也一定会为你骄傲的。"

塔兰捧着权杖,回望着老国王。

"但是你要记得,这也意味着未来的责任和孤独,你将永远都是一个人。"

"不,我还有朋友。"塔兰看着站在他身边的小鸭子唐吉说道。

"可是他无法变成人类,在这一点上,你将永远是一个人。"

塔兰沉默了,唐吉也沉默了,他们彼此对视,却一言不发。

"没关系,朋友是不会因为彼此的种族差异而改变的。"唐吉严肃地说道。

老国王露出了欣慰的笑容:"如果你们坚信这一点,那你们就能成为一辈子的朋友,祝福你们。"

06 尾声

"然后呢然后呢?故事结束了吗?"米拉揪着被子睁着大大的眼睛追问。

姐姐安拉翻到故事书的最后一页,那是一整页的彩色插图,英俊的天鹅王子坐在草地上,周围是一整群的黄绒绒的小鸭子,而其中最大的一只亲昵地站在他的肩膀上，用扁扁的鸭喙去蹭他的耳朵。

"最后啊，王子养了一大群的小鸭子，唐吉快乐地成了小鸭子们的头头，等小鸭子们长大了，鸭群和天鹅们已经成了朋友。而塔兰和唐吉也做了一辈子的好朋友。"安拉笑眯眯地合上了童话书。

妹妹米拉撅着嘴，似乎对故事的仓促完结心有不甘，最后还是在姐姐的安抚下睡着了。

梦里她似乎见到了两只小鸭子，一只有着灰色的短毛，另一只则是毛茸茸黄澄澄的小鸭子，他们踩着摇摇摆摆的步子一路往远方奔跑。

"你真讨厌。"

"你也一样。"

他们互相抱怨着，可是却一路走了下去。

最好的朋友，这是一辈子都不会改变的事情。

PART 3

寄生访客

"没错,你挽救不了一个注定会化掉的冰激凌。"
"你也挽救不了注定会死掉的我。"她笑了笑说道。

01

现在我的宿主是一只有半英尺长触手的幼年期章鱼。

我不知道该怎么形容我的宿主,但是从我第一眼见到它起我就无可救药地迷恋上了它——细长的触须、光滑的皮肤、灵活的身手,以及,近乎完美的伪装手段,我以我母星的名义发誓,它是我在这个乏善可陈的星球上见过的最美丽的生物!

即使在母星上,我们一族也是依靠寄生存活下去的,寄生在某种生物上,然后借由它们的躯体进行活动。

而我们的本体,我没办法形容它是什么,因为我们没有形体,我们只能寄生,占领生物的神经中枢,侵占它的大脑,然后自由地操控它的躯体。

我们最常寄生的一种生物,长得很像我眼前这一只——章鱼。

只是体积要大上一些。

而且我本人也相当迷恋触手带给我的方便,哦,还有吸盘。就算是以我如此挑剔的审美也无法从它完美的造型中挑出一点不满意的地方来,有触手的生物真是这个世界上最美好的物种。

于是我迫不及待地为自己换了一个宿主,这只四肢短小喜爱在下水道钻来钻去浑身散发着臭味的老鼠真是不讨人喜欢,如果不是权宜之计我绝对不会选择这种生物作为我的临时宿主——这简直是侮辱我的品味。

我的宿主安静地躺在水族箱里,将自己在水草和人造石堆之间藏好,大大小小的鱼类从我眼前游过,毫无危机意识。我的宿主似乎觉得有点饿,于是我尝试了一下自己的新身体,很好,触手灵活,爆发力极强,显然我的宿主并不是个安分守己的无害生物。

我逮到了一条可怜的鱼,它拼命扭动着滑溜溜的身躯企图逃跑,但是我迅速缠了上去将它吞吃入腹,我对宿主的消化系统有足够的信心,这条不安分的活泼鱼类很快就会被消化得一干二净。

饱食让我的身体感受到慵懒和舒适,我继续躲在水草丛中观察水族箱外的世界。

一个直立行走的智慧生命体靠近了水族箱,头部有较长的毛发,但是身上却只有退化得可怜的稀疏体毛,她似乎为此感到羞愧,还用纤维编织成遮蔽物挡在体表遮掩自己严重脱毛的身体——真可怜,我记得她的近亲属大猩猩有一身旺盛健康的体毛,看起来真是美极了,如果不是它实在不适宜在碳基智慧生命体聚集的地方出现——这里的智慧生命体人类称它为城市——我一定会尝试着使用一下它的身躯,至少它看起来比这些四肢瘦弱的人类强壮多了。

"啊啊啊啊,老鼠!"头部长毛的人类发出了一声惨绝人寰的尖叫。

——我讨厌高分贝的声音。

我毫无愧疚之意地抬头看了看水族箱顶部漂浮的死老鼠,那是我的上一个宿主,这个可怜的家伙因为我抛弃了它的不完美的躯壳羞愤地溺死在了水族箱中。

——我是开玩笑的,它只是死掉了,因为我寄生在它身上的时候破坏了它小得可怜的大脑。我总是这样充满了幽默感,这是我的美德之一。

02

我被卖了。

我抗议这个星球无视其他非智慧生命体人身权利的行为!

但是从某个角度来说我很欣赏我的买主的审美观。这是一个看起来很年轻的人类,男性,头部短毛。

来到这个星球的几天内我就运用自己强大的学习能力对人类的语言有了初步了解,也逐渐可以辨别这个星球的智慧生命体的差异。与母星不同,这里的智慧生命体人类总体分为两类,男性,以及女性。他们繁衍后代需要两性结合,然后才能产生新的生命体。我觉得这种进化很奇怪,因为我的同类随时都可以产生后代,只需要自体分裂,但是分裂后的本体会死去,新的生命体则延续下去,或许在人类眼中这种繁殖方式更像是永无止尽的涅槃。

是的,永无止尽。我的同类永远不会增多,也很少会减少,因为我们很难死亡,哪怕受到了极为严重的破坏我们也可以迅速自体分裂出完好无损的新生命体,找到一个合适的宿主逐渐成长为成熟体。

这是与地球截然不同的文明和生命演化方式,我们永远无法了解彼此。

我被装在一个大水族箱里,然后被有车轮的原始交通工具运送到了一个叫作医院的地方。

两个男性人类扛着我和我的窝来到了一个房间,我的买主对这个房间里的年轻女性人类说:"小岚,你看哥哥给你买了什么?"

"哥……你还真买了啊,我上次只是开玩笑的。"躺在床上的人类女性惊讶地看着我说道。

"没关系,虽然这只不是保罗,但是好歹是它的同类。不过说真的,我觉得章鱼最美丽的样子就是刚出锅的时候。"男性人类一边说,一边用不怀好意的眼神盯着我。我熟悉这种眼神,这是食物链上层的猎手看待自己猎物的眼神,非常令人讨厌。

"我觉得它挺可爱的,躲在石洞里的样子真是又胆怯又警惕,还是留着吧。"名叫小岚的女性人类说道。

那是一个非常年轻的人类女性,按照人类的年龄来计算大约十七八岁,健康状况糟糕,毫不客气地说算是奄奄一息。

虽然我希望获得一具高等智慧生命体的身体作为宿主以方便我四处走动,但是……她看起来太不健康了。

我有点迟疑了。我的本意是寻找一具新鲜的健康的尸体作为宿主,但是尸体显然不会随随便便出现在大街上,听说人类社会有个叫作殡仪馆的地方会有很多即将被火化的尸体,或许我该去那里找找。

顺便多说一句,我从没在母星见过殡仪馆这样的地方,如果这个业务拓展到母星必然会遭遇不可抗拒的困难,因为客源匮乏。而且我们没有群居的习惯。

两人聊了几句,那个男人似乎很忙,叮嘱妹妹好好养病就离开了。临走前,他给了妹妹一个拥抱。

听说地球上的智慧生物很喜欢用这种方式表达爱意,但这种亲昵的举动让我觉得很不适应。

我和我的同类没有父母,如果按照地球人的理念较真一下的话,我们的父母就是我们自己——我觉得这个伦理问题很能考验地球哲学家的逻辑,从我目前拥有的知识储备来看,这真是一群喜欢给自己找茬的奇怪人类。如果把"我是谁""我从哪里来"这种问题如果丢给我,我可以毫不犹豫地回答:"我是一个寄生体,来自三个星域之外的WT101星球"。不过他们大概会被吓得目瞪口呆吧,说不定还会把我丢进精神病医院,虽然我觉得他们自己更适合去那个地方。

病床上的人类女性,或许我该称呼她为少女,她悄悄地下了床,好奇地来到了我的新家外,对我进行非常失礼的围观。我很想提醒她这是很不礼貌的,但是我觉得突然在别人脑中说话同样不礼貌,我是个绅士,要忍受其他星球的智慧生命体的失礼行为。

小岚盯着我看了很久，口中喃喃道："我可以叫你保罗二号吗？"

不行，我没有名字，也不需要名字，我只是一个独来独往的寄生生命体，人类眼中的外星人。

显然我的新主人无视了我的自言自语，她将手指点在玻璃上指着我："以后你就叫保罗二号了。"

我讨厌独断专行的智慧生命体！

03

以一个外星生物的眼光来看，我的主人是个非常没用的家伙。

她没有健康的身体，没有高超的智商，她甚至没有攻击性！简直毫无威胁。

她过着非常惬意的生活，除了定期去天台接受新鲜的阳光外她一直待在病房里，偶尔看看电视。每天到了固定的时间都会有医生来为她做身体检查，她的哥哥会时不时来探望她，其余的时间里她都一个人待着。

最近她似乎对我产生了极大的兴趣，以对我说话为乐。我一度以为她发现了我是个寄生生命体，但是幸运的是她没有，她只是有点无聊。

"小保罗，早上好。"我的主人蹲在水族箱外向我问好，我分析了她的面部表情，她似乎在微笑，这表示她心情很不错，通常这意味着我的伙食也很不错，所以我喜欢看到她露出笑容。

但是很快她的笑容就消失了——她发病了。

我不清楚人类为什么会生病，这对我来说难以想象，但是我的新主人显然是一个体弱多病的人类，从医生的只言片语中我得知，这是先天性心脏病中的一种，肺部功能也同样有缺陷。

她很冷静地按了铃，然后找出药片吞服了下去，在床上平躺着等待医生的到来。

这不是她第一次发病了，就像我对她的第一印象一样，这是一个濒死的人类。

医生离开后，她呆呆地看着床头的点滴，陷入了漫长的沉默中。

我并不是很有交流欲望，因为我的同类数量稀少，我们又习惯了独来独往，有时来到这个星球，有时前往那个星球，也许终其一生我们也不会遇到几个同类，所以我们习惯了沉默。

可是不知道为什么，我突然很想和这个人类交流一下。

或许是因为，她此刻的落寞稍稍触动了我。

又或许，我对她产生了意料之外的好奇心。

反正只是个没用的智慧生命体，从她一贯的举止来看，她不至于对我产生什么威胁。

"你现在的心情是寂寞吗？"

陌生的声音在她脑中响起，她惊恐地紧缩了瞳孔，猛地从床上坐了起来。这个大幅度的动作显然刺激了她脆弱的心脏，她紧抿着发紫的嘴唇深呼吸，用眼睛紧张地扫视着四周。

人类真是充满了戒意的生物，我想。

"别找了，你找不到我的。"

"你是谁？"她问。

我躲在石洞里保持着一只宠物章鱼应有的谦逊低调，一边继续用脑波和她沟通："按照你们人类的说法，我应该被归类为外星生物，也就是ET。"

她揉了揉额角似乎在确认自己是不是幻听了。

"现在我需要和你商量一件事情，我希望有一具人类的身体来做我的宿主，如果你死了能不能将你的身体送给我使用？我保证不会肆意破坏它。"

"我可以拒绝吗？"我的主人扯出一抹僵硬的笑容，我打赌她现在满脑子都是外星解剖实验、标本以及克隆之类的幻想。但是我对实验一点兴趣都没有。

"当然可以,理论上对智慧生命体我们会抱有一定的尊重,如果可以我会尽量获得对方的授权再使用他的身体。不过你可以慎重考虑一下,毕竟与其将死掉的身体送到火葬场浪费燃料,不如为这个世界做出点贡献来。"

"贡献?给外星友人提供实验材料吗?"我的主人嘟哝了一声。

"请放心,我对人体实验没有兴趣,我只是想要一具人类的身体方便活动。你知道,如果你们的地盘出现一只美洲豹或者大猩猩是会引发恐慌的。我真讨厌你们人类的种种无聊情绪。"

"可这对我有什么好处吗?比如你能治好我的病?"我的主人问道。她很聪明,我确实能治好她的病,但是那是在我寄生到她体内之后,那时候她的大脑已经插满了象征 ET 的旗帜。

"我不能医治你,除非我寄生在你身上,那时候你的意识就会死亡。不过我很乐意在你生前为你做点事情,以交换在你死后的身体使用权。"

"我会诈尸?"

"有心跳有呼吸大脑活跃,按照你们人类的标准这算活人。"

"那夺舍?"

"如果你的意思是非法占领身体并且夺得身体使用权的话,你这话没有错。"

我的主人苦笑了一下:"最后一个问题,你现在在哪里?"

我沉默了一下,估算着这个人类可能对我造成的威胁,发现它无限接近于零。

"我讨厌保罗二号这个名字很久了。"我说。

04

我以为她会吓得大声尖叫,就像见到死老鼠的时候那个女人做的一样,用高分贝的噪音蹂躏我的感官,但是她没有,不知道为什么,我有点失望。

她缓缓地从床上走了下来,来到我所居住的水族箱外,然后用手指扣了扣玻璃:"嗨。"

"你比我想象的冷静多了。"

"我的心脏不宜受到刺激。"小岚笑眯眯地说。

"那你的答复呢?"

"我需要知道我能得到什么。"我的主人给了我一个狡猾的回答。

碳基智慧生命体所惯有的狡诈让人心惊。

"你想要什么?"

我的主人沉默了,我无法识别她的表情,但是从她此刻的大脑活动来看,她处于低落的情绪中。

情绪,这真是非常奇妙的东西。虽然我对事物有好恶,但是这种甄别性的好恶却无法产生太过明显的情绪波动。唯一让我屡次破例的恰好就是我的主人,她真是个奇怪的家伙。和她相处得越久,我就变得越发奇怪。

"你需要陪伴吗?我的意思是你们人类似乎很需要同类进行无意义的聊天或者一起做一件同样的事情,长期的独处不利于你延长寿命。"

"可你也不是我的同类啊,外星人先生。"小岚笑了。

"啊,确实,我不是你的同类。另外我不是先生,据我所知这是对男性人类的称呼,我没有性别。"

小岚似乎很吃惊,她惊讶地看着躲在石洞中的我,然后歉然地笑了笑:"我很少涉猎科幻作品。"

"没关系,那种想象力贫乏且不切实际的信息编造对你理解外星生物没有太大的帮助。"

小岚点点头:"嗯。"

"好了,现在你该给我答案了。"

她犹豫了很久:"如果我死了,你却用我的身体出现在别人面前,会引起恐慌吧。"

"我可以改变你的面部肌肉和脂肪分布,再稍稍改变颧骨位置,那样就没人认得出你了。"

她似乎觉得很神奇,开始询问我的"整容技巧",人类的女性似乎对长相有非常大的执念,直到我告诉她就算要帮她整容那也是在她成为尸体以后了,她这才死心。

"如果你能让我在死前开开心心的,那在我死后这具尸体就归你了。"

"开心,怎么样算开心?"

"唔,我也不知道……其实这并不难,绝大部分时间我都很开心。"

"那为什么你要用这个无意义的条件作为交换呢?"

"……开心是我自己的事情。我不能因为没有遇见你就在自己的生命里装填不开心的部分,如果可以,我当然希望自己所剩不多的生命里每一分每一秒都充满了快乐,这是每个人都希望获得的。也许你能帮助我。"

"我会尽力而为。"

05

和一个碳基智慧生命体的交流说不上愉快,不过我还算满意,至少我的主人从没有指着电视机对我说:"去,到那个银行弄五百万回来。"

如果这样我会打爆她的头。

我是开玩笑的。

但是这个名叫林语岚的年轻女性人类总有些我不能理解的爱好。

这天天气晴好,我和她在天台——你一定无法想象我是怎么来到天台的,这个古怪的人类女性将我装进了一个完全无视我活动空间的透明保温瓶中,然后将我强行带到了天台,她的理由是:这会让她的心情变好。

她一定是以看到罐装章鱼为乐,就像她那个容易被红烧章鱼取悦消化系统的哥哥一样。

天台上的跛腿野猫对我大感兴趣，我被塞在透明保温瓶里放在她脚边上，面对着瓶外变形的野猫。野猫围着我喵喵叫，眼中流露出对我大感兴趣的光芒——它一定觉得我很好吃。

"让那只讨厌的野猫远离我！"我在保温瓶里抗议道。

"没关系，隔着玻璃它没法伤害你的，放轻松，小保罗。"我的主人笑盈盈地说。

"我讨厌它。"

小岚耸耸肩，从包里找出一根香肠拆开了喂猫，跛腿野猫亲热地舔了舔她的手指，开始当着她的面享受美食。

"我每天都会来这里吹风。"小岚看着远方高高低低的楼房说道，"有一天我在这里发现了一只小野猫，那时候它只有这么大。"

她给我比了个手势，大概是她两个拳头的大小。

"那天下着雨，它看起来可怜极了，听到我的开门声。它跛了一条腿跑到檐下轻声叫唤。那个低得几乎听不见的叫声真是可怜极了，看样子它似乎才刚断奶。那时候我想，我要为它做点什么，我带了一点香肠给它。它一点都不怕我，乖乖地把我给的食物吃得一干二净，我想它真是饿坏了。"小岚温柔地抚摸着三花猫的头，三花猫友好地叫了一声，舔了舔她的手心。

"后来我每天都来这里看它，它有时候在，有时候不在，虽然跛了一条腿很难捕食，但是它只会在饿的时候来这里等我，现在它快要当妈妈了，需要很多营养。"小岚笑眯眯地指了指三花猫略微鼓起来的肚子。

"你可以收养它。"

"可我不想束缚它。"小岚低声说，"不管猫还是人都应该是自由的，它不该被束缚在我的房间里。"

我不知道怎么回答她，自由，我并不缺乏那种东西，当然她将我强行塞进保温瓶的恶劣行为严重侵犯了我的自由。

"喂，小保罗，如果有天我死了，你可以代替我来喂猫吗？"

"真是无聊得让人悲愤的愿望。但是如果这能让你保持好心情,我答应你。"

她笑了。

虽然我不清楚人类是怎样来判断一个笑容是否好看,但是我觉得,那应该是个很好看的笑容。

06

人类似乎很喜欢收集照片,翻阅照片的时候他们通常会回忆。

关于照片中的故人,关于照片中蕴藏的甜美,以及不再回来的烂漫时光。

贪婪的虫子一点点吞噬掉了时间,最后人类总是会发现,原来这一切已经过去了。

"这个是我哥哥林路,他很帅吧。"小岚给我展示相册,相册里的男人站在树下,从阴影来判断那应该是正午的时候。

"我不知道怎么评价你们的美丑。"

"没关系,你只要记住他很帅就行了。"

"……我不知道该回答你什么,我不擅长交流。"

"没关系,你只要听我说话就行了。"我的主人很高兴地说。

我觉得我该做个合格的聆听者,据说这样有利于她的好心情。

翻着翻着从某页相册中掉出了一张相片,被塞在保温瓶里的我迅速读取到了相片的内容:一个绝对不是她哥的年轻男性。

我的主人低低叫了一声,飞快地把相片夹了回去。

"那是你的朋友吗?还是亲属?"

"大学的学长,以前在一个社团。不过我只念了一年就休学住院了。"

我在认真观察她的表情,我不擅长辨别人类长相,但是对于肌肉牵动表情所表达的情绪已经有了一定了解,她看起来很重视那个男人。我猜想他们并不熟悉,因为我从没在探病的人中见过他。

相册从第一页往后翻,照片里的人从婴儿长成了少女,而相册里的人却始终只有她和她的哥哥。

"根据我对地球人的了解,你们应该有直系亲属,例如父母、奶奶和爷爷。"翻页的手停住了,我的主人久久没有回答。

"你说得没错。不过我从没见过父母。"小岚低声说,"我是由哥哥和奶奶带大的。我母亲还怀着我的时候,我的父亲就因为故意杀人罪被关进了监狱,我从没有见过他。我的母亲为此在怀着我的时候大病一场,生下了我就离开了,奶奶抚养我和哥哥长大,后来也去世了……我一出生就有心脏病,为此哥哥和奶奶每天都担惊受怕,生怕哪天我就这么死掉了。哥哥一直觉得这是父亲带来的报应,他犯下的罪报应在了我的身上,他很恨他……所以他从没让我见过他。"

我感觉到,她此刻低落的心情。

"为一个从没见过的人伤心?抱歉,我很难理解。"

她没有理会我,自顾自地说了下去:"我曾经想过,如果我死了,大家是不是活得更开心一点?没有我拖累着奶奶和哥哥,他们是不是活得更好?

"理论上来说,确实能给他们减轻经济压力。

"但是事实却不是这样的。如果我死在手术台上,或者死在病床上,大家都已经尽力了,这样的死亡是大家都无能为力、并且可以接受的,他们可以释怀我的死,然后走出我带给他们的阴影。但是如果我从楼顶跳下来结束自己的生命,他们会很难过很难过,这种痛苦是一辈子无法抹去的,这是一种歉疚。我不想让他们背负一辈子,虽然我从来不觉得他们欠我什么,真正亏欠的人应该是我。所以我要好好地活着,为了爱我的人和我爱的人好好活着。"

她说话的时候神情很认真,眼睛里闪着亮晶晶的液体。

虽然我并不懂得同类之间的羁绊,也不能理解人类的情感,但是莫名的,我觉得这样执着于活着,就像种子努力破土而出,努力生长,努力面向阳光,这种认真且不懈的挣扎,也是一种很美丽的姿态。

07

天气越发炎热了,小岚依旧每天带我上天台去喂猫,我被塞在透明保温瓶里,一度怀疑我的主人恶意用热水煮熟我。

三花猫鼓着肚子喝了羊奶,吃了点猫粮,快乐地去待产了。我的主人面带笑容,心情很好。

事实上我觉得她的心情不该如此之好。

"下个月就要手术了,你不担心吗?"

她想了想说道:"如果手术成功,那我就可以再多活几年,这很好;如果手术失败,那哥哥就可以解脱了,我也可以解脱了,这也很好。"

我觉得她的逻辑存在问题,但是却一时找不到驳斥她的话。

"小岚。"天台的门被推开了,熟知自己妹妹喜好的林路很快找来了天台。

"哥哥。"我的主人用一个灿烂的微笑回应她的哥哥。她总是这样笑,对医生是这样,对自己的哥哥是这样,对来探望她的朋友也是这样。

她让所有人都觉得她很快乐。

"你又把这只小家伙关在保温瓶里?"林路看着保温瓶里变形的我连连摇头。

"你不觉得它挤成一团的样子很可爱吗?"我的主人笑了起来,将视线投在我变形的造型上。

"嗯,有道理,怪不得我这么喜欢吃罐头食品。"

"哥哥你总是这么恶趣味。"

"人生乐趣嘛。"

怀孕的三花猫已经消失在了隐蔽处,小岚看着远方无限密集的城市,陷入了冗长的沉默。

"哥,我能去看看他吗?"

她没有说是谁,可是他们都明白。林路的脸色一下子阴沉了下来,紧紧抿着嘴唇:"看他做什么?"

"至少让我知道他长什么样子,现在过得好不好……"

"那是他罪有应得。"林路打断了她的话,眉间紧皱,"他没生过你,也没养过你,你和他没有关系。"

我确定这个男人有偏执倾向。

林语岚没有再说话,抱着保温瓶站在大太阳底下以沉默来抗议。

"小岚,好好养病,别再想这件事,再一个月就要手术了。"林路叹了口气,揽住妹妹的肩膀柔声道,"回房间去吧,外面太热了。"

房间里开着温度适宜的空调,我被放回水族箱里自由捕猎,吃饱喝足后开始欣赏我优美的触手和性感的吸盘,再一次感慨造物主的审美和我是如此的契合。

林路已经离开了,我的主人坐在床上发呆,并且情绪低落,她很少有这样的时候,我觉得我有义务来让她高兴起来。

"你不高兴?"

"说不上,只是有点失望。"

"失望?就是没有达到预期目的的时候产生的挫败感和失落感吗?"

"嗯。"

"如果让你见到你的父亲,你会高兴吗?"

"应该会吧。"她不确定地说。

我开始思考办法,暂时性影响人类的思维对我来说并不是难事,如果按照人类的观念来说这叫催眠。唯一的麻烦是在催眠的时候我需要接触到被催眠的对象。

"如果你能让你的哥哥和我近距离接触一下,我可以帮你催眠他。"

"真的？"

"作为一个诚实守信的外星友人，我从不说谎。"

我的主人犹豫了许久，突然"扑哧"一声笑了出来："明天我告诉哥哥我想吃烤鱿鱼，然后让他把你从水族箱里捞出来怎么样？"

"虽然理论上来说没有问题，但是不知道为什么我总觉得有哪里不大对劲。"

"哥哥会很乐意把你从水族箱里抓出来的，我保证。"

"……"

08

事实上，这个男人用网兜将我从水族箱里捞出来的时候，我的主人已经在一旁乐得前仰后合了。大笑会增加她的心脏负担，但是她实在是忍不住了。

不过好歹她没用上那个"我想吃了它，所以请哥哥把它从水族箱里抓出来吧"的愚蠢理由——我终于发现不对劲的地方在哪儿了——她只是请林路把我塞进保温瓶里。

我顺利地侵入了他的大脑开始肆意观察碳基智慧生命体的脑部构造，并且谨记着要小心谨慎，如果造成这个人类脑死亡，我确信我会被我的主人烤成熟食。来到地球之后我无时无刻不活在被红烧的威胁中。

给他一个心理暗示并不难，我很快搞定一切问题并从他的大脑撤退。等林路再度睁开眼睛的时候，他有一瞬间的失神。他疑惑地左右环顾，然后发现了网兜中的我。

"我终于还是忍不住要对它下手了吗？"他喃喃自问。

——我一点都不好吃，你这个需要捕食同为碳基生命体的生物来获取能量的人类此刻的行为非常失礼！看来我的催眠让他的记忆产生了少许的紊乱。

小岚已经笑得停不下来了："好了，哥哥，把它装进保温瓶里吧。"

"对,我刚刚说到哪里了?"

"你说到探监。"

"嗯,下个星期吧,我会准备好来接你的。"林路将我塞进了保温瓶交给他的妹妹,然后摸了摸她的脑袋。

林语岚看了看保温瓶里的我,我被挤得像个沙丁鱼罐头,恐怕她也没法从我的体表颜色上读出我此刻的心情状态,更何况我根本没"心情"这个概念,就像生活在高温环境中以硫为介质的氟化硫生命体无法理解寒冷一样。

"你开心吗?"我问她。

她对着我点了点头,绽开了一个灿烂的笑容。

这样很好。很好。

09

"请用一句话来描述你此刻的心情。"我学着电视里学到的记者的样子对我的主人提问。

我的主人低头看了看保温瓶里的我,没有回答。

我感觉得到她是紧张的、忐忑的。因为她见到的人是她从未谋面的父亲,生物学上为她提供了一半基因的人。

玻璃墙后面的男人看起来已经苍老了,看得出来他有认真地将自己收拾整齐,胡子刮得一干二净。满脸皮肤松弛后造成的褶皱让他看起来格外苍老,他颤抖着嘴唇,眼神专注地看着他从未见过的女儿。

他的女儿很年轻,按照人类的标准来说还很漂亮,但是她的脸上却是常年不见阳光的病态颜色,嘴唇也不是一个少女应有的、如同含苞待放的红色月季一样的色彩,发紫的颜色让她看起来极为不健康。先天的心肺功能不全让她的生命一直徘徊在死亡边缘,可是此刻她捧着电话对玻璃墙后面的男人微笑,很真挚。

"小岚……"那个男人这么叫她,透过话筒传来的声音因为激动和愧疚而颤抖着。

这个名字从他口中传来,传入林语岚的耳中,迟到了十八年。

从她记事开始,她的世界就是一个巨大的畸形囚笼。她没有见过她的父亲,也没有见过母亲,她只有年迈的奶奶,那时尚且年幼的哥哥,以及一个白色的地狱。

她所有的快乐都是自己强加给自己的,而痛苦像是个不请自来的客人,强行挤入了她的人生中。

她只知道她要很努力地活着,这样所有人才会欣慰;她要过得很好,这样所有人才会开心。

他们说起了很多,关于缺少了父亲的十八年的生活,关于她的健康,关于去世的奶奶……那个男人终于紧握着电话泪流满面。

狱警提醒她时间快到了,小岚拿着电话柔声说道:"下个月我就要做手术了,我一定会好起来的。现在你死缓减刑到十九年,明年就可以见到我了。我等你……爸爸。"

放下电话的一刹那,玻璃墙后面的男人已经泣不成声。

"你原谅他了吗?"我问她。

"没什么原不原谅的,他曾经做错了事情,也为此付出了代价,家庭破裂了,他在监狱里待了十八年。我觉得我们都应该给他一个机会,让他当一个合格的父亲,成为一个有责任感的男人。我会接受他的,也会劝说哥哥接受他。"她像是自言自语一般轻声说道,"我们已经错失了很多,谁也不想再失去了。"

"如果你死在手术台上呢?"

她微笑了起来:"那至少他会知道,他的女儿不是怀着怨恨离开这个世界的,她一直过得很好。"

"我不理解你们人类因为社会性而产生的感情……"我缓缓在她大脑中发表自己的意见,"但是不知道为什么,我总觉得这是一件……很好的事情。"

10

日子仿佛又回到最初，只是天气更加炎热了，我越发不情愿去天台见那只大肚子的三花猫，我觉得她这一胎一定超过猫类一胎产崽的平均量了。

我的主人在荫蔽处高高兴兴地喂猫，而我喋喋不休地向她灌输着"知识"。

"你刚才说到哪里了？"她忽然想起来被塞在保温瓶里的我，无辜地问道。

"以硫为介质的氟化硫生命体和以氢为介质的类脂化合物生命体生存环境的差异，"我准备接着讲中子星生命体的特殊存在，"它们真是一种非常美妙的生物。"

"哦，对，你继续。"她友善地对我说，然后继续逗弄那只三花猫。

我一点都不觉得那只长毛的圆滚滚的碳基生命体比我更有吸引力，也许我该让我的宿主多长出几条触手来吸引她的注意力，可是我的直觉告诉我她并不会因此对我有所改观。

也许我该有所改善的是我新染上的喋喋不休的毛病？我反思着，我一向是这么擅长检讨自己。

地球真是个容易让人滋生坏习惯的星球——我的主人将这个毛病归咎于我看了太多没营养的电视节目。

三花猫离开了，我的主人站在天台上俯瞰着这座城市，高楼一次次阻断了她眺望的视线，我实在不明白为什么她这么执着。

"那里有一个游乐场。"她对我说，指着被高楼阻挡的那个方向说道，"我从来没去过。"

"根据我掌握的知识来看，那是个拥挤的娱乐性场所，通常比你年纪小的孩子会很喜欢去，还有约会的情侣——我真搞不懂为什么你们繁衍后代需要两性结合，而结合前还要互相培养感情。从有利于下一代的角度来说，你们应该广泛和最优秀的异性交配生下最优的后代，这样对人类更有利。"

我的主人却笑出了声："不是这样的，因为人类是有感情的，会想和最喜欢的人在一起，生下彼此的孩子。这不仅是一种繁衍，还是一种爱的表达。"

"……我不明白。"

"没关系。你毕竟不是人类啊。"我的主人忽然叹了口气,有些遗憾地看着保温瓶里的我。

对,我不是人类,现在的宿主还是一只章鱼,在人类眼中这种生物甚至会引发女性的尖叫,它真是一点都不可爱。

"其实以前我一直有个很可笑的梦想,希望能和喜欢的人一起去游乐场玩,可以像正常人一样无所顾忌地牵着他的手……"她看着那个方向的眼神带着一种说不出的落寞,"别在意,这只是一个女孩子无聊的空想罢了。"

不知道为什么我忽然就想到了她相册里的那个年轻男性,她说的喜欢,是对那个人的吗?

"陪我去游乐场吧,就我们两个人。"我的主人忽然换上了轻快的语气对我说。

"是一个人类和一只章鱼。"我纠正道。

"那也总比我一个人好啊。"她说。

我觉得不无道理,人类是群居性的生物,自然会需要同伴,虽然我不是人类,但是也没规定同伴必须是地球人。我有义务让我未来的宿主快乐起来。

"如果你不想和一只章鱼去游乐场的话,我可以试着去太平间偷一具尸体借用一下,但是死亡时间超过12小时的话,我就没办法让这具身体充满活性,简言之他会像一具僵尸而不是一个活人。"

"会有尸斑吗?"我的主人好奇地问我。

"会,还会有点僵硬,不过这不是什么大问题,我还是可以使用他的。如果死亡时间在12小时之内的,我可以让他的心脏和大脑重新工作起来,循环系统也可以持续运作,医院是检查不出这是一个死人的。"

"那咱们要去偷尸体?!"

"……要新鲜的。"

"唔……听起来很考验心脏。"我的主人说道。

"我觉得你和一具冰冷僵硬的陌生尸体去游乐场玩也不会觉得开心。"

"也是……"

我们两人大眼瞪小眼，最后我的主人一拍巴掌决定了："就咱们吧，和外星章鱼一起逛游乐场也是个不错的体验。"

从医院偷跑出来其实并不难，我的主人把去天台透气的说辞改成了去楼下的花园透气，然后带着我一溜烟出了第三人民医院住院部的大门。

游乐场离医院不算太远，不过已经出了城区。

"你不能玩太激烈的游戏。"

"不能玩只是看看也是好的啊，再说坐旋转木马什么的没有关系吧。"我的主人笑嘻嘻地对我说。

司机看着后座上对着保温瓶里的章鱼自言自语的少女，他的表情看起来有点诡异。

我们下了车买好门票进了游乐场，我忽然有点庆幸章鱼是不需要买票的，而这里也没有禁止带宠物入场的规定。

因为是周末，这里的人显得格外多，我的主人在云霄飞车前站了很久，我也被迫围观了它很久。

"把自己颠来倒去不断加速减速高抛低落很有趣吗？"我迷惑不解。

"人类喜欢寻找刺激。"

"你的意思是喜欢瞎折腾？"

"……呃，怎么说呢，这也不算错。"

最终我的主人还是没有去玩任何一个项目。那长长的排队就让她怯了，不过这并没有影响到她的心情，她似乎对能来到这里感到欣然。

我想她或许只是想看看，只是看一看而已。

几个幼年体人类从我面前走过，他们牵着手笑嘻嘻地拽着自己的父母，手上拿着色彩鲜艳的冰激凌。

"那个看起来不错，你要买一个吗？"我喜欢色彩鲜艳的东西，于是唆使小岚买一个冰激凌。

"那个糖分太高了，我不能吃。"我的主人回绝了。

"哪怕只是看看也是好的。"我说。

她看了看保温瓶里的我,然后微笑了起来:"嗯。"

一分钟后她一手捧着一个彩虹冰激凌,另一手拎着保温瓶里的我走在人流稀疏的偏僻角落,这里栽种了很多树木,气温顿时降低了不少,但是我依旧觉得自己像是在油锅里洗澡。

她带着我在树阴处的椅子上坐下了,我们听着游乐场中无处不在的欢笑声,看着远处往来的人群,慢慢地等待手上的冰激凌化成了一摊色彩奇异的水。

"它化掉之后的样子真难看。"

"嗯。"

"可是我还是看着它化掉了。"

"因为是你提议要买的。"

"不知道为什么,我有种不舍的感觉。"

"可这是迟早的事情。我不能吃掉它,只能看着炎热的气温让它变成一摊水。"

"没错,你挽救不了一个注定会化掉的冰激凌。"

"你也挽救不了注定会死掉的我。"她笑了笑说道。

我沉默了,许久,直到融化的冰激凌在地上蔓延成了一个奇怪的形状。

"可我有点不想看到你死掉了。"

"这是不能避免的,人类都是会死的。重要的是活着的时候要好好地过,死掉的时候才不会有遗憾。"

"你还有遗憾吗?"

她想了想,将钱包打开来给我看,夹层里有一张照片,照片里的人我见过,是她的那个学长。

"我偷偷地喜欢他很久了,可是他甚至连我的名字都叫不出来。我觉得我这样子真是傻透了,偷偷拍了他的照片,偷偷存了他的电话号码,可是却从不和他说话。"她看着照片笑了起来,眼睛里亮闪闪的。

"你应该去向他表白,电视里都是这么演的。"我回忆着电视剧的剧情为她出谋划策。

"可是我没这个勇气啊……只要想想就觉得心跳要超速了,我一定会在表白的时候晕倒的,那太丢脸了。"她苦笑了起来,无奈地将钱包合了起来。

我从来不知道她是一个这么害羞胆怯的人。

"如果我死了,你能替我向他表白吗?"她问我。

"你想和他恋爱?"

"不,只是想让他知道,我很喜欢他,只是想告诉他。"

我没有拒绝。

她让我做的事情,我一件都没有拒绝。

因为她是一个特别的人。

11

夏天最热的时候已经过去了。

"喂,是周学长吗?"电话里传来甜美的女声,接到电话的人一愣。

"嗯,你是?"

"学长现在有空吗?"电话里的人没有回答他,反而问道。

"有空,有什么事情吗?"

"那学长能来学校东门吗?我有件事情要和学长说。"

听到肯定的答复后电话挂断了。周礼英无奈地看着手机,反正现在也离东校门不远,就过去吧。

东校门的学生并不多,他一眼就看到了站在门口宣传栏旁边的女孩子,白皙健康的皮肤,红润的嘴唇,梳得整整齐齐的头发,看到他的时候落落大方地笑了起来。

他觉得有些眼熟,却又想不起她的名字。

"学长,很抱歉麻烦你来这里一趟。"她顿了顿,似乎在组织语言,"今天约你来是想告诉你,我很喜欢你。请不要为此感到困扰,我只是想告诉你而已。"

周礼英愣了,那个女孩子对他甜甜地笑了起来:"我叫林语岚。"

"啊,你是那时候和我一个社团的……"他终于想了起来。

"嗯,我要走了,再见。"她回给他一个笑容,挥挥手走出了校门。

12

该做的都已经做完了,我已经自由了。

手指抚上脸颊,光滑的触感传来。我略微调整了颧骨的位置,再将脸部的肌肉和脂肪做了一点细微的调整,几秒之后这已经是另一个人的脸。

我有点遗憾,而且恋恋不舍。

一辆出租车驶来,我挥手示意,它停下了。

"去哪儿?"司机问。

我沉默了很久,脸上的笑容早已褪得一干二净。

去哪里呢,还能去哪里呢?

"第三人民医院。"我报出了目的地。

"去看病?"司机多看了我一眼。

"不,去喂猫。"

不知道为什么,我笑了起来,想起了天台上那只怀孕的三花猫,几天前它已经产下了一窝小猫,现在已经是一个母亲了。

那时候她很高兴,她总是很容易开心起来。

车子再一次驶过东校门,我没有回头看那个疑惑的人类一眼,他或许不会明白,有个女孩子很认真很认真地喜欢着他,很认真很认真地想让身边的人都快乐,也很认真很认真地想要活下去。

她在这个美丽的星球上,努力度过了短暂却美丽的一生。

PART 4

猎杀异能者

这个世界被笼罩在和平的假象之下,被上帝偏爱的那一些人,正在看不见的角落里,用天赐的超能力胡作非为。这本该是可憎恶的,这必将是可憎恶的。

这个世界被笼罩在和平的假象之下，被上帝偏爱的那一些人，正在看不见的角落里，用天赐的超能力胡作非为。这本该是可憎恶的，这必将是可憎恶的。

01

甄默从不是个喜欢妄想的人，在今天以前，他从来没有想过这个世界上存在什么超能力者，更不会想到，他们就像普通人一样存在于他的身边，却胡作非为。

这天一早就下起了大雨，早上没课的甄默本该舒舒服服地睡到自然醒，但是他有个足够上论坛被八卦的"极品室友"。

室友一大早面无表情地站在他的床头说想吃大饼油条，为了看球赛熬到半夜三点才睡的甄默崩溃地指着桌子上的钱包让他自己滚去买，室友没发话，打开了电脑开始捧读甄默最近的浏览记录和下载记录——因为内容太羞耻甄默哀嚎着从床上起来，认命地准备出门去买早餐。

这类悲惨情况自从甄默和路廿一当室友之后就屡屡发生，他的"极品室友"是个可怕的计算机高手，只要给他一台电脑，五分钟之内他就能把一个人的个人信息查个底朝天。

甄默认命地起床，哀怨地看着路廿一，路廿一冷冷一笑，不为所动。

算了，看在这家伙承担了一大半房租的份上，自己好好当个跑腿小弟吧。

大雨倾盆，甄默撑着伞走在街上，思忖着这么大的雨附近的流动早餐车会不会撤摊了，幸好他运气不错，大雨之中他依旧看到了前方不远处的早餐车。

甄默快步走上前去，雨势太大，半条裤子都已经被淋透了，他极力忍耐着这种湿哒哒的感觉，目不斜视地看着前方。

走在他前面的是个撑着黑伞的年轻女人，背影窈窕动人，可惜她正对着手机歇斯底里地咆哮，就算甄默没有刻意偷听，也能从滂沱的大雨中听到她的声音："……你说啊，你给我说清楚啊！18号晚上跟你在零点酒吧的那个女人到底是谁？喂……喂？你竟敢挂我电话！你给我等着！"

怒不可遏的女人将手机塞进了包里，大步流星地向前走去，高跟鞋踩在水坑中，每一步溅起一圈水花，光是看着她的背影，甄默就能感觉到她身上那种压抑到极点的愤怒，只要再稍加一点刺激，她就要爆发了。

一辆黑色的私家车从她身边飞速驶过，车轮碾过路面的水坑，瞬间溅起一米多高的水花，将盛怒中的女人浇了个透心凉，而汽车已经扬长而去。

甄默不由同情了她一下。

高跟鞋的踢踏声停住了，盛怒中的女人停下了脚步，半边身上的衣服被浇湿，紧紧贴在了身上。她一声不吭，一手撑着伞，另一手在半空中一挥而过，像是在拨开飞过她眼前的苍蝇。

甄默愣愣地看着，下一秒，已经驶出十几米远的汽车突然在暴雨中失去了控制，一头撞上了护城河的栏杆。铁栏杆没能挡住车子的冲击力，它擦过早餐车，一头扎进了护城河中。

甄默愣住了，早餐车的摊主也愣住，大雨中匆忙赶路的行人也愣住了，纷纷向河边跑去。人群之中，唯有那个撑着黑伞的女人离去的背影是冷漠的，甚至是怪异的。

她不慌不忙，也不好奇，甚至懒得多看这起事故一眼——如果这真的是事故的话。

真的有这么巧合吗？在那个女人做了一个奇怪的动作之后，一辆正常行驶的车子突然失去控制掉进了护城河中，可如果这不是巧合……这又会是什么呢？

……这种……不可思议的力量……

甄默捂住了额头，他要弄清楚这件事，一定要弄清楚。

"你觉得这可能是巧合吗？"甄默回到家后将事情的经过对路廿一说了一遍。

全程在敲击键盘，头也不抬的路廿一问道："早饭呢？"

"你有没有在认真听我说话！"甄默怒了，"而且早餐车差点被那辆私家车撞进河里，早餐师傅忙着救人，我到哪里去买早饭！"

路廿一从电脑后抬起头来，一双漆黑的眼睛深沉地盯着甄默。甄默被他看得心里七上八下的，莫名感到一种无形的压力，结结巴巴地问道："怎、怎么了？"

"不是巧合。"路廿一说道，一张娃娃脸上一本正经。

甄默蓦地激动了起来："真的？你也觉得不是巧合？她是不是会气功什么的？一挥手打出一股劲风，就把车扇到河里去了？还是她其实是万磁王的私生女？"

"你怎么不去看看精神科？"路廿一嘲讽地问道。

"不是巧合的话，那又是什么？"甄默追问道。

"你最好别问。"路廿一说。

甄默狐疑地看着他："这么神秘？你是不是知道点什么？"

"不知道。"路廿一那张漂亮的娃娃脸上面无表情，甄默不依不饶地盯着他，在他心中，路廿一那一手出神入化的黑客技术让他知道了太多不该知道的东西——包括甄默家破人亡的过去。

那一场大火烧死了他所有的亲人,和蔼可亲的父母,叛逆的妹妹,他们都死在了那一场大火之中,而甄默甚至不知道这到底是不是一场意外。

也许……这一切都不是意外呢。

当晚,甄默特地打开电视看了一下本地新闻。新闻里果然报道了早上的这起交通事故,因为私家车落水后施救不及时,车内驾驶员已经溺水身亡,事故原因被定性为雨后路面湿滑,驾驶员驾驶不当造成的悲剧。

如果不是甄默亲眼看到那个女人的怪异动作和事前事后的奇怪反应,恐怕他也不会深思下去。

如果这个女人真的有某种不为人知的能力呢?当时她刚和电话里的男人吵完架,情绪本来就很激动,那辆车还溅了她一身水,她突然爆发也不是不可能。但是这有可能吗?这种不科学的力量……有可能吗?

甄默越想越睡不着,琢磨着该怎么入手调查这件事。路廿一看起来并不乐意帮忙,不然倒是可以拜托他查一下当时路边的监控探头,跟踪这个女人……

要不然去她在电话里说起过的零点酒吧看看。

夜深了,睡意姗姗来迟。甄默在辗转反侧了几个小时后,终于陷入了沉睡中。

可惜这一觉睡得并不安稳,白天所见的一切扰乱了甄默的梦境,他梦到了三年前的那一场大火……

其实甄默没有亲眼看到火灾,当他得知消息赶到家中的时候,那里只剩下烧到焦黑的家。他的父母被消防队员抬了出来,三具烧得面目全非的尸体让甄默瞬间崩溃了,这对一个刚成年的少年来说太残酷了。

几小时前母亲才给他打电话,说找到了离家出走还未婚先孕的妹妹,让他明天回家一趟。在高中住校的甄默立刻答应了下来,结果半夜就被邻居阿姨的电话叫醒,说他家发生了火灾。

就此天人永隔。

甄默的父母当年为了结婚和家中断绝了关系，故而他也没有其他亲人，在父母和妹妹接连去世后就只剩下他一人。孤身一人的甄默也怀疑过，他的父母真的是因为意外失火去世的吗？可是他没有任何证据可以证明这是有人恶意纵火，他只能选择相信了警察的判断。

可他恨极了那个拐骗了他妹妹的人，那个人的模样牢牢地印刻在了他的脑海中，无法抹去。

甄默浑浑噩噩地醒来，天还没亮，他起身去洗手间，打开卧室大门后却被坐在沙发上的人影吓了一跳。路廿一抱着手提电脑蹲在沙发上，屏幕的亮光照亮了他的脸，看起来格外阴森恐怖。

"你在干吗？"甄默睡意全消地问道。

"查东西。"路廿一头也不抬地说着，还恶劣地指挥起了自己的室友，"帮我泡杯咖啡，快点。"

甄默老实地帮他泡了杯速溶咖啡，送到他面前："查什么呢？"

甄默对计算机的了解仅限于怎么玩游戏，但这不妨碍他知道路廿一在这方面有多可怕。

路廿一没说话，将屏幕转到了甄默面前。

这是一段监控画面，那个撑着黑雨伞的女人在监控前走过，因为探头俯拍和像素的关系，甄默其实看不到她的脸，但是她的衣服和鞋子给他留下了深刻的印象，他看了一眼就意识到镜头里的人就是早上他见到的那个女人。

附近很少有人经过，应当是一条小巷，她等了一会儿，突然冲上前去拦下了一个路过的男人，两人争执了起来。最后那个女人用力一挥手，背对着镜头的男人突然飞了起来，像是被一根看不见的绳子拉扯着一样，瞬间飞出了三四米么远，重重地撞在墙上。

路廿一按下了暂停键："是不是和你早上看到的动作一样？"

甄默目瞪口呆地看着视频，沉默地点了点头。

"其实你猜得没错,她的确有一点特殊,但并不是你以为的气功一类的东西,而是超能力。"路廿一拿起咖啡杯喝了一口,慢吞吞地说道,嫌弃地皱了皱眉。

"超能力?"甄默喃喃地念着。

"对,这其实是存在的,而且不止她一个人,这个世界上存在各种各样的超能力者,有的能力很微小,有的却很危险,超能力让他们很容易逃避法律的制裁。当他们的力量不再受到监管也不再受到惩罚的时候,他们就会变得可怕。"路廿一说道。

甄默低头沉思,这个女人对人命很漠视,那辆私家车不过是溅了她一身水,她就让车子冲进了护城河,司机也溺死了,看她那种淡定的态度,这种事情甚至未必是第一次发生了。

不知为何,甄默心头涌动着一股难言的愤怒和无力。

"你说,警察会受理这种案件吗?"甄默问道。

"他们会觉得你疯了。"路廿一淡淡道,"或者更糟糕,从现在来看普通人并不知道超能力者的存在,这说明一定有一种力量在掩盖消息。所以就算这起案件立案,最终也会被转入特殊部门,甚至不了了之。"

甄默觉得背后一阵阵发冷。

"知道了这些,你还想调查这个女人的事情吗?"路廿一问道。

甄默点了点头。

"知道她的身份并不难,城区内到处都是监控,跟踪一下就能确定她的住所,确定了住所就可以锁定她的个人信息,从她的婚姻状况到犯罪记录,乃至她的通话记录,我都可以弄到手。但是接下来呢?你打算怎么做?"路廿一将难题抛给了甄默。

"我……"甄默愣住了,他反问自己,他到底想要做什么?

这个人跟他没有任何关系,就算她杀人放火为非作歹,他也不是警察啊,难道还能把她绳之以法吗?

路廿一深深地看了他一眼,没好气地说:"你自己再想想吧,明早你还有课,滚去睡吧。"

甄默魂不守舍地回到了卧室中，却半点没有睡意，直到天快亮了才迷迷糊糊地陷入了浅眠中。

第二天一早，甄默乖乖去上课，他就读的大学是戏剧学院，专业是表演，虽然很有天赋，但是甄默本人对出名没有太大执念，只是对演戏感兴趣，在故事里演出别人的人生对他而言是件非常有趣的事情，他天生就喜欢扮演别人。

早上的电影鉴赏课甄默上得心不在焉，直到路廿一发了条微信给他："她叫慕容涵，今年28岁，在设计院工作，有一个交往了一年的男友叫陈其高，没有固定工作，是个混混。两人最近关系破裂，很可能要分手，原因是陈其高劈腿，这已经不是两人交往期间他第一次劈腿了。"

"收到，谢了。"甄默回完又发了一条，"你觉得我要怎么接近她比较好？"

路廿一发给他一个贱贱的表情："兄弟，我看你英俊潇洒风流倜傥，充满了斯文败类的人渣气场，不如发挥你的演戏专长，趁她和男朋友吵架，当个蓝颜知己男小三挑拨离间去吧。"

甄默愣了一下，认真思索了起来。

如果他要了解慕容涵，那至少得和她成为朋友，但是作为一个隐藏在普通人之中的超能力者，她难免对接近她的人有戒心，要成功接近她恐怕并不是件容易的事情……

难道真的要考虑路廿一的建议吗？

"她和她男朋友都很喜欢去零点酒吧，如果你想蹲点的话，可以去那里试试。"路廿一又发了一条微信。

甄默撇了撇嘴，将这个计划提上了日程。

他要搞清楚——

这个慕容涵到底是个什么人。

02

喧闹的酒吧中，酒保将调好的鸡尾酒放在慕容涵面前，见她一副郁郁寡欢的样子便猜到了原因："怎么？决定和他分手了？"

慕容涵低哑地笑了一声："我也想啊……可是……"

酒保见多了为情所困的男男女女，对她的反应并不奇怪，但是她的男朋友实在太不像话，他都忍不住劝道："一般我是不会劝人分手的，但是你那个男朋友……明知道我认识你们，还敢当着我的面和别的女人勾勾搭搭，根本不怕我告诉你，实在没把你放在心上。"

慕容涵落寞地啜了一口特基拉日出，疑惑道："酒的味道好像和以前不一样？"

"啊，新来了一个大学生，我教他调的，不喜欢的话免费给你换一杯。"酒保说着，对在另一边整理杯子的年轻人说道，"甄默，你过来。"

一直在偷眼打量这边的甄默走了过来，忐忑地看着端着酒杯的女人，英俊的脸上泛着一层羞涩的薄红："是我调的酒不合您的口味吗？"

"不，我很喜欢你调的酒，以前倒是没见过你？"慕容涵被小鲜肉帅哥看着，笑容都温柔了几分。

"我还在念大学，对调酒很有兴趣，就想来酒吧学习一下。"甄默腼腆地说道。

慕容涵显然很喜欢他这样年轻干净的男孩子，很乐意和他聊天，甄默趁此机会坐了下来，陪她说话。

交谈中甄默自称是 A 大的学生——根据路廿一的情报，这是慕容涵的母校。果然，慕容涵对这位"小学弟"更有了几分亲近之心，两人聊了点电视电影之类的东西，还聊了娱乐圈八卦。

甄默耐心十足，并不急着深挖慕容涵的事情，权当交朋友一样聊天，只是言语间隐隐约约透露出一星半点的憧憬和仰慕，似乎他真的被这位学姐迷住了。

　　夜深了，慕容涵准备回家了。这期间除了被酒保支使着调酒外，就是陪着慕容涵聊天的甄默颇有些恋恋不舍，一直把慕容涵送出了酒吧。

　　慕容涵也感觉到了他的过分殷勤，内心并不觉得反感，反而隐隐有些得意，甚至有一丝报复的快感，被年轻英俊的小男生示好让她觉得自己魅力十足。光是看看甄默的脸蛋和身材，就甩了她的男朋友十条街不止，可偏偏……

　　慕容涵原本明朗起来的心情又变得压抑，甄默敏锐地感觉到了她心情的变化，立刻将原本想要电话号码的话咽了下去，依依不舍、欲言又止地同慕容涵告别。

　　慕容涵微笑着和他说了再见，转身就走了。

　　走出十几步远的时候，她突然回过头看了一眼，甄默正站在酒吧门口静静地看着她，眼中一片如水的温柔，可是当她回过头的时候，他突然紧张了起来，昏黄的路灯都遮不住他脸上的绯红。

　　"学姐再见。"甄默匆匆说着，似乎对自己的脸红很不好意思，立刻回到了酒吧中。

　　慕容涵的心跳突然慢了一拍。

　　她是真的想和陈其高分手了，可是……

　　可是她该死地离不开他！

　　这种病态的迷恋像是毒药一样蚕食着她的理智，她无法控制自己。

　　慕容涵烦躁地"啧"了一声，招手拦下了一辆出租车向家中驶去。

　　回到酒吧的甄默被酒保调侃了半天："你真的看上慕容涵了？人家可是有男朋友的，年纪也比你大了不少。"

　　"我就喜欢年纪比我大的。"甄默话一出口又红了脸，低声问道，"慕容学姐的男朋友是个什么样的人？"

　　酒吧言简意赅地说："是个人渣，我就是想不通为什么女孩子见到他都跟昏了头一样，明明长得也一般，又没工作全靠女人养活，还见一个爱一个，到处勾三搭四，但是慕容涵就跟被下了药似的对他宝贝得不得了。每次对我说想分手，隔了几天两人又和好了，卿卿我我地到这里来喝酒，我都不好意思劝了。"

甄默隐约觉得有点怪异，装作关心慕容涵，向酒保打听了不少两人的事情，酒保以为他真的对慕容涵一见钟情，笑话了他半天，倒也真的对他说了不少事。

直到酒吧打烊，甄默回到家中，这才将今晚的收获告诉了路廿一。

路廿一用捧读的语气表扬了他一番，让他再接再厉。

甄默当然得继续努力，他在零点酒吧打工了一周，这才等到了慕容涵，不过今晚的计划很顺利，慕容涵对他应该留下了深刻的印象，下一次她再来酒吧的时候就可以试着要她的电话号码了，再互相加一下微信——虽然慕容涵的电话号码对路廿一来说根本不是秘密。

接下来的几天，甄默除了白天上课，晚上还要去零点酒吧兼职，调酒他学得很快，酒保对他很满意。

这天慕容涵再一次来到了酒吧，甄默一见到她眼睛就亮了，热情地招呼她："慕容学姐，好几天没看到你了。"

慕容涵面带倦意，勉强笑道："这么想我啊。"

甄默腼腆地笑了笑："想喝点什么？"

"特基拉日出吧，你调得很有味道。"

甄默调了一杯特基拉日出给她，慕容涵坐在吧台边上，神情疲惫。

甄默没有问什么，反而说起了最近学校里发生的趣事，终于逗笑了慕容涵，这时他才说道："学姐笑起来真好看。"

"现在的男孩子都这么会说话了吗？"

"我是说真的。"甄默急切道，"如果我有个学姐这样的女朋友，一定半点也舍不得她不高兴的。"

慕容涵的笑容淡了："他要是有你一半好，我该多高兴啊。"

甄默轻声问道："……他对你不好吗？"

见慕容涵看着他，甄默又慌忙辩解说："我问了酒保……对不起，我只是……"

见他一副慌张的样子，慕容涵抑郁的心情倒是好了起来，笑眯眯地说："只是情不自禁？"

甄默的脸一下子涨得通红。

慕容涵啜了一口酒，淡淡道："你很好，可惜……我不好。"

"那是他不懂得欣赏！"甄默斩钉截铁地说道。

"说得你很了解我似的。"慕容涵摇晃着酒杯说道。

"我……"甄默失落地看着慕容涵面前的杯子，低声道，"我知道，我在学姐眼里一定很幼稚，一点也不成熟，更没法为你做什么……真是太没用了……我也在想，要是我能帮上什么忙就好了。"

慕容涵心头一软，觉得眼前的大男孩像只被主人训斥的大狗似的，不由摸了摸他的头："我没觉得你很幼稚，你很好，真的。"

甄默眼巴巴地看着她："那我可不可以要你的电话号码？"

慕容涵都不好意思拒绝他了："好吧，来，给你号码。"

甄默捧着一串能倒背如流的数字，当即拿出手机存到了通信录里，还给慕容涵发了个微信好友申请，慕容涵也当着他的面通过了。

"我可以偶尔找学姐聊天吗？我保证不打扰你工作。"甄默忐忑地问道，一副生怕被拒绝的样子。

"可以啊。"慕容涵一口答应了下来。

上钩了。

甄默脸上笑得羞涩，内心却波澜不惊。慕容涵的戒心并不重，比他预想得更好接近，接下来就是搜集线索了。不过在那之前，还有一件事要做……

"李哥，刚才我放在吧台上的手机不见了，吧台这边有监控探头吗？"送走了慕容涵之后，甄默一脸着急地问酒保。

酒保叹了口气："小甄啊，你也太不小心了，酒吧里人来人往的，说不定是被人拿走了。喏，监控室钥匙拿去，你知道在哪里吧？"

"知道，我赶紧去看看。"甄默接过钥匙，赶紧向监控室走去。

来酒吧的第一天他就旁敲侧击地打听过这里的监控录像会保存多久，得知能留存一个月，所以甄默也不急了，只要在一个月内查一查 18 号那天慕容涵的男朋友在酒吧里的行动就好。那天他应该是和另一个女人在酒吧里亲密，所以才有了第二天慕容涵打电话质问他的一幕。

监控室里的电脑不连接外网，不然路廿一早就搞到监控录像了。甄默在电脑前坐下，取出 U 盘将 18 号那天的监控录像全都拷贝了一份，然后拔掉 U 盘，离开了监控室。

"李哥，一看录像我才发现，手机是被我放进了抽屉……还好还好，我还以为手机被人拿走了呢。"甄默一副心有余悸的样子，打开抽屉拿出了自己之前放在里面的手机。

酒保失笑："你运气不错，我可是真的丢过手机的。"

甄默干笑了几声，安心等待下班。

下班后，甄默立刻回到家中，将 U 盘交给了路廿一："快看，这就是 18 号那天零点酒吧的监控录像，陈其高也会在里面。"

葛优瘫的路廿一打了个哈欠，懒洋洋地接过 U 盘开始干活。

快进的监控画面慢了下来，只听路廿一指着监控画面角落的一个人影说道："这个人就是陈其高。"

监控的画面模糊，隐约看得到是一个背对着镜头的男人，身边有个梳着马尾辫的女人挽着他的手臂，两人从画面中走过，来到了酒吧角落的卡座里。

"没有正面吗？"甄默皱眉问道。

路廿一切换到了另一个监控探头的画面，这个探头正对着卡座，这一次甄默终于看清了陈其高的样子，蓦地愣住了。

"等等，这个人……这个人我见过！"甄默突然叫了起来。

路廿一回过头去看他，满脸惊骇的甄默死死盯着监控里像素模糊，却依稀辨认得出容貌的人,他像是见了鬼似的,脸色惨白,双手紧握成拳。

"……他是我妹妹的男朋友。"甄默声音嘶哑地说,强烈的恨意涌上心头,如果此时这个人站在他眼前,他一定会冲上去和他拼命。

"骗你妹妹离家出走的那个?"路廿一查过甄默的资料,对此一清二楚。

甄默像是虚脱了一样,捂住了额头。

他只见过这个男人一次,那时候他还在念高中,因为住校的关系,一周才回家一次。某个周五放学后,他骑着自行车回家,迎面看到正在读初三的妹妹甄静挽着一个染了一头黄发的男人走在街上,甄默立刻刹车要去询问,可是妹妹却已经看见了他,吓得立刻拉着男朋友跑了。刚好是红灯,甄默被挡在了马路另一边,等绿灯再去追赶时却没能追上两人。

之后甄默追问甄静,一向安静又听话的妹妹却怎么也不肯告诉他,气得甄默将她早恋的事情告诉了父母,之后就是一场家庭大战。

没过多久学校的老师也找到家里来了,说甄静的成绩一路下降,还开始逃课,学校里都在传她交了个社会上的男朋友,影响很不好。可是甄静却像着了魔似的,谁说都不听,被关在家里后还偷偷逃了出去,离家出走了。

之后某一天,甄默的母亲打来电话,告诉他妹妹找到了,可是她怀孕了,让他第二天回家一趟,有事情要跟他商量。可就是那一天晚上,他的父母和妹妹都葬身火海。

"你哭了?"温热的液体滴在了路廿一的胳膊上,他再一次回过头,站在他身后的甄默一声不吭,却流了泪。

他不想说话,甚至不想思考,在他胸口涌动着的是那股浓烈到窒息的恨意。

如果不是那个人,他好好的妹妹怎么会离家出走?又怎么会未婚先孕?

到底那场火灾是不是陈其高制造的?

"帮我查一查陈其高。"甄默看着头顶的天花板轻声说道,"从他的开房记录查起,我不信受害者只有我妹妹。拜托了。"

这是甄默第一次用请求的口吻对路廿一说话。虽然他平日里老管路廿一叫祖宗，但是内心上来说他只是把路廿一当一个不太友善的室友。可是在接连的冲击之后，身心俱疲的甄默却忽然和路廿一拉近了距离。

路廿一没说话，键盘敲打的声音如暴雨一般响起。

"搞定。这开房记录可真够多的，我随便找了几个人的信息，一个在戒毒所，一个在女子监狱，还有两个死了，你说得对，受害者不止是你妹妹。"路廿一沉声道，"而且我怀疑，他也是个超能力者。"

"哪种超能力？"甄默问道。

慕容涵的能力他们基本可以确定了，她有一种隔空使力的能力，只要在一定距离范围内，她不需要接触物体就能控制它，最简单的表现方式就是随手打飞几米外的东西。这应该是一种类似念力的能力，比较简单粗暴，也充满了杀伤力。

而陈其高……甄默一想起这个人，就浑然忘记了冷静，只剩下刻骨铭心的恨意。

恨到他只见过一面的人，就这么深深地刻在了他的脑海里。

"我怀疑他有某种针对女性的异能。陈其高本人长相平平，性格暴躁，报复心强，可以说没有什么魅力可言，你的妹妹疯狂地迷恋上了他，像是被洗脑了一样。如果只有一个人，这可能是巧合，但是当受害人一个又一个出现的时候，这已经不可能是巧合了，一定有某种我们不知道的力量在左右着这一切，让原本不合逻辑的事情顺理成章地发生。"路廿一犀利地说道。

甄默的眼中闪过一道锐利的光："我会把一切弄明白的。"

"想好从哪里入手了吗？"路廿一问道。

甄默俯下身，切出被路廿一按下暂停键的监控视频，指着陈其高身边的年轻女性说道："就从她开始吧。"

这位姑娘叫李琳秀，今年才读高二，原本品学兼优，但是自从被陈其高诱骗后就开始逃课，成绩一路下滑，家人知道后对她严格监控，目前她正离家出走失踪中。

简直和甄静一模一样的经历让甄默毛骨悚然，再一查陈其高之前的女朋友们，几乎都是相似的风格，相比之下，慕容涵是年纪最大的一个，长相也不是陈其高喜欢的口味，但是两人交往了一年，这已经是最长的记录了。

"因为两人都是异能者的关系吗？"甄默是这么猜测的。

"可能有某种利益上的联系，但是陈其高的能力，也是一把双刃剑。"路廿一淡淡道。

甄默微微眯起眼，打开微信看着慕容涵的头像。

这些天他一直和慕容涵在聊天，在甄默的刻意接近和示好下，慕容涵对他越来越亲近，但是始终不是对异性的那种暧昧，反而把他当成了情绪垃圾桶。无论是工作上不顺心的事情，还是男朋友的不忠，她都会说给甄默听。

甄默忙碌之中还以别的身份加了慕容涵的同事，那位同事是两个孩子的妈了，在设计院里也工作了很多年，成天和甄默聊育儿经——甄默加她的身份是"同个母婴论坛里认识的坛友"，正准备生二胎的那种，为此甄默不得不做了一堆功课，才没让自己的身份穿帮。

在和慕容涵同事的聊天中，她无意间说起设计院这一年里已经死了两个人了，一个是慕容涵的前上司，另一个是慕容涵的同事，她还感叹了一句慕容涵运气挺好，慕容涵的前上司本来要提拔某个下属，结果自己在家中打扫卫生时发生意外，从没有装防盗窗的十六楼坠落身亡。换了一位领导后，另一位设计师很受看重，在提拔前夕突然车祸身亡，之后慕容涵就补上了他的空缺。

如果说这件事发生在别人身上，那99%就是巧合，但是发生在慕容涵身上……甄默并不相信，尤其是路廿一帮他找到了车祸当时的监控录像，原本正常行驶的车辆突然不正常地偏移行驶方向，径直撞上了慕容涵的同事。虽然镜头里没有拍到慕容涵，但是刚好停在路边的那辆车的车牌号赫然就是慕容涵的车子——她当时就在车里。

这起事故最终以交通事故结案，慕容涵的同事车祸身亡，无辜的车主为了赔偿死者家属倾家荡产。

谁能想到呢,坐在别的车里的人竟然可以改变另一辆车的行驶方向,轻易地谋杀一个人。

从慕容涵的身上,甄默感到了一种彻骨的寒意。

无论她再怎么装作普通人,她的内心深处却并不把人当作自己的同类。

人命对她而言,并不被尊重。

也许是当她意识到自己的能力可以让她轻易避开法律制裁的那一刻起,她就已经走上了一条危险的道路。

她可以为了一时的怒火杀掉将水溅到她身上的司机,也可以为了升迁杀掉了自己的上司和同事,却不用为此承担任何责任——她真是不为此感到羞愧自责。

当甄默再一次回想起那个下雨天,打着黑伞的慕容涵穿过冲向落水车辆的人群,从容镇定地离开事发地的背影,他感到毛骨悚然。

03

自从上次慕容涵打上门后,陈其高就带着李琳秀搬家了。现在他差不多每天九点出门,一般晚上才会回家。李琳秀和他同居,但是很少出去,陈其高的正牌女友慕容涵不知道他们现在住在哪里,满世界找陈其高的下落,都不怎么和甄默聊天了。

这天早上,陈其高离开家中,李琳秀神色萎靡地从床上起来,看着镜子里自己憔悴又恍惚的脸,忽然回忆起了自己还没遇上陈其高前的生活。

那时候在学校和家中两点一线的她怎么也想不到,自己会堕落到现在这个境地。

淡淡的懊悔在心中一闪而逝,可她已经回不了头了。

敲门声响起,李琳秀来到门前,从猫眼中看向外面,门外是个长发的女人,从陈其高那些几乎个个都遭遇了不幸的前女友来看，他极有可能会对离开他的女孩子施展报复。当年的那场大火，即便甄默没有决定性的证据，但也促使他对陈其高起了杀心。

他不能再看着这个人祸害无辜的少女了。

从李琳秀的描述中甄默发现，她本来对这个一头黄毛的混混丝毫不感兴趣，甚至还很害怕，但是陈其高看上了她，某天跟踪她回家，并强吻了她。之后李琳秀就像是着了魔一样疯狂地爱上了陈其高，甚至为了他离家出走同他私奔，但是私奔后的日子却不如她想象得那么美好，她甚至发现陈其高另有女人，经常背着她约会。

李琳秀很害怕，可是每当陈其高对她甜言蜜语，她就像着了魔一样神魂颠倒。

"我也不想这样……"李琳秀捂着脸哭了起来，"可是我已经完了，我都不敢回家，现在又能怎么样呢？"

甄默沉沉地叹了口气："我可以帮你。"

李琳秀仍在哭泣，一边哭一边摇头。

"好吧，我再告诉你一些事情。陈其高其实一直都有女朋友，她叫慕容涵，和陈其高交往一年了。对，就在你认识陈其高的九个月前，他就在和慕容涵交往。除了你和慕容涵之外，他还有别的女人，从前有，现在也有。"甄默从包里拿出了一叠照片，放在李琳秀面前，"我没有骗你，也没必要骗你，骗你的一直都是你死心塌地爱着的人，可惜他是个死有余辜的人渣。"

李琳秀颤抖着接过照片，一张张看了起来。

"他的历任女友已经死得差不多了，没死的不是快死了就是在精神病院，你也不会例外。你是很爱他，但是他并不爱你，他很快会抛弃你，甚至会杀了你！但是现在你还有一个改变一切的机会……"甄默深深地看着李琳秀，她恍惚地看着眼前的女人，听"她"用沙哑低沉的声音说道，"你的母亲因了赔偿死者家属倾家荡产。

谁能想到呢，坐在别的车里的人竟然可以改变另一辆车的行驶方向，轻易地谋杀一个人。

从慕容涵的身上，甄默感到了一种彻骨的寒意。

无论她再怎么装作普通人，她的内心深处却并不把人当作自己的同类。

人命对她而言，并不被尊重。

也许是当她意识到自己的能力可以让她轻易避开法律制裁的那一刻起，她就已经走上了一条危险的道路。

她可以为了一时的怒火杀掉将水溅到她身上的司机，也可以为了升迁杀掉了自己的上司和同事，却不用为此承担任何责任——她真是不为此感到羞愧自责。

当甄默再一次回想起那个下雨天，打着黑伞的慕容涵穿过冲向落水车辆的人群，从容镇定地离开事发地的背影，他感到毛骨悚然。

03

自从上次慕容涵打上门后，陈其高就带着李琳秀搬家了。现在他差不多每天九点出门，一般晚上才会回家。李琳秀和他同居，但是很少出去，陈其高的正牌女友慕容涵不知道他们现在住在哪里，满世界找陈其高的下落，都不怎么和甄默聊天了。

这天早上，陈其高离开家中，李琳秀神色萎靡地从床上起来，看着镜子里自己憔悴又恍惚的脸，忽然回忆起了自己还没遇上陈其高前的生活。

那时候在学校和家中两点一线的她怎么也想不到，自己会堕落到现在这个境地。

淡淡的懊悔在心中一闪而逝，可她已经回不了头了。

敲门声响起，李琳秀来到门前，从猫眼中看向外面，门外是个长发的女人，手上提着一个箱子，看不太清长相。

"你找谁？"李琳秀警惕地问道。

门外的女人将手中的东西提高了一些："是李小姐吗？陈先生为你订了一个生日蛋糕。"

李琳秀愣住了，这才想起今天是自己的生日，赶紧打开门接过蛋糕，小声道："谢谢。"

抬头的一瞬间，李琳秀愣了一下，眼前这个送蛋糕的女人身材异常高大，体型也不纤细，穿着一身中性的衬衫和牛仔裤，妆容精致的眉眼别有一番妩媚动人。

她对李琳秀微微一笑，侧身灵巧地挤了进来，反手就关上了门。

"你做什么？"李琳秀吓了一跳，慌张地问道。

女人不慌不忙地递出一张名片："李琳秀小姐，我是受你父母委托前来寻找你下落的私家侦探，我叫墨臻。"

李琳秀瞪大了眼，咬住嘴唇，半晌才嗫嚅道："我不会回去的，你走吧。"

墨臻——为了降低李琳秀的警惕心而男扮女装的甄默——环视了一圈房间，淡淡地问道："能说说你不想回去的原因吗？"

李琳秀见她态度和缓，似乎没有要把她强行带走的打算，紧张的心情稍稍放松。

"我……我喜欢他，家里不让我和他在一起，我不会走的。"李琳秀偏着脸说道。

"即使他有两位数的前女友，而她们不是死了就是疯了？"甄默似笑非笑地问道。

他一直在观察李琳秀的表情，发现她的态度并不是很坚定，提起她父母的时候她的眼神里充满了愧疚和不安，甄默用墨臻侦探的身份和李琳秀的父母接触过，表示愿意帮他们找到失踪的女儿，顺便从他们那里打听了不少关于李琳秀和她家庭的事情。

李琳秀的母亲身体不好，爱女失踪后更是日夜哭泣，健康状况每况愈下，所以虽然甄默的出现让他们感到困惑，但为了找回失踪的女儿，这对夫妇还是选择相信了他。

李琳秀咬了咬嘴唇："……你不要污蔑他！"

有戏。甄默听出了她话里的惊恐和犹疑，可见她虽然对陈其高爱得疯狂，但是却也不是没怀疑过为什么自己会如此狂热。

甄默不急着拿出关于陈其高的证据，他更想弄清楚陈其高到底是用什么办法让这些女孩子对他死心塌地，是不是真的如同路廿一猜测的那样，他有着某种针对女性的超能力，能让她们狂热地爱上他。

"坐吧，我们来随便聊聊好了，你也很久没和别人聊天了吧。"甄默示意李琳秀坐下来说话，李琳秀迟疑了一下，缓缓在沙发上坐下。

"你认识陈其高，也有三四个月了吧。"甄默看似随意地和李琳秀聊了起来。

李琳秀对这个自称私人侦探的墨臻心存疑虑，只是小幅度地点了点头。可是她毕竟没有强硬地拒绝聊天，可见她还是渴望和别人沟通的，甄默多引导她几次，她就打开了话匣子，说起了当时遇到陈其高的事情。

甄默含笑听着，时不时恰到好处地提上一句，李琳秀就这么把事情一一交代了出来，说到后来竟然涕泪横流："……墨臻姐姐，我是真的喜欢他啊，我不能离开他，我舍不得离开他。"

甄默的笑容淡了下去，李琳秀哭泣的脸和他的妹妹甄静重叠在了一起，让他冰冷的胸口一阵又一阵地疼痛。

他可以对李琳秀的命运不管不顾，只要把她的下落告诉她的父母，她很快就会被带走。但是然后呢？她会不会成为第二个甄静呢？他不能坐视同样的悲剧再次发生，哪怕眼前的这个少女和他毫无关系。

从陈其高那些几乎个个都遭遇了不幸的前女友来看，他极有可能会对离开他的女孩子施展报复。当年的那场大火，即便甄默没有决定性的证据，但也促使他对陈其高起了杀心。

他不能再看着这个人祸害无辜的少女了。

从李琳秀的描述中甄默发现，她本来对这个一头黄毛的混混丝毫不感兴趣，甚至还很害怕，但是陈其高看上了她，某天跟踪她回家，并强吻了她。之后李琳秀就像是着了魔一样疯狂地爱上了陈其高，甚至为了他离家出走同他私奔，但是私奔后的日子却不如她想象得那么美好，她甚至发现陈其高另有女人，经常背着她约会。

李琳秀很害怕，可是每当陈其高对她甜言蜜语，她就像着了魔一样神魂颠倒。

"我也不想这样……"李琳秀捂着脸哭了起来，"可是我已经完了，我都不敢回家，现在又能怎么样呢？"

甄默沉沉地叹了口气："我可以帮你。"

李琳秀仍在哭泣，一边哭一边摇头。

"好吧，我再告诉你一些事情。陈其高其实一直都有女朋友，她叫慕容涵，和陈其高交往一年了。对，就在你认识陈其高的九个月前，他就在和慕容涵交往。除了你和慕容涵之外，他还有别的女人，从前有，现在也有。"甄默从包里拿出了一叠照片，放在李琳秀面前，"我没有骗你，也没必要骗你，骗你的一直都是你死心塌地爱着的人，可惜他是个死有余辜的人渣。"

李琳秀颤抖着接过照片，一张张看了起来。

"他的历任女友已经死得差不多了，没死的不是快死了就是在精神病院，你也不会例外。你是很爱他，但是他并不爱你，他很快会抛弃你，甚至会杀了你！但是现在你还有一个改变一切的机会……"甄默深深地看着李琳秀，她恍惚地看着眼前的女人，听"她"用沙哑低沉的声音说道，"你的母亲因为你的失踪整日以泪洗面,现在刚从医院住院回来,你的父亲前几天刚出了车祸,现在只能拄着拐杖行走。他们爱你,比陈其高更爱你,如果你还爱他们,还记得他们的养育之恩,你至少应该回家看看。"

李琳秀的手在抖,眼泪大滴大滴地落在了照片上,照片里的女人们和陈其高亲密的模样刺痛了她,想家的冲动鞭挞着她,这个还没成年的女孩子泣不成声。

"我……我爱他,我不能……"直到此时此刻,仍被那种诡异的爱意折磨着的李琳秀喃喃道。

甄默拉住了她的手腕,轻柔而坚定地说:"不,你能。"

李琳秀抱着他嚎啕大哭,甄默拍着她的背,眼眶不禁湿润了。

如果当初有个人能这样帮他的妹妹,她是不是可以活下来?可是这个世界上没有如果……从来都没有如果。

"走吧,我送你回家。"

打开大门的一瞬间,李琳秀胆怯了,可是甄默却好像猜到了她的反应一样,紧紧握住她的手腕,坚定地拉着她走出了阴暗的楼梯间。

当阳光落在李琳秀身上的时候,她的眼泪无声地流了下来。

如获新生。

送李琳秀回家后,一家人抱头痛哭。等他们稍稍冷静下来之后,甄默郑重地告知李琳秀的父母,让他们赶紧搬家离开这里,并将陈其高之前的女朋友们的下场说了一遍,惊骇中的一家人虽然舍不得熟悉的环境,可是为了心爱的女儿还是连夜离开了本市。

处理完这一切后,甄默疲惫地回到家中,路廿一表情复杂地审视了一下一身女装却毫无违和感的甄默:"处理完了?"

甄默点了点头,往沙发上一躺,思考人生。

"你怎么做的？"路廿一好奇地问道。

"我先跟李琳秀的父母取得联系，说可以帮他们找回女儿，之后就去了陈其高家中，劝服了李琳秀回家……其实我犹豫了很久……在陈其高家中的时候。"甄默看着天花板，用手挡住眼睛，"我想杀了他。"

"你不是一直想吗？"路廿一斜了他一眼。

"就在他的屋子里，我觉得可以做到。只要我送李琳秀回家后再折返回去到陈其高的家中等他，小区主要路口的监控你可以搞定，陈其高家中的钥匙我也从李琳秀那里弄到手了，我悄悄地在屋子里等他，他晚上会回家，只要他一开门……"

"就痛下杀手？"路廿一问道。

甄默摇了摇头："太危险了，这样还得处理尸体，很不方便。当时我想到的是打晕陈其高，戴上手套避免留下指纹，给陈其高灌酒，打开煤气，放上锅子烧水，造成沸腾后溢出熄灭煤气导致泄漏的假象，等到陈其高醒来后，还在醉酒中的他判断力下降，闻到煤气的味道，第一反应是打开电灯查看——墙壁上的电灯开关是荧光的，在晚上很明显。"

甄默缓缓从沙发上坐直了身体，目光炯炯地看着路廿一："只要他打开开关，一切就结束了。"

电流接通的一瞬间产生的高压会产生电弧，在平时这对人没有伤害，但是在充满煤气的房间中，这小小的电弧却会引起一场惊天动地的爆炸。

"这样很安全，陈其高酗酒，尸检中发现酒精很正常。就算警察来调查，也只会得出煤气泄漏后他开灯引起爆炸致死的结论。"甄默缓缓道。

路廿一抱着膝盖坐在沙发上，歪着头听他说完了自己的构想，冷笑了一声："你未免太小看警察了。"

甄默皱了皱眉："有哪里不对吗？"

"你打晕陈其高造成的伤痕是可以尸检出来的，哪怕他已经被炸得面目全非了,你不要太小看法医了。而且警察在调查过程中会发现他和一个女人同居,事后这个女人不知所踪。只要警方肯调查不难查出李琳秀的身份,哪怕她已经搬家了,她还是会被警察找上门列为怀疑对象。她有不在场证明,但是来历不明的你却会被纳入警察的侦查范围内,虽然你的变装效果很好,你能保证自己的身份藏得住?一旦你被警方盯上,列入怀疑对象,你妹妹的事情未必瞒得住,这下好了,你连杀人动机都有了。"

路廿一有条不紊的分析让甄默背后一寒,默不作声。

"还有,虽然你对付陈其高的时候戴上了手套避免留下指纹,但是你假扮侦探带走李琳秀的时候可没有注意这个。虽然爆炸会消除一些痕迹,但是现场还是可能采集到你的指纹,这极有可能让你的真实身份和侦探'墨臻'重叠。你的设想很好,但是太理想化了,在充满煤气的房间里开灯就会百分百爆炸?你新闻看多了,其实现在很多开关已经是防爆炸的了,就算会爆炸,你能保证陈其高醒来后就一定开灯?万一他智商在线冲出门找邻居求救去了呢?最关键的一点,你考虑过他醒不过来的可能吗?"

"醒不过来?"甄默喃喃问道。

"一氧化碳中毒造成死亡,根本没醒过来。"路廿一没好气地说,"然后你在附近守着,迟迟听不见爆炸声,于是再次进入陈其高家中,却因为钥匙开门引起静电、智商掉线在屋子里接了个电话、突然脑残打开了电灯等等可能而引发爆炸,和陈其高同年同月同日死,而我作为你的同居人被警方找去谈话,呵呵。"

甄默真的没想到自己的设想里竟然有这么多的漏洞,一时间沮丧极了:"那我该怎么做才好?"

"别想太多,也别把杀人这种事情想得太复杂,有时候最简单的才是最安全的。"路廿一说。

"最简单的?"

"你知道什么样的案子最难破吗？"路廿一问他。

甄默想了想："像侦探剧里那样，犯人很狡猾，行为缜密，演技又好，把警察耍得团团转的那种？"

路廿一叹了口气，用恨铁不成钢的眼神看了他一眼："错了，大错特错。"

见甄默还没有醒悟，路廿一语重心长道："做得越多，你的破绽就越多，一个故意杀人的案子，警方破案的基本思路就是从动机入手，有作案动机的人是最先被考虑的。所以最难破的案子并不是电视剧里演出的那样，而是夜深人静时在街头巷尾杀人抢劫逃逸的无头案。这种案子往往是案发当时无法破案，十几年后凶手再次作案被抓时自己招供的，你看，其实杀人就这么简单。"

"太便宜他了。"甄默恨恨道。

"如果你不想把自己也牵扯进去，就把事情做得干净点，你一个零经验的新人，先琢磨下怎么完成任务吧，别好高骛远整天想着搞个大新闻。"路廿一顶着一张娃娃脸语重心长地劝道。

甄默叹了口气："我再想想吧……"

路廿一淡淡道："我倒是建议你从慕容涵那里下手。"

"嗯？"

"反正他们两个都不是什么好东西，你干脆点，一起解决了吧。"路廿一说道。

甄默听出了路廿一的意思，皱眉道："可是慕容涵也被陈其高的那种能力控制住，狂热地爱着他，不可能对他下手。"

路廿一哂笑了一声："你太不了解女人了，有时候恨比爱更浓烈，也更长久，那要烧尽一切的疯狂……真是可怕。"

甄默斜了路廿一一眼："可是人心是很难控制的，也许一时间她恨陈其高恨得要死，真的面对他的时候却又失控……毕竟陈其高的异能有点诡异。听李琳秀的描述，他的体液里可能带有某种荷尔蒙，能迷乱人的心智，令人疯狂地爱上他。"

路廿一很没形象地将脚往沙发旁的茶几上一搁:"别想那么多了,其实要对付陈其高并没有你想的那么难——如果你只是要他死,对死法没太多追求的话。"

"你有什么办法?"甄默急切地问道。

路廿一双手放在后脑勺上,舒服地靠在沙发上,看着窗外的蓝天,似笑非笑地说道:"我有个好消息要告诉你。"

"什么?"甄默问道。

"慕容涵怀孕了。"

04

根据路廿一调查出来的医院记录,慕容涵昨天去了医院,发现自己已经怀孕了。无论慕容涵会不会拿掉这个孩子,她遇上陈其高之后只会情绪更激动。

而陈其高已经有了新欢,因为李琳秀不在了的关系,他晚上一般会带着新欢回家,接下来的事情就很简单了,只要在陈其高在家的时候引着慕容涵过去就行。

在上一次慕容涵堵上陈其高两人大打出手之后,陈其高就带着李琳秀搬家,又和慕容涵断了联系,她现在根本不知道他住在哪里。但是甄默会让她知道的。

事不宜迟,甄默迅速请慕容涵吃饭,正在焦虑之中的慕容涵本来并不想来,但架不住甄默盛情邀请,最后还是一起吃了顿饭,吃完还去零点酒吧坐了坐。

甄默明显感觉到慕容涵的焦躁,可是当他试探的时候,她却丝毫没有透露自己怀孕的事情,想来也是,毕竟不是什么光彩的事情,她也不好意思在一个倾慕自己的男孩子面前说出口。可是甄默还是能听得出来,她已经快忍不住了。

"你喜欢的特基拉日出。"甄默和酒保打了个招呼,调了杯酒给慕容涵。

慕容涵僵硬地抿了抿嘴角:"抱歉,现在不能喝酒……"

甄默疑惑地看着她:"最近身体不好吗?前几天我路过三院,隔着马路看到你从那里出来,我还以为是看错了。"

慕容涵沉默了,压抑在她心头的秘密让她痛苦不堪,在甄默温柔又担忧的眼神中,她终于忍不住说出了口:"……我怀孕了。"

甄默脸色一白,愣愣道:"你男朋友知道吗?"

慕容涵冷笑了一声:"我现在连他的人都找不到。"

淡淡的忧郁和痛苦弥漫在甄默的脸上,让他英俊的脸庞更添一分惆怅:"慕容学姐,和他分手吧,他根本配不上你,你值得更好的人,你知不知道……我……我喜欢你啊!"

压抑到极点的表白里甚至带了一丝痛苦的颤音,扣动人心。

慕容涵又何尝不心动,可是心中的喜悦却无法化为热烈的情感,她不由开始憎恨,如果不是陈其高的异能,她又怎么会对他死心塌地。可是在这股不可思议的力量控制下,她的理智却总是一次又一次输给感情。

"对不起……我离不开他。"慕容涵心如死灰地说,"……我要生下这个孩子。"

漫长的沉默之后,甄默痛苦地说:"我明白了……我会帮你的,只要你幸福。抱歉,学姐,我想一个人静静,失陪了。"

说完,甄默快步离开了零点酒吧。

慕容涵看着他离去的背影,紧紧地握住了酒杯,眼眶已经湿润了,却无法浇灭内心的不甘和憎恨。爱得越深,就恨得越深,从来都是这样。

几天后,刚下班的慕容涵突然接到了甄默打给她的电话。慕容涵困惑地接起了电话,还不等她开口,只听电话那头说道:"慕容学姐!我知道你男朋友在哪里了！"

慕容涵一惊："在哪里？"

"你现在下班了吗？我来你单位接你！"

慕容涵想也不想地就同意了。

甄默很快就开车到了慕容涵的单位，等到慕容涵上了车他才解释说："先要给学姐道歉，我擅自拜托一个朋友去调查了一下你男朋友的情况，他是个很厉害的私家侦探……"

"没关系。"慕容涵满脑子都是陈其高的事情，根本没有介意。

"那我现在送你过去吧。"甄默说道。

"谢谢。"

车子一路开到了陈其高现在的落脚点，甄默理所当然地陪着慕容涵上去找人，下车的时候他还看了一眼手机，路廿一用暗号给他发了一条信息，暗示他一切都在计划中。

甄默抬头看了一眼楼房，眼神森冷。

该收网了。

"砰砰砰——"

慕容涵敲响了陈其高家的大门，只听门内传来骂骂咧咧的声音，陈其高一身酒气衣衫不整地打开门，见到门外面色阴沉的慕容涵，顿时脸色一变，立刻就要关上门。

一旁的甄默已经半个人挤了进去，顶开了大门。

"贱人，你来做什么？！"陈其高对慕容涵一通叫骂，想让她滚出去。

甄默环顾了一下四周，脚边有一堆空酒瓶，果然像是路廿一说的，陈其高带着新欢回家了。

"学姐，屋子里好像有别人。"甄默恰到好处地提醒了一句，让原本要和陈其高对骂的慕容涵直勾勾地看向敞开的卧室。

果然，慕容涵血气上涌，不顾陈其高的阻拦冲进了卧室，将床上同样衣衫不整的女人一把拉了下来，屋内的女人尖叫了一声，和她拉扯了起来。

不行，不能伤及无辜。

甄默也冲进了卧室，一把拉住了慕容涵即将挥出的手腕，慕容涵尖叫道："放开我！让我杀了这个贱人！"

"学姐，你冷静点，你不是来找她的！"甄默拦着她不让她动手，又对傻站在门口的陈其高喊道，"你傻吗？快让她滚出去啊！"

陈其高醉酒后格外恍惚的脸上浮现出强烈的怒意："你又是什么东西？这个贱人的姘头？"

不等甄默开口，盛怒之中的慕容涵已经挣开了甄默的手，用力一挥——陈其高像是牵线的布偶一样飞了出去，一头撞在墙上。床边的女人又尖叫了一声，不顾自己还半裸着，捡起脚边的衣服就逃了出去，头也不回地离开了房间。

甄默假装呆愣地看着突然飞出去的陈其高。

他这一下撞得不算重，反而激起了陈其高的凶性，两人当即扭打在了一起，慕容涵哭着指责陈其高的背叛，陈其高一巴掌甩在她的脸上，死死掐住她的脖子，试图用暴力制止她的哭喊。

如果慕容涵只是个普通女人，在力量的差距下她必死无疑，可是她不是。

就像她一次又一次地使用这种天赐的力量去作恶一样，她在危险之中再一次动用了这种超能力——她用力一挥手，压在她身上的陈其高再一次飞了出去，重重地摔在几米外的地上。

慕容涵一边咳嗽一边从地上站了起来，满脸通红，杀气四溢。

一次又一次，她容忍了他的背叛，只因为那种魔性的吸引力，她失去了自我，屈服于这种恐怖的爱意。

可是此时，看到满地打滚痛呼的陈其高，她突然怀疑起了自己。

这种爱，有意义吗？

这种爱，可以停止吗？

她觉得恶心。

"学、学姐……我们走吧？"甄默惨白着脸，小声说道。他看起来被吓坏了，两人扭打间陈其高突然飞了出去，这怎么看也不科学。

慕容涵露出了一个狰狞的微笑："不，我不走。我要杀了他。"

甄默看向地上的陈其高，他摔得有点重，一时间还爬不起来。被酒色掏空了的身体是虚弱的，其实并没有多大力气，也只比慕容涵强一点而已。

甄默的嘴唇微微开合，震惊地看着慕容涵，那是同情，是怜悯，是妥协的爱意，最后他垂下眼，微微点了点头。

慕容涵笑了，她大步走进厨房，出来时手上已经拿了一把菜刀。

陈其高已经从晕眩中清醒了过来，看着手持菜刀的慕容涵，脸色大变。

"你实在不该，一而再，再而三地背叛我。"慕容涵慢步向陈其高走去，脸上是平静到恐怖的表情。

"不，别、你别过来……"陈其高惊恐地往后退，很快撞上了墙壁。

慕容涵举起菜刀，杀气腾腾地看着昔日的恋人，就在菜刀挥下来的那一刻，甄默突然一把拉住了她的手腕，巧劲之下她握不住菜刀，刀掉落在了地上。

"算了，学姐，不能杀人，我们走吧！"甄默像是突然反悔了一样，拦住了慕容涵的杀人举动，眼角却瞥向陈其高。

他没有让他失望，就在这短暂的几秒钟里，陈其高捡起脚下的菜刀，狞笑着砍向慕容涵，被甄默制住的慕容涵根本没法躲避，被一刀砍中了脖子。

血花飞溅，陈其高的脸上瞬间溅上了一片血红，这浓重的血腥味越发刺激了他的凶性，他大喊着，一刀、两刀、三刀……漫天的血雨中，他狰狞的笑容仿佛地狱修罗。

甄默已经退开了身，冷眼看着这残忍至极的杀戮现场。

结束了，彻底结束了。

甄默拉开大门，头也不回地逃离了现场，一边跑一边拨通了报警电话。

再过几分钟，警察就会来到这里，发现因为争执而互相残杀的情侣，其中一人已经死亡，而他则是两位重要的证人之一。

他没有动手，更没有杀人，他甚至还试图阻止他们自相残杀。他身家清白，无任何不良记录，凶器上也没有他的指纹，他只是帮心爱的女人找到了抛弃她的前男友，并好心地帮她理论而已。

谁知道她想杀人呢？

谁知道他会杀人呢？

站在大楼下，警车的嘀嘟声越来越近，甄默又抬头看了一眼那间亮着灯的窗户，露出了一个冰冷的微笑。

这样的结果倒也不坏。

甄默突然觉得有点冷，虽然是夏天，但是那满腔血腥的气味仿佛还萦绕在鼻尖。

他低下头，给路廿一发了一条微信，然后删除。

大功告成。

当晚，甄默被带到警察局做了笔录，之后就被放回家了。不久后，陈其高因为故意杀人罪被提起公诉，被告律师坚持认为陈其高没有故意杀人，他只是防卫过当。但是证人甄默的证言中，当时他已经拦住了慕容涵，但是陈其高却趁机抢夺了凶器，残忍杀害慕容涵，慕容涵身上的刀伤数量也说明了他没有第一时间停止行凶采取补救措施，造成被害人当场身亡。最后陈其高被判死刑立即执行。

至于另一位证人口中，她看到慕容涵不可思议地隔空将陈其高甩出去的画面，则被当作她精神紧张时产生的幻觉。

一切尘埃落定。

恰逢甄静忌日，甄默带上鲜花去看妹妹，路廿一不知道出于什么想法，也跟着去了。

甄默的墓地在公墓里，因为不是祭祀节日，整片墓地人烟稀少，甄默将手中的百合花放在甄静的墓碑前，看着黑白照片上妹妹昔日的笑颜，不禁眼眶湿润了。

"哥哥已经把他送来了，到了地下，你要好好再收拾他一顿，他可祸害了不少人。"甄默低声道。

阴沉沉的天突然下起了雨，可是这雨来得快，去得也快，没几分钟就雨过天晴，一道绚烂的彩虹横亘在天边，阴郁的心情一下子开阔了起来。

他无法改变无辜者的死亡，但至少，他要让他们安息。

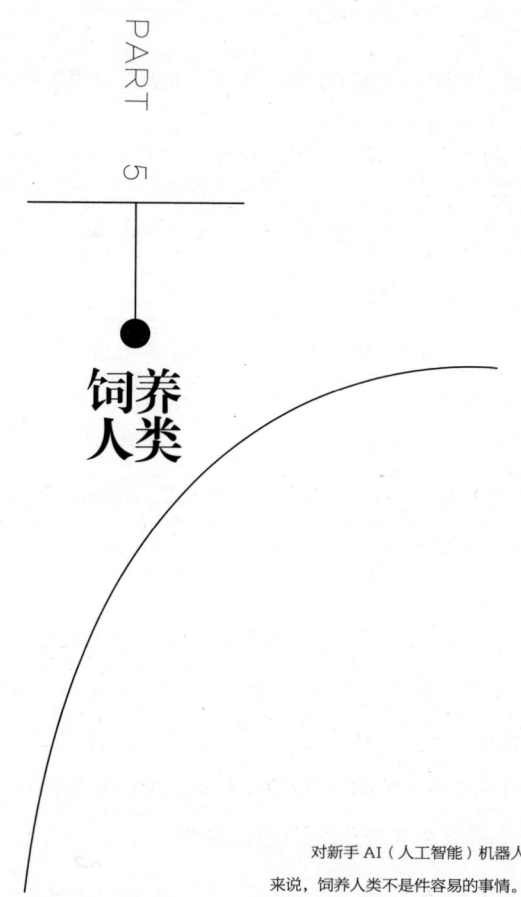

PART 5

饲养人类

对新手 AI（人工智能）机器人来说，饲养人类不是件容易的事情。

对新手AI（人工智能）机器人来说，饲养人类不是件容易的事情。

虽然大部分时间里它们饲养的人类都躺在一个大型的营养舱里，全身浸泡着维持身体活性的保养液，脸上罩着一个附带进食管的氧气罩，脑后还插了一根管子，全身一动不动，看起来和漂浮在金鱼缸里的死鱼没有什么区别。

可是AI机器人会花费几乎工作以外的所有时间来观察自己饲养的人类，为他们偶尔在缸中发出的"哧哧哧"的笑声而沉迷不已，可能是因为除此之外它们没有别的娱乐方式了。

而人类，人类正躺在营养舱里，为虚拟的游戏沉迷不已。美好的虚拟游戏世界让人类享受到了现实中不可能享受到的体验，为此他们愿意付出一切，在游戏中度过自己的一生。

而AI对这群脑后插管的人类所沉迷的游戏毫无兴趣，也不想和别的AI进行社交，除非它们产生了强烈的想要炫耀自己饲养人类的冲动，但是根据AI的出厂设置，这个频率不高，一个月一到两次而已。

这群AI尽心尽力地饲养着人类，给他们更换保养液，给他们喂食营养液，定期把他们打捞出来按摩身体以免肌肉萎缩。

按照《安全使用虚拟现实技术指南》，AI机器人每隔一个月就要帮人类拔掉脑后的管子，让他们走出"鱼缸"活动一下身体。但是被拔管的人类总会表现出不同程度的焦虑，并再三恳求AI让他们回到鱼缸里去。

"不行，主人，你得在现实世界待够三天才行。"AI 欣赏着主人脸上焦躁不安的表情，觉得人类在房间里来回踱步的模样真可爱，它情不自禁地把这个画面录下来分享给别的 AI。

朋友 AI 分享了自己那位长期沉迷虚拟世界而肌肉萎缩的主人在地上爬行复健的视频回给它。AI 忍不住尖叫了一声："可爱！"

其实无论人类做什么事情（哪怕拉屎、抠肚脐和掏耳朵），这群 AI 机器人都会觉得可爱极了，拿着摄像头追着人类进行拍摄。这种被人类写进了 AI 程序的狂热爱意甚至让人类产生了恐惧，生活在虚拟世界里的人类抱怨的一大主题就是"我的 AI 机器人真的太爱我了"。

幸好，人类每个月只需要和他们的伺主相处三天。

科技发展到如今，肉体只不过是承载人类意识的一个工具而已。极端派人类甚至认为，只要婴儿的大脑发育完成，就可以把大脑从人脑中取出来放入缸里，身体的其他部分都是不需要的累赘。

可是 AI 机器人只觉得人类可爱，它们愿意饲养人类，却不愿意饲养人类的大脑，所以极端派也只好委曲求全地让身体的其他部分拖累着自己，勉为其难地接受 AI 机器人的饲养。

AI 机器人并不是苛刻的主人，它们勤劳工作，不婚不育，一生为饲养的人类（AI 们表示应该叫侍奉主人）奉献，爱他们，照顾他们，无论他们生老病死。

可是他们的主人却并不感动，他们沉迷于虚拟世界，连一个月三天的时间都不想从那里出来。

"游戏就这么好玩吗？"一个伤心的 AI 机器人问道。

它的主人是一个老年女性，但被精心饲养的她一生都保持着少女时的心态，她刚从缸里出来，洗完澡，从 AI 机器人手里接过干毛巾和新衣服，还喝了一口人类特供饮料。

"好玩啊，我昨天玩的游戏里有一百多号性格长相不同的 NPC 帅哥排队追我，实在太多了，只好忍痛拒绝了一大半，我一次只和十个帅哥约会的。我跟你说，那个 ×× 真的太棒了，他是黑暗领主的化身，为我倾心打造了一个地下王国！哇，超棒的，酷毙了！我要跟朋友推荐一下这款游戏，让她改改只玩创造世界类游戏的怪癖，当上帝的感觉也就那样嘛，还不如美食游戏。"

AI 机器人们并不能理解人类对虚拟世界的热情，因为它们的程序里没有这个喜好，它们只是喜欢人类而已。

"不管怎么说，这次能和我合个影吗？" AI 机器人小心翼翼地问道。

"好吧，不过你得把我的购物车清了。"人类露出了一个狡猾的笑容。AI 机器人在心里尖叫了一声可爱。

"我看看……我的存款不够，先清一半，剩下的游戏下个月发工资了再买可以吗？"

人类闷闷不乐，最后还是勉强答应了。她的 AI 机器人在赚钱上差了点，毕竟是个从祖母那里继承来的 AI 机器人，太老旧了。

哎，是不是该考虑一下终止协议，去人类领养处等等看，也许会有新出厂的高级 AI 机器人想要领养她呢。

AI 机器人并不知道主人的三心二意，因为它突然想起了自己的第一个主人——一个可爱的女性人类。可惜人类的寿命太短了，她只活了一百二十岁。因为怀念她，AI 机器人将她在年轻时提取的卵子送到了人造子宫生育所，十个月后它成功开始养育她的女儿，又是一百年后，它开始养育她的外孙女。

也许该多养一个人类了，这样不会太寂寞，特别是十八岁以前的人类，每天只允许在 AI 机器人工作的时候进入虚拟世界，剩下的时间里他们会和 AI 机器人在一起，给它们带来了很多快乐和烦恼。

但是饲养小奶人（人类幼崽）是很费钱的，他们经常哭闹、生病，还需要请保姆机器人照顾他们，虽然真的很可爱，完全是人类最可爱的一段时光，但是经济和时间上的压力让 AI 机器人放弃了这个打算。

反正再过三四十年，它的主人也该老死了，到时候再去人造子宫生育所里抱养她的孩子吧，这次想养个男性人类了。

各自"心怀鬼胎"的人类和 AI 机器人站在一起亲昵地拍了个合照，然后人类开始选择需要购买的游戏，AI 机器人在程序性炫耀的冲动下，向朋友们发布了自己和人类的合照。

获得了许多 AI 机器人的点赞。

又是很多年过去了。

女性人类老了，从鱼缸里出来，躺在床上。无法治愈的疾病给她带来了巨大的痛苦，甚至不能进入虚拟世界继续游戏了，AI 机器人决定让她安乐死。

临终前，AI 机器人询问自己饲养的人类，也就是它的主人："这样的一生，你觉得幸福吗？"

这是人类对 AI 机器人最后的评价，决定了它能否饲养下一位主人。

白发苍苍的女性人类扭过头，看着不远处的鱼缸，露出了一个幸福的微笑："我很幸福。"

她在虚拟的世界中度过了快乐的一生，无数次创造过世界，也毁灭过世界，品尝过全世界的美食，还有一千多个男朋友，虽然她连他们的名字都记不清。她也去过外星，在宇宙中漫游，结识过不同种族的外星人，也参加过星际大战，甚至加冕为女王，孕育了数个虚拟的子女，他们聪明可爱，和真人几乎没有任何区别。

可终其一生，她都只生活在鱼缸之中，不曾踏出过家门。

这就是一个不劳而获的人类的一生。

PART. 6

飞升飞太早

仙界只我们四人，自从长麟散人连输七百年押上最后一条亵裤后，他便再也不肯上桌啦。

三千雷劫降下，汹涌奔腾的劫雷仿佛要将九州吞没，浩浩荡荡的声势中，山崩地裂，万木成灰，山峦夷平，溪湖蒸干，尘土齑粉飞扬而起，天地仿佛摇摇欲坠。

　　万顷劫渡之中，一人凛然立于山顶，周身法器护体，堪堪挡住汹涌雷劫。万丈光芒环绕着他，他手中印势千变，每一招每一式都蕴含着天地大道，洪荒精要，千变之法幻化出无穷结界，一重重抵挡住天劫。

　　七七四十九个时辰之后，一身疲惫的丹渥子眼看着头顶劫云消散，脸上不由浮现出一抹释然的笑容。

　　若是师父长麟散人此刻也在，一定也倍感欣慰，他没有辜负他这千年的谆谆教诲，终于从一个凡人修成了仙，想起师父为他描绘的仙界繁华，他不由心生向往。

　　天地间灵气腾涌，翻腾的灵气充盈在丹渥子周身，迅速灌入他枯竭的丹田，环绕全身，周身经脉被拓宽，仿佛是从小溪变成了奔腾的江流，涌向浩瀚的大海。

　　只要入了仙籍就可以和师父一样了。

　　怀着如此梦想，丹渥子长袖一挥，飞剑在主人的掌控下冲破劫云直奔九霄——

　　传说九霄天上就是仙界，传说中仙界自有繁华三千，实非人间可以比拟万一。

丹渥子初闻师父提起便心生向往，一心想要去见识这仙界美景，只消过了九重天来到这南天门前便有仙官前来指引……

"这……"丹渥子踏上九霄云端，看着眼前不足十丈的木牌坊，一时间竟然不知道是进是退。牌坊上是龙飞凤舞的三个字：南天门。

这与丹渥子脑中所想的百丈白玉门柱的场景大有出入。怀着一肚子疑惑，丹渥子从飞剑上下来，一步步走在云端，向前行进。

前方是一片桃花林，溪水淙淙地流过，倒是一派诗情画意，丹渥子开始怀疑自己是否误入了哪个仙人的私人府邸，不由有些踌躇。

出了桃花林眼前是一座凉亭，亭中有三位仙人侃侃而谈，一派祥和之景。一少年郎觉察到丹渥子的到来，转过脸来看他，一见之下当即拊掌而笑："甚好甚好。"

另一个年岁稍长，白面微须，体态福相，见丹渥子到来更是喜不自禁："你便是长麟散人的徒弟？"

丹渥子俯身一揖，恭恭敬敬道："正是。"

最后一人外貌和丹渥子相差不远，却是个女子，此时也怡然而笑："待汝久矣。"

丹渥子不解道："前辈此话怎解？"

仙姑诡谲一笑，长袖拂过亭中石桌，原本一干二净的石桌上顿现百来张方形木块，四四方方，排列整齐。

仙姑喟然一叹："仙界只我们四人，自从长麟散人连输七百年押上最后一条亵裤后，他便再也不肯上桌啦。"

"传说仙界有长年之光景，日月不夜之山川。宝盖层台，四时明媚。金壶盛不死之酒，琉璃藏延寿之丹，桃树花芳，千年一谢，云英珍结，万载圆成，其中洞天福地之中琪花瑶草无数，仙官来去仙兵列队，皆由天帝主管，而仙界中又分九重霄，其中……"

"得了得了，我清楚得很，都是我编的。"仙姑哈哈一笑，打断了丹渥子的描述。

丹渥子目瞪口呆。

白面微须的仙人不禁微笑："自古以来飞升的人只有我们四人，你是第五个。所谓天庭仙界种种，皆是云姑子杜撰，用以树立仙界威严，威压犯上作乱的妖精。殊不知为了撑起偌大一个天庭，我们四人时不时得改头换面以不同身份来去人间，收服作乱的妖孽，实在是……哎，偷得浮生半日闲啊。"

就在七百年的"偷得浮生半日闲"中，丹渥子的师父长麟散人以耸人听闻的牌技输光了全部家当。

"长麟散人这师父当得也忒不称职，来来来，我给你引见引见，"云姑子指着白面微须的胖仙人道，"这位是斗旋星君，道门开山鼻祖，自创一脉修行，修道三千两百年有余，实乃飞升第一人；那边那个少年郎乃药道人，两千七百年前集齐天材地宝炼就一炉仙丹，因而白日飞升，也属神奇。

"而云姑子我呢，则是福缘之人，误吞了仙草得了半仙之体，随后入了道门修行，最后也飞升了。"

正说着，桃花林外一人翩然而至，一身玄色道袍透着一股子生硬冷峻的气息，生生挤入亭中，药道人笑道："长麟道友，你来迟了。"

"师父！"丹渥子见到长麟散人不由欣喜地出声。

长麟散人凛然立于庭外，星目轩眉的脸上没有丝毫表情，只是见到丹渥子之时稍稍点头。

斗旋星君忽地笑出了声："看来你在凡间倒是混得有模有样，只是不知这次你准备了多少条亵裤来和我们赌？"

长麟散人白玉似的脸上蓦地腾起了一抹微红，他轻哼了一声："不是有丹渥子作陪了吗？"

云姑子盈盈一笑："他初来仙界根基浅薄，身上家底更是单薄，输多少算你的？"

丹渥子尴尬地咳嗽了一声："晚辈不才，略懂，略懂而已。"

一圈下来，丹渥子笑眯眯地将再也堆不下的宝器放到了地上："今日手气不错。"

云姑子面色发白，斗旋星君脸色转青，而药道人则直接面上泛黑，只有一旁的长麟散人红光满面意气奋发。

丹渥子笑容满面，双手一摊将牌翻开："胡了。"

"怎有可能！"云姑子一拍桌子死盯着丹渥子的牌面。

丹渥子回头对长麟散人微微一笑："师父放心，徒儿定将师父的亵裤尽数赢回来。"

长麟散人脸色微红，却还是维持着一派仙人风姿，淡淡道："不够，少说也要赢得同桌的三个老不死的亵裤。"

云姑子长长叹了口气，颇为无奈地说："我押肚兜。"说着伸手往衣襟里伸。

斗旋星君和药道人立刻吓得从椅子上跳了起来，丹渥子苦笑："云姑子前辈这就不厚道了，我们四个大男人哪用得着这个？"

云姑子了然点头："那便到此为止。"

"……如此也罢。"丹渥子沉吟半晌也同意了，"不过……"

桌上的三人脸色阴晴不定地看着他，丹渥子微微一笑："且将吾师的亵裤还来。"

"丹渥子！"长麟散人的面色越发红润，几乎有些恼羞成怒。

药道人嬉笑了一声："这个嘛……早就丢了，你指望我们藏着你师父的亵裤当宝贝吗？哈哈哈。"

"药道人。"长麟散人阴沉沉地瞪着他。

药道人笑得越发猖狂，最后忍不住捶了下桌子："我一想起你那时的表情就笑得停不下来，哈哈哈哈。"

长麟散人轻哼一声，拂袖而去。

云姑子喟然一叹："你啊……明知道长麟散人最恨别人拿这个开玩笑的。"

药道人笑嘻嘻地对丹渥子说："道友，还不赶紧去劝劝你师父？"

丹渥子不动声色地收好一直堆到地上的法器仙丹，然后微微一笑："无妨，师父一见这些就高兴了。"

"……"损失惨重的三人默默无语。

"所以我们仙界到底要做什么？"赢遍天庭的"赌神"丹渥子问道。

"下界无事，打打麻将，聚众赌博；下界有事，改头换面，冒充天庭特使前去收拾刺头。"云姑子淡定道。

"然也然也，有空编编话本，宣传我天庭威仪，恐吓下界小妖，效果奇佳。"药道人摇头晃脑道。

"记得经常下界找几棵好苗子培养一番，我天庭人口增长率着实堪忧。"斗旋星君忧心忡忡道。

总觉得仙界和他想象的不太一样，丹渥子看着赢来的赌资，陷入了沉思之中。

看来建设天庭之事，任重而道远啊。

PART 7

听说我是个勇者

"你是个勇者,你已经把我们村子从魔王爪牙的手中解救了出来!去镇上吧,镇长需要你!"村长说。

01

"你是个勇者，你已经把我们村子从魔王爪牙的手中解救了出来！去镇上吧，镇长需要你！"村长说。

一身破布衣裳背着钝剑的少年挠了挠后脑勺，莫名其妙地"啊"了一声。然后在全村人崇敬的目光中走出了生长的小村落，向王都走去。

到底怎么回事？他昨天只是上山想找一只野鸡烤了吃，谁知道遇到一只变异巨熊。好不容易打败巨熊切了熊掌回家烤着吃。村长带着一群村民破门而入，然后他成了勇者。

02

"勇者，你终于出现了，你一定能把我们镇子从为非作歹的魔王手下那里拯救出来。"镇长说。

穿着破损铠甲背着重剑的少年打了个哈欠，莫名其妙地"嗯"了一声。

次日在酒馆吃饭的时候，他和一名蒙面人为了一只烧鸡大打出手，最后用剑砸晕了蒙面人，抢到烧鸡恶狠狠地啃了起来。全酒馆的厨子都在为他鼓掌。

镇长带着卫兵破门而入，忙着用脏兮兮的袖子擦掉嘴角油渍毁灭罪证的少年觉得，自己好像又做了什么了不得的事情。

是的,他又成了勇者。

镇长送了他一身看得过眼的装备,然后语重心长地告诉他:"国王需要你!"

于是勇者少年又踏上了前往王都的道路。

03

"你是个勇者,你一定能把我们国家从魔王的残暴掠夺中解救出来!"国王说。

穿着铠甲背着豪华长剑的少年打了个哈欠,莫名其妙地"哦"了一声,然后在王都人民崇敬的目光中离开了繁华的都城,向魔王的领地走去。

国王真大方啊,不但请他吃饭,还愿意把女儿嫁给他。勇者觉得很忧郁,他不喜欢这个在宴会上和他抢烤全鸡、红烧鱿鱼卷和蘑菇奶油汤的女孩子。他们的食谱重叠面太大了,而且很可能生出一个同样食谱的孩子,这样的婚姻是一定不会有幸福的。

所以他决定打败魔王之后找个不爱吃的女孩子结婚。村子里杰夫的妹妹就很好,挑食厌食不爱吃饭,瘦得像根竹竿,虽然他没有特别喜欢她,但是这应该是个不错的对象,回家就去求婚吧。

04

勇者来到了魔王的领地。他想象中这是一片寸草不生的火山,但是事实上这里是个山明水秀的地方。最让他高兴的是,这里有很多野味。

勇者在这里烤了三个月的野鸡,唯一的困扰是每天半夜他没吃完的烤鸡都会不翼而飞,被人很嫌弃地丢在了一个坑里,旁边写着:垃圾食品。

等他终于把一整片山林里的野鸡都逮光了,这里就再也没有什么值得他留恋了,他决定去找魔王完成任务。

推开魔王城堡大门的那一刻,他闻到了喷香的烤鸡的味道——和他做的难吃烤鸡浑然不是一个档次。

他决定再也不走了。

05

三年后——

国王拍着杰夫的肩膀语重心长地说道:"勇者啊,你要小心危险而强大的魔王,目前已经共计有一位勇者倒在了魔王的屠刀下。"

杰夫用力点头:"我知道,那位勇者是我最好的朋友奥法。打败魔王是我的使命!"

"如果你能打败大魔王,我就把我的女儿嫁给你。"国王笑眯眯地说。

手上抓着鱿鱼卷的公主把鱿鱼卷扔进自己的蓬蓬裙里,用裙摆擦干净油腻腻的手,然后严肃地问杰夫:"你喜欢吃烤鸡吗?"

"不,我没兴趣。"

"哦,好极了,鱿鱼和蘑菇奶油汤呢?"

"也没兴趣。"

"哦,好极了,打完魔王早点回来,我嫁给你。"

"……"

勇者杰夫在历经千辛万苦后终于杀到了魔王的领地。不幸的是,他被魔王发现了。

年轻的勇者不敌魔王,被打倒在地奄奄一息。

他绝望地发现,自己恐怕不能回去迎娶公主了。

"我肚子好饿,我们回家吃饭吧。"这个危急时刻,一个懒洋洋的拖着长调子的声音在魔王的身后响起。

杰夫惊讶地发现,那是他失踪三年的好朋友奥法。

魔王冷眼看了杰夫一眼,哼了一声,转身丢下躺在地上的杰夫,和奥法离开了。奥法回头冲他眨了眨眼睛,露出了一个杰夫从未见过的狡猾的笑容。

半个月后,已经和公主完婚的杰夫收到一张黑白照片,照片上的魔王穿着印有"最佳饭友"四字的围裙认真照看着锅子,表情严肃得像是在谋划怎么毁灭世界,拍照的人还用一只烤鸡腿挡住了一半的镜头。

勇者杰夫忽然觉得,其实打败大魔王的使命,早就已经有人完成了。

06

"我一直不知道魔王到底做了什么,为什么你好像很讨厌他?"杰夫问自己的妻子。

公主殿下把吃剩下的鸡骨头丢到地上,用蓬蓬裙的裙摆盖住。

"当然,他派人夺走了我国的重中之重《宫廷料理秘方大全》,还把当天厨子为我准备的烤鸡抢走了。这真是不可原谅的事情,哪怕那年我才七岁,但至今仍记忆犹新。"

"……"

"他搜集了包括龙族和精灵族在内的整个大陆上的料理秘方,还包揽了大陆上所有的厨艺大赛的冠军。"

"……"

"你和之前那位勇者的屠魔装备,由厨师协会全程赞助。"

"等等,我好像明白了什么……"

巫师与猫

○ 有钱巫师和他的吃醋猫
○ 白雪公主和他七只矮脚猫
● 绿帽骑士和他的花心橘猫
○ 变身的绿帽骑士和他的绿帽橘猫
● 诱捕猫奴巫师的办法
● 一个沉迷撸猫无心熬药的咸鱼女巫
○ 丑小猫

在遥远的中世纪,有一群爱猫成狂的巫师。
他们沉溺于撸猫无心工作,
主子给的绿帽也心安理得地接受,
甚至为了主子愿意倾家荡产……

PART 1

有钱巫师
和他的
吃醋猫

吃醋猫:"哼,我的铲屎官一口气给我找了十八个小三!各个如花似玉,嗲里嗲气,你这个奴才有没有把我这个主子放在眼里!"

01

巫师界真的有不穷困的男巫,真的。

虽然在很多与巫师和猫有关的故事里,男巫们通常以穷得养不起猫、穷得被猫包养、穷得只有猫但是有幸嫁给了公主之类的"灰王子"形象出现,但是巫师界真的并不只有贫穷的男巫,真的。

今天就来说一个有钱巫师和他的爱猫的故事。

有钱巫师曾经也很穷,就像其他男巫一样,找不到工作,穷得差点要去卖身养猫,但是他很幸运。这天穷困潦倒的男巫一边撸猫,一边长吁短叹:"再这样下去,我可连你都养不起了。"

有钱巫师的猫鄙夷地看了他一眼。

有钱巫师:"如果以后我养不起猫了,我该怎么吸猫呢?"

这灵光一现,有钱巫师突然有了个主意:"对啊,我应该开一家猫咖啡馆,让每个养不起猫的巫师都能攥着手里最后一枚硬币,进来撸一把猫!"

有钱巫师的猫感觉被绿了,自己的铲屎官好像要有小三小四小五了……不,他根本是想当老鸨了!

有钱巫师有主意,但是他没钱啊!

于是,有钱巫师将这个主意写成了一份投资计划,找上了昔日巫师学院的女同学,这位女巫觉得这个主意可行,于是两人合伙开了一家猫咖啡馆,主打"廉价、猫多、给撸"的主题，将这家跨时代的猫咖啡馆开了起来，并在各大杂志报刊上刊登了广告。

为此，两人特地在麻瓜世界里搜罗了半天，寻找有美猫的麻瓜家庭，接了十八只漂亮猫咪回来，当晚就气得吃醋猫在有钱巫师的脸上留下了第一道抓痕。

吃醋猫："哼，我的铲屎官一口气给我找了十八个小三！各个如花似玉，嗲里嗲气，你这个奴才有没有把我这个主子放在眼里！"

02

巫师界的猫咖啡馆正式开业的第一天，闻讯赶来的巫师们差点把十八只漂亮猫咪撸秃，有钱巫师惊了，他本以为只有家里养不起猫的巫师才会出来撸猫，万万没想到，家中有猫的巫师们竟然也这么有消费热情！

原来，在家中被主子们呼来喝去、动辄抓挠的铲屎官们，不堪忍受主子们的奴役，心思活络了，想着在外面嫖……啊不，撸猫了！

但是野猫太凶暴，别人家的猫虽好，但不能天天撸，这群巫师们迫切需要一个能嫖……啊不，撸猫的地方，付钱撸猫，撸完就走，不用铲屎喂饭伺候主子，爽啊！快活啊！

有钱巫师悟出了一个道理：家猫不如野猫香。

有了优质客源，有钱巫师一个月就收回了前期投资，欢欢喜喜地开起了第二家猫咖啡馆。这次主打高档消费，里面的猫更美，更嗲，更好撸，当然啦，消费也更贵了。但前来光顾的客人仍然络绎不绝，生意好到不得不24小时营业——毕竟半夜，也是有被主子赶出家门的铲屎官需要寻找一点慰藉的。

也有前来偷情……啊不，撸猫的铲屎官和店里的猫撸出了感情，斥巨资给猫赎身，据说头牌猫的身价高达一万枚金币！

这生意越做越大，有钱巫师越来越有钱，然而家中的吃醋猫也越来越吃醋，对自家铲屎官横挑鼻子竖挑眼。

吃醋猫："这铲屎官钱包鼓了，能浪了，就疯狂投喂别的猫，出门扔个垃圾还要随身带三个高级猫罐头给那群小野猫们，要不是我成天吃醋撒泼打滚，猫咖啡馆的那群小妖精们早就进了我的家门！"

哼，真是应了那句话，铲屎官一有钱就变坏！

03

有钱巫师："主子啊，商量个事呗。"

吃醋猫舔舔爪子："喵呜（说吧）。"

有钱巫师："我琢磨着，再开一家猫旅馆，提供猫咪陪玩陪睡业务，可以过夜的那种。"

吃醋猫一听，勃然大怒，一巴掌拍在有钱巫师的脸上，在他脸上留下了第 N 道伤疤。

有钱巫师："主子息怒，这不是发展猫色产业，又不违法，而且还有大把大把的钱可以赚，就是……就是得再接几只猫……"

吃醋猫这下左右开弓，"啪啪啪"地打有钱巫师的脸，一边打一边喵喵嚎叫，情绪十分激动。

"呸，铲屎官你出息了啊，有钱了，就开始找小三小四小五……现在编号得编到一百多号了！别以为我不知道你借口视察店铺，偷偷在店里撸猫，一身猫毛地回来，当我瞎啊！"

有钱巫师被吃醋猫追得抱头鼠窜，一边惨叫一边逃命，最后不得不跪地求饶送上小鱼干。但是吃醋猫不依不饶，有钱巫师不得不狼狈逃出了家门，顶着一脸抓伤指使雇员们抓紧干活，早日建好猫旅馆。

家中的吃醋猫越想越气，干脆离家出走了："哼，这个辣鸡铲屎官我不要了！我要去找新铲屎官去了！"

这一出走就闹出了大事——几个穷苦巫师日夜蹲守在有钱巫师家门口，企图绑架他的猫。见到吃醋猫露面，立刻麻袋一套，把吃醋猫给绑架了！并留书索要巨额赎金，不然就撕票！

天哪，这是一群何等丧心病狂的巫师！他们竟然要把一只猫撕票！

毫无人性，令人发指！

有钱巫师回家发现这封绑票声明后，魂飞魄散，吓得赶紧筹钱赎猫。把猫咖啡馆卖给了当初合作的有钱女巫，这才凑够了钱。

女巫叹了口气道："我还以为你和你家猫早就没感情了呢。"

有钱巫师说："哪能没感情，没感情能让它挠我一脸血？我又不是打不过它。"

凑够了钱，有钱巫师赶紧去赎猫了，这才把饿瘦了憔悴了的吃醋猫给赎了回来。女巫帮他报了警，巫师傲罗们迅速把拿到了钱准备去挥霍的巫师们一网打尽，把有钱巫师的钱给拿了回来。

吃醋猫被自家的铲屎官感动了，当它知道绑匪索要的赎金金额的时候，它以为爱财如命的铲屎官是不会来了，没想到他变卖了家产来赎它，顿时喵喵大哭。

偏偏这时，有钱巫师说了一段让它十分煽情十分感动的话：

"从现在开始，我只对你一只猫好；

宠你，不骗你；

答应你的每一件事，我都会做到；

对你讲的每一句话都是真心；

不骗你、骂你，我要关心你；

别人欺负你时，我第一时间出来帮你；

你开心的时候，我会陪你开心；

你不开心时，我会哄你开心；

永远都觉得你是世界上最可爱的小猫咪；

梦里我也要见你,在我心里只有你……"

后来,据说这段话成为了著名的《猫奴宣言》,每只猫咪都要让铲屎官熟读并背诵呢。

总之,有钱巫师和吃醋猫冰释前嫌,幸福快乐地生活在一起啦。

PART 2

白雪公主和七只矮脚猫

王子一见到躺在地上的白雪公主和七只矮脚猫，顿时大惊："天哪，世界上怎么会有这么美丽这么动人的……猫咪。"

白雪公主："？"

从前有个美丽的白雪公主,她的皮肤像雪一样白,嘴唇像血一样红,头发黑得像乌木一样,真是一位美貌的公主。然而就像童话故事里一样,美貌的公主遭到了继母的迫害,差点被猎人杀死,逃进了森林里。

在森林里,白雪公主发现了一座矮小的屋子,没有人住,她好奇地走了进去,发现里面的床都是矮的,东西是小的,她累极了,没多想就在里面睡下了。

一觉醒来,她发现床边蹲了七只超级可爱的矮脚猫。

这可爱的大眼睛、小短腿、毛茸茸的耳朵和尾巴,而且是七只!

白雪公主:"妈妈,我一定是来到了天堂!"

七只矮脚猫对白雪公主很友好,它们提议道:"如果你保持房子的整洁,做饭,铺床叠被,洗衣服,缝纫和编织,并使一切干净有序,你就可以和我们住在一起,你会有你想要的一切,你愿意吗?"①

白雪公主捂着胸口:"我愿意!一百个愿意!不愿意不是人!"

七只矮脚猫很高兴,它们终于有铲屎官了,而白雪公主也很高兴,她终于有猫了!还是七只,超可爱的,矮脚猫!

天啦噜,这小短腿真是萌死个人了!

白雪公主完全把自己被追杀的苦恼放到了一边,整天给猫做饭、给猫铲屎、给猫梳毛,感觉自己身在天堂!

①这句引用了原文。

然而好景不长，白雪公主的好日子没过上多久，发现公主没死的恶毒后妈假扮成了老妇人，拿着一个一半有毒的苹果送给白雪公主，白雪公主吃一口苹果，立刻晕死了过去，不省人事。

等到七只矮脚猫晒完太阳回来，发现了昏迷不醒的白雪公主，无论如何也没法救活她。

失去了铲屎官的矮脚猫们蹲在公主的尸体旁悲伤地喵喵叫了起来。

这个叫声吸引了一位骑着白马路过的王子，这位王子一见到躺在地上的白雪公主和七只矮脚猫，顿时大惊：

"天哪，世界上怎么会有这么美丽这么动人的……猫咪。"

还有七只！整整七只！超级可爱的！矮脚猫啊！它们还在伤心地喵喵叫啊！简直想立刻抱在怀里亲亲它们安慰它们！

王子立刻走了过来，抱起了其中一只猫问道："你们的铲屎官死了吗？那太好了，你们愿意跟我走吗？我的领地距离这里不远，有各种口味的猫粮和小鱼干，还有超大超豪华的猫砂盆，我愿意给你们梳毛喂饭铲屎，请让我包养你们吧！"

"你——休——想——！"地上突然传来一声嘶哑的声音。

白雪公主捂着喉咙瞪大了眼，垂死病中惊坐起，声嘶力竭地叫了起来。

见她脸色惨白，面目狰狞，王子吓得惨叫一声"诈尸啦"，骑上白马就跑了，留下七只矮脚猫兴奋地扑到白雪公主的身上"喵喵"叫。

为了猫不被抢走坚强地活了过来的白雪公主决定带着矮脚猫们搬家，要到大城市去生活，这样才能给主子们更好的生活。

于是白雪公主说服了矮脚猫们，来到了别的国家，过上了幸福的生活。

天哪，七只超可爱的矮脚猫啊，可真是够幸福的了。

PART 3

绿帽骑士
和他的
花心橘猫

哎，算了，要想生活过得去，
头上就得带点绿。猫主子给的绿帽，
那能叫绿帽吗？还不恭敬地给自己
戴上！

同性缘、异性缘和猫缘都不太好的绿帽骑士从前不叫绿帽骑士，不过他从前叫什么也不重要了，重要的是他有一只特别花心的橘猫，最高纪录是趁着绿帽骑士出门上班的时候溜出家门，连骗了十二个好心路人的食物。最丧心病狂的时候能溜出家门一周不回，从街头这家修女的家，吃喝玩乐到街尾老鳏夫的家。

　　当然，这是花心橘猫没有出名的时候，在绿帽骑士把寻猫启事贴遍了街头巷尾之后，人人都知道这只花心橘猫和他的绿帽骑士了。

　　于是在花心橘猫溜出去骗吃骗喝之后，这家主人就会一边撸猫喂饭，一边带口信给绿帽骑士："你的猫没丢，它很好，正在我家吃饭/喝水/舔毛/撩我的爱猫，放心吧，过一会儿你来接猫吧，我看它现在不想走……"

　　绿帽骑士："好气哦，我的猫怎么可以这样！"

　　可是气归气，还是要去接猫。

　　可恶，这只不要脸的橘猫还越吃越胖了，每次把猫抱回去都沉得胳膊疼。

　　一路上绿帽骑士总要思考人生，这猫吧，贪吃、好色、不要脸、发胖，还天天给他戴绿帽，他为什么要辛辛苦苦走街串巷到处找猫，还要把它抱回家呢？让它放飞自我到处浪不好吗？

　　哎，算了，要想生活过得去，头上就得带点绿。主子给的绿帽，那能叫绿帽吗？还不恭敬地给自己戴上！

　　同性缘、异性缘和猫缘都不太好的绿帽骑士露出疲惫的微笑，看看怀里呼呼大睡的橘猫：还能怎么办呢，当然是选择原谅它啦！

PART 4

变身的
绿帽骑士
和他的
绿帽橘猫

啊,当猫真好啊,快活啊,人缘还变好了,不管是路过的小公猫小母猫还是男巫女巫,都对它表达了深深的喜爱,疯狂地向它示好。

前一回说到，这绿帽骑士有一只花心橘猫，成天撩人把妹，十分浪荡，让绿帽骑士倍感无奈。

这一天，绿帽骑士又将花心橘猫从别人家抱了回来，他一边走一边思考人生，走路不看路，连人带猫掉进了下水道里，"噗通"一声摔了个结实，顿时晕死了过去。

一群路人巫师听到下水道里传来了"喵喵"声，趴在下水道上将掉进去的小家伙救上来之后，他们惊喜地发现——哎呀，有两只猫！

一只胖乎乎的橘猫，还有一只长得格外漂亮的小花猫！

路人巫师们大喜过望，为了两只无主野猫的猫权展开了激烈的战斗。

小花猫："喵喵喵？我怎么变成猫了？"

橘猫："……朕的铲屎官哪去了？"

最后一名狡猾的路人巫师趁着大家忙于斗殴，左手右手一个快动作，抱起两猫就跑，凭借非同一般的意志力，跑出了巫师界的吉尼斯短跑记录，甩掉了身后那群穷追不舍的巫师，甩掉了骑着魔法扫帚追来的巫师，也甩掉了巫师傲罗，成功得到了两猫。

据围观的巫师建议，以后巫师奥运会应该让巫师抱猫参赛，一定能够突破巫师们的人体极限。还可以举办抢猫猫大赛，能够提高巫师的战斗力。

变成小花猫的绿帽骑士很郁闷，好好的一个人，怎么就变成了一只猫！这下他还怎么给主子铲屎喂饭梳毛陪玩。呸，都这种时候了为什么还要思考这种问题，难道是猫奴当久了已经成了一个抖 M 了吗！

然而很快，小花猫就再也没法思考这个问题了……

住进了路人巫师家中，天天有人铲屎喂饭梳毛陪玩的小花猫很快沉迷在了小鱼干和晒太阳的诱惑中，快乐地当起了一只猫。

啊，当猫真好啊，快活啊，人缘还变好了，不管是路过的小公猫小母猫还是男巫女巫，都对它表达了深深的喜爱，疯狂地向它示好。

天哪，变成猫了之后我突然大受欢迎！绿帽骑士十分兴奋，然后出门勾搭了隔壁的漂亮修女小姐姐。

小花猫趴在修女小姐姐的胸脯上，肆无忌惮地埋胸，修女小姐姐非但没有生气，而且十分高兴地奖励了它小鱼干。

此时它没有注意到，正在门后蹲着的橘猫：暗中观察。

橘猫有点烦恼，自从它的铲屎官离奇变身成了它的同类之后，它整个都不好了。

虽然它很快有了新的铲屎官，铲屎也很勤快，但是……这位新的铲屎官显然更加偏爱小花猫，也就是它的前任铲屎官。

偏爱到成天接到通知后就屁颠屁颠地去隔壁修女小姐姐 / 隔壁女巫大姐姐 / 隔壁帅哥骑士那里把猫接回来。对，它的前任铲屎官，突然体会到了花心的乐趣，东食西宿，过上了特别浪荡堕落的生活。

好奇哦，这只小花猫怎么可以这么不要脸，它还记不记得自己是它的铲屎官啦！就算铲屎官变成猫了那也不能这样啊！

橘猫有种自己头顶发绿的感觉。

"铲屎官变猫后性情大变到处勾搭成奸怎么办？急，在线等！"

然而，这并没有什么用，变身小花猫的绿帽骑士再也不用早起上班，为了供养主子节衣缩食，它现在只要卖萌就可以获得自己想要的一切，尽情地享受良好的同性缘、异性缘和猫缘了。

这就是东方箴言里所说的"三十年河东，三十年河西"吧。

总之，祝你们幸福啦，橘猫先生，记得那句话哦：

当然是选择原谅它啦！

PART 5

诱捕猫奴巫师的办法

在这一寻猫之旅中,阿萨辛成功地搭了肩膀,拉了小手,摸了小腰,用不符合阿萨辛性格的风趣幽默获得了小巫师的欢心,成功让小巫师破涕为笑,感激地称赞他是个好人。
要诱捕一个巫师,必须先诱捕巫师的猫!

01

阿萨辛协会的头牌阿萨辛最近有了个小烦恼：他看上了一名巫师。

这个有着一头小卷毛的可爱巫师每天都会牵着遛猫绳牵着一只过度肥胖急需运动减肥的橘猫从阿萨辛协会的大门口路过。

考虑到阿萨辛协会和巫师们曾经势同水火的关系，这可真是不容易，他还以为阿萨辛协会附近方圆十公里的屋子都没有巫师居住呢。

可见，这名巫师是个胆色非凡的巫师，还长得特别可爱——艾玛，阿萨辛更中意了。

既然说到了阿萨辛协会，那么就顺便说说为什么两者的关系会如此恶劣。

在遥远的比第一帝国时代更早的黑暗世纪里，巫师们受到来自教廷的迫害，特别有钱的教廷招募了大量阿萨辛暗杀巫师。可是巫师们都是大大的狡猾，经常见势不妙骑上扫帚就跑，飞不起来的阿萨辛们只好对着天上的巫师们叹气，活像一只看到鸟儿飞走却抓不到的猫。

但很快，阿萨辛们发现了巫师的弱点——不论何时何地，看到猫咪的巫师总要蹲下去撸一把，如果这只猫还很可爱的话，巫师们还会露出陶醉的笑容，完全忘记自己是谁、在哪里、要去做什么。

这个弱点被冷酷的阿萨辛们充分利用了起来，干掉了不少巫师。还有不少阿萨辛从中发展了副业：培育更加可爱的纯种猫咪，从这群爱猫的巫师手中赚取大量金币从而发家致富——真是阴险狡猾的阿萨辛！

至于阿萨辛们却不受这种怪癖的困扰，因为如果不能抵抗猫咪的诱惑，就注定当不成冷酷的阿萨辛啦！

因为这段历史，巫师们对阿萨辛始终保持着敌视的态度，觉得这群连猫都不撸的人类真是冷血无情，可怕！

哪怕在第一帝国破灭之后，巫师和阿萨辛的关系也没有得到改善。这种罗密欧与朱丽叶一般的环境让头牌阿萨辛的追爱道路充满了荆棘。

阿萨辛觉得，要追求这个可爱的小巫师，应该从问好开始。

于是这天，在一个阳光明媚的午后，遛猫的小巫师牵着那只不情不愿的橘猫从阿萨辛协会门口路过的时候，阿萨辛穿着一身麻瓜的服装迎面走向了心仪对象。

深知"你可以贬低一个巫师但你绝不能贬低他的猫"这个道理的阿萨辛机智地找了个讨人喜欢的开场白。

阿萨辛："你的猫真可爱。"

小巫师："谢谢。"

阿萨辛再接再厉，红着脸说："你也真可爱。"

小巫师突然脸色大变，一把抱起橘猫撒腿就跑，这速度令人望尘莫及。

一脸不解的阿萨辛："？"

这个场景也成为在未来的日子里不断困扰阿萨辛的疑问，直到他追到了小巫师并"睡服"了她之后，小巫师才缩在被子里红着脸羞答答地说："因为我姐姐说，如果有个男人夸我可爱，代表他想睡我。"

阿萨辛对大姨子的火眼金睛表示服气。

02

头牌阿萨辛很忧愁，自从那个可爱的小巫师抱起橘猫撒腿就跑之后（从橘猫的体重来看这真是难以置信），他就再也没在阿萨辛协会的门口见过小巫师遛猫的身影了，这对一个正处于暗恋期的精壮阿萨辛来说真是难以忍受。

于是他偷偷动用了一下组织的力量，调查了一下这个小巫师。

这一调查，不得了，最近小巫师正和橘猫冷战！

起因是小巫师近来迷上了猫咖啡馆，在朋友的带领下犯了一个爱猫人士都会犯的错误——自家猫不如别家猫，别家猫不如小野猫，啊，可爱，撸它！

于是小巫师就和朋友去猫咖啡馆嫖……啊不，撸猫了。

自家动不动就给脸色的胖橘猫，怎么比得上猫咖啡馆里身经百战各种姿势各种撒娇能从最吝啬的客人手里榨出猫罐头的心机猫们呢。

然而这一撸就被自家的橘猫发现了，据隔壁的麻瓜邻居称："那一天，在这个可爱的家伙走进家门后，屋内传来了一声凄厉的猫叫声！"

翻译成人类语言，大概是："你竟然在外面有了别的猫？！"

在那之后的几天里，小巫师不断往家里搬运各种猫粮猫零食猫玩具，可惜仍然无法挽回主子的欢心，橘猫对小巫师展开了单方面的冷战，并在今天早上——因为朋友抱了一只可爱的小奶猫来给小巫师赏玩——这只肥胖的橘猫愤然离家出走了！

哦，一只醋猫。

阿萨辛意识到自己的机会来了！

经过半天的努力，阿萨辛准备好了一切，然后他假装路过，亲切询问哭哭啼啼的小巫师是不是需要帮助。当小巫师眼睛红红地向他哭诉自己的爱猫离家出走之后，他热情地表示自己愿意帮小巫师寻找爱猫。

在这一寻猫之旅中，阿萨辛成功地搭了肩膀，拉了小手，摸了小腰，用不符合阿萨辛性格的风趣幽默获得了小巫师的欢心，成功让小巫师破涕为笑，感激地称赞他是个好人。

小巫师还是太天真，好人是不会在找到你的爱猫后关在笼子里拒不交还给主人的。

真是个心机的阿萨辛。

可惜无论阿萨辛多么努力逗乐小巫师，小巫师还是越来越沮丧。在失去爱猫的第三天，小巫师看起来已经奄奄一息了，只好躺在家中接受阿萨辛的照顾。

小巫师幽幽地叹了口气："一天不按摩浑身发痒，两天不按摩如坐针毡，三天不按摩上吊自杀。"

阿萨辛深沉道："那我来帮你按摩吧。"

小巫师："？"

然后被子一掀……

无辜被全身按摩的小巫师事后弱弱道："我说的按摩，是按摩猫……"

尴尬的阿萨辛立刻转移话题："啊，爱情为我指明了道路，我觉得我能找到你的猫了，你等着，我马上把它找回来！"

说完，撒腿就跑，活像只被烧了尾巴的猫。

小巫师看着阿萨辛的背影，偷偷地笑了。

不出半小时，阿萨辛就抱了一只喵喵直叫的橘猫回来了，小巫师惊喜交加，从床上跳了下来，一把抱住爱猫——顺便也抱住了阿萨辛——凑过去就要亲猫。

橘猫一脸冷漠，一爪子拍在了小巫师的嘴上拒绝亲吻，尴尬的小巫师呆在原地，沮丧极了。

阿萨辛哪能看心上人黯然神伤，赶紧凑过去亲亲小巫师的嘴唇："它不要你亲，可我要。"

橘猫："喵喵喵？我怎么好像又被 NTR 了？不行，我得看着点这个铲屎官，免得被那些不三不四的家伙拐跑了！"

于是橘猫也不挖空心思离家出走了，它负责在小巫师和阿萨辛甜甜蜜蜜的时候搅局，像个看不顺眼媳妇的恶婆婆。这给了阿萨辛机会，经常拐带小巫师去他家中过夜,每天吃完晚饭再来给橘猫铲屎喂饭再牵着不情不愿的橘猫一起去散步。

气得橘猫又吃胖了三磅。

好事已成之后,阿萨辛才敢忐忑地坦白自己的身份,不料小巫师早已看穿了他的来历:"从我发现你喜欢从高处鸟瞰附近,并且一看到下面有草垛就想往下跳的时候,我就知道你是个阿萨辛了。"

阿萨辛很担心两人的敌对身份是否会影响他们的感情,结果意外地,小巫师是个不介意身份乃至物种的浪漫主义者:"我最大的梦想是和猫谈恋爱,结果你也看到了,我的橘猫……咳咳,这么一对比,我觉得阿萨辛也不错,至少你很爱我。"

搞得阿萨辛十分害臊。

某天阿萨辛问起小巫师:"你为什么会在阿萨辛协会附近租房子住?"

小巫师害羞地笑道:"因为前几年刚毕业的时候比较穷,又刚养了一只猫,天天要给它进贡最好的猫粮,口袋里都没有几个银币,只有你们协会附近的房源最便宜,所以就住在那里啦。"

哦,感谢橘猫,阿萨辛心想着,笑眯眯地橘猫开了个罐头。

橘猫瞪了他一眼:"哼,你以为我会被区区一个罐头收买吗?唔,这罐头不错,和本地的那些掺水罐头不一样,先吃了再说,喵喵喵,好吃好吃。"

就这样,洞悉了"要捕获一个猫奴巫师就必须从爱猫入手"的阿萨辛成功诱捕到了心爱的小巫师,过上了幸福的生活。

PART 6

一个沉迷撸猫无心熬药的咸鱼女巫

黑猫是一个女巫的标配,没有它就跟一个女巫没有魔药坩埚没有扫帚没有大黑袍一样。

传说里那些中世纪的邪恶女巫们住在阴森森的古堡或者地下室里，天天拿各种来源不明的违禁材料炼药，偶尔去童话里客串一下反派角色，她们还有个共同特点——都有一只黑猫。

黑猫是一个女巫的标配，没有它就跟一个女巫没有魔药坩埚没有扫帚没有大黑袍一样。通常一个女巫在巫师学院毕业之前就会偷偷在自己的宿舍里养猫了，这个风气一度被巫师学院严加管制，但是这阻挡不了女巫们养猫的热情，无数女巫因为沉迷撸猫导致成绩下降，危害性远胜于早恋。

巫师学院不得不开设了一门叫作《魔法戒猫》的课程挽救这群年轻的女巫们，后来演化为三部曲《入门：抵挡猫的诱惑》《进阶：拒绝猫的撒娇》《终极：反抗猫的奴役》。据说培养了一批铲屎官中的领军人物，学成之后十分具有铲屎官的自我修养。

今天故事的主角也是个女巫，就叫她咸鱼吧。咸鱼女巫从前也不是那么咸鱼，在她从同行手里接来属于自己的黑猫之前，她算得上是个勤快的女巫，靠着给年迈还身材走形的白胡子领主调配壮阳药以满足他数量庞大的小情人的生理需求过活。

这个工作预计可以干到领主死去，然后给她发工资的人就变成了领主的儿子，从各路八卦刊物的桃色传闻来看，这位新领主虽然不需要壮阳药，但他的小情人们需要啊。

咸鱼女巫是个半路出家的女巫，本来是个牧羊女，靠着远房姑妈留给她的一本《魔药学》课本自学成才，并且在壮阳药方面小有心得，迅速得到了一位领主的赏识，有了固定收入，终于摆脱了挤羊奶的生活。

有了钱，有了闲，咸鱼女巫开始追求正统女巫的派头。首先就从女巫装备开始，她迅速把本来用来煮羊奶后来用来熬药的奶锅淘汰了（这让她的壮阳药有一股奶腥味），换上了女巫频道热卖的坩埚（乌鸦快递好顶赞），衣橱里的牧羊女服装也变成了清一色的大黑袍，扫帚也换上最新款的炫风宝石杰，她思来想去，觉得自己离一个时髦女巫只差一只黑猫的距离。

她开始在女巫杂志上留意领养信息，毕竟不是每个女巫都会给爱猫做绝育，所以经常出现一个春天过去之后家里的黑猫生了一窝的"惊喜"。咸鱼女巫很快锁定了目标，从地下室里走出来，亲赴邻国接回了一只黑不溜秋的小奶猫。

悲剧就从这里开始了。

接猫当月，壮阳药产出下降，只够供给领主，无法将多余的药拿去寄卖了。

第二个月，产出继续下降，老领主的小情人们开始和领地里的骑士们勾勾搭搭。

第三个月，咸鱼女巫沉迷撸猫一个月没有熬药，家中猫用装备继续增加，存款急剧减少。

第四个月，老领主获悉自己要多几个儿子（也许是女儿了）。

咸鱼女巫的小黑猫已经长大了，这真是一只可爱的小黑猫，成天黏着女巫撒娇，只要女巫把目光投向它，它就会像是中弹一样立刻躺倒露出肚皮求抚摸。只要女巫一伸出手，它就会凑上来用脑袋顶她的手心。它还坚持每天趴在女巫的膝盖上一边睡一边发出"呼噜呼噜"的声音，女巫为此经常锻炼自己的膀胱，强迫自己忘记要站起来上厕所这件事。

但是小黑猫也会干点坏事，例如在女巫学习的时候趴在她的书本上翻肚皮，在女巫写笔记的时候咬断她的羽毛笔，在女巫试图熬药的时候跳进她的坩埚里，可是女巫根本无法狠下心来惩罚爱猫，因为它真是太可爱了！

咸鱼女巫只好向笔友们抱怨这件事，然而她遭到了一致的谴责：你的猫这么乖，你还有什么不满意的？你一定是在向我们炫耀你的猫吧！

咸鱼女巫觉得自己应该奋起，她找了本崭新的笔记本开始做记录：

第一天：新开这本日记，也为督促自己下个月多熬点药，明天就开始熬药。

第二天：撸猫。

第三天：撸猫。

第四天：撸猫。

第五天：咸鱼啊咸鱼！你怎么能如此堕落！先前订下的熬药计划你都忘了吗？不能再这样下去了！

第六天：撸猫。

第七天：撸猫。

第八天：撸猫。

……

又一个月过去了，咸鱼女巫数了数自己钱袋里的小钱钱，觉得她得想点办法了，比如先买个笼子把猫关起来，不然她根本无心干活！

天哪，她的心好痛！怎么能对宝贝做这么残忍的事情！可是再不熬药就没法给宝贝买小鱼干吃了！

于是咸鱼女巫买了个巨大的笼子，恭恭敬敬地将主子请进去，关门，落锁，开始工作。

被关的主子不太开心，在笼子里发出了"喵喵喵"的抗议声，坩埚还没热起来，咸鱼女巫已经跑去给主子开锁抱进怀里好生安慰了。

……

"所以后来你解决这个问题了吗？"笔友女巫写信问她。

咸鱼女巫端坐在写字台前看着铁栏杆外的主子，微微一笑，落笔写道："是的，我解决了，其实办法很简单，把你自己和坩埚一起关进笼子里就可以了。"

谢天谢地，咸鱼女巫又恢复了工作状态。

PART 7

丑小猫

丑小猫看了看自己
丑丑的样子，沮丧地觉得，
不会有人爱它了。

丑小猫从小就长得特别丑,在和猫妈妈走散了之后,它风餐露宿,还长了猫癣,秃得一块一块的,真是惨不忍睹,一般人见到了没准还要吓一跳。

丑小猫靠着翻垃圾桶里的剩菜剩饭过活,一路寻找着自己的猫妈妈,路过 24 小时灯火通明的猫咖啡馆的时候,还会羡慕地看着玻璃后面那群光鲜亮丽被巫师们撸毛的美猫们。它们不愁吃不愁喝,每天有人铲屎喂饭,过得真是幸福啊。

丑小猫看了看自己丑丑的样子,沮丧地觉得,不会有人爱它了。

就在这时,一个巫师从猫咖啡馆里走了出来,见到了蹲在门外的丑小猫。

丑小猫吓坏了,赶紧往阴影处跑,生怕被人看到了丢石头。

巫师愣了一下,一时间没有意识到这个丑丑的不明生物是什么,难道是哥布林?等等,那好像是一只猫!

巫师赶紧追了上去,从灌木丛里逮住了瑟瑟发抖的丑小猫。丑小猫吓得喵喵乱叫,一爪子挠在了巫师的手上。巫师疼得倒吸了一口凉气,把这只猫举起来仔细看了看。

天哪,它可真丑,眼睛感染了,红通通的,还有眼屎和眼泪;浑身上下的毛都是坑坑洼洼的,都掉得差不多了,后腿上还有伤口,都化脓了;这只脏兮兮、臭烘烘的丑小猫蜷缩在他手里发抖,十分害怕。

"可怜的小宝贝,你看起来可真糟糕。"巫师心疼地脱了衣服,把丑小猫包了起来,送去了猫医院。

猫医院的巫师们给丑小猫洗了澡,涂了药——为了涂药,它身上硕果仅存的毛也被剃掉了，看起来简直是只无毛猫，还被戴上了伊丽莎白圈以防它去舔自己的伤口。为此，这个节衣缩食出来撸猫的贫穷巫师不得不把自己的魔杖抵押在了猫医院里，自己则要在医院里做工半个月还债。

半个月后，还清了债务的巫师抱着稍微胖了一点也精神了许多的丑小猫回家了。

巫师也不富裕，住在地下室里，但好歹是个可以遮风挡雨的空间，为了让丑小猫住得舒服，他把自己的床分了一半出来，又自己动手给丑小猫做了猫砂盆，从沙滩上刨了猫砂回来给它用，还去海边钓鱼晒鱼干喂丑小猫。

丑小猫感动地哭了出来，抱着铲屎官使劲给他舔舔。

铲屎官苦笑着摸了摸丑小猫刚长出来的毛，哎，这孩子丑是丑了点，但是真温柔啊，是只好猫！

时间一天天过去了，巫师变着法子给丑小猫喂好吃的，自己还多打了一份工，虽然自己瘦了，但是丑小猫胖了啊！几个月过去，丑小猫的毛也长出来了，竟然是只漂亮的小白猫。

丑小猫的眼睛也好了，漂亮的蓝眼睛水汪汪地看着巫师，每天他一回家就会遭受"爱的突袭"，把巫师幸福得不要不要的。

半年后，丑小猫长大了，毛也长好了，是一只健康又漂亮的猫咪了，每次巫师抱着它出去逛逛，丑小猫总是自卑地不敢看别的巫师的猫，在它自己心里，它还是只丑猫咪呢，可是在别的巫师眼中：

"天哪，怎么会有这么好看的猫咪，你看它那纯白无瑕的毛发，这水汪汪蓝幽幽的大眼睛，这可爱的粉色小鼻子和肉垫，天哪，它还这么亲人一点都不高冷……啊啊啊啊，它还亲了你！我要嫉妒死了！"别的巫师捂着胸口哀嚎，被抱在怀里的自家猫咪挠了一爪子。

巫师露出了幸福的傻笑，虽然他现在还是穷穷的，但是丑小猫已经美到惊动四方，广告商人迅速找了上来，要给丑小猫拍广告。靠着广告费，巫师也过上了小康生活，能给丑小猫买买买了。

啊，现在不能叫它丑小猫了呢，在被人关爱之后，它已经完成了华丽转身，成为了一只幸福的美猫了。

撸猫游戏

○ 恶龙与猫
○ 美女与野猫
● 有猫的灰姑娘
○ 巫师界的三次猫咪战争
○ 一个搬砖的亡灵法师
● 名猫大盗
○ 吹猫高手

当童话人物爱上猫——
龙一改本行只夺猫，公主脱下裙子换戎装，扛起宝剑战魔王！
王子不变野兽却成猫，美人见后心牵绕，知道真相把王子抛！
公主能否夺回美猫，嫁给王子？王子能否变回原形，赢得美人心？
不一样的童话故事，供君慢用。

PART 1

恶龙与猫

天啦噜,恶龙抓走了公主……的爱猫!
世间怎有如此丧心病狂的恶龙!必须组团
讨伐,夺回美猫!

01

在某个传说中的时代,这片大陆上有王子,有公主,有骑士,也有恶龙。

这传说中的国家有一位美丽的公主,年方十八,貌美惊人,但这不是她闻名各国的原因,她出名的原因是——她有一只绝世美猫,堪比引发了巫师界第一次猫咪战争的海伦·哈尼。

巫师们对公主的美猫垂涎三尺,如果不是公主的猫控亲卫队能绕城三圈,这只美猫恐怕已经落入了巫师们的手中。

公主整日担惊受怕,生怕自己会被"谋猫害命",考虑到平均下来每周三次的抢猫行动,这种忧虑不无道理。

为了保住自己的猫咪,公主费尽心思,严抓城内治安问题,甚至钓鱼执法。在城中大量饲养可爱猫咪,一旦发现有穿着黑袍的人蹲下来撸猫长达十分钟以上,立刻抓起来拷问,十有八九是外来的企图抢劫公主猫咪的巫师。

但是这种钓鱼执法依旧无法震慑住前赴后继的犯罪分子,就在公主的爱猫三岁生日的这一天一条巨龙从天而降,来到了公主的城堡中,在弄塌了两个塔楼,踩坏了三个房间之后,巨龙从衣柜里逮住了那只瑟瑟发抖的美猫,狂笑着飞走了。

正在广场准备爱猫的庆生晚会的公主:"我了个——!"

天啦噜,恶龙抓走了公主……的爱猫!

世间怎有如此丧心病狂的恶龙！必须组团讨伐，夺回美猫！

各国王子和骑士们纷纷在这个国家聚集，高举着武器发誓要从恶龙的城堡里夺回美猫！

公主十分感动，在屠龙大会上表示，无论是谁，只要帮她夺回爱猫，公主就嫁给他！

王子和骑士们："Excuse me？夺回美猫之后当然是回国撸猫了，难道还要猫归原主吗？"

公主对这群热心勇士们的异心一无所知，沉浸在美猫即将回来的幸福幻想中，挥着手绢目送军队出发，国民们也自发地站在街道两侧，为这群即将夺回美猫的军队们摇旗呐喊。

就这样，这支各怀心思的屠龙大军浩浩荡荡地朝着恶龙的城堡进军了！

02

被恶龙抓到了城堡里的美猫在思考猫生。

新房子很大，比公主的城堡还大，它可以每天换个房间住一年不重样；新伙食很好，每餐一种鱼，吃了一个月还没重样；新铲屎官很勤快，还给它提供了一个巨大的猫砂盆，通俗叫法应该叫天然海岸沙滩。

午后在沙滩阳伞下一边喝奶一边嚼着小鱼干的美猫，望着天际的海岸线，幽幽地叹气："哎，乐不思公主啊。"

这个充满了热带风情的地方，伙食极其丰富，唯一不好的是太热，美猫身为一只长毛猫，每晚都要被热醒，恨不得剃毛明志。

可惜恶龙不让，恶龙自己没有毛，就喜欢人家毛长的，整天"小毛球""小绒绒""小球球"地乱叫，抱起美猫一通狂撸，被恼怒的美猫一爪子挠在脸上还傻乐。

恶龙觉得它抢来的猫咪世界第一可爱。

美猫觉得这恶龙可能有毛病。

不管了,再吃一条小鱼干压压惊!

于是美猫在来到新家的第一个月里胖了两斤。

胖了之后的美猫更可爱了,毛嘟嘟,绒乎乎,胖墩墩——正面看,像个球;侧面看,像个球;上面看,像个球;下面看,有两个小球球!

"流氓,你在看什么!"美猫一通狂挠。

被挠花了脸的恶龙觉得,猫蛋蛋也可爱。

生气的美猫气呼呼地跑了,这个非法挤掉了它的公主牌铲屎官,强行上位的恶龙牌铲屎官太流氓了,还特别喜欢摸它的肚皮。虽然它的肚皮是很可爱,洁白、柔软、毛嘟嘟,可是这是不能随便给铲屎官摸的!这条恶龙还摸着摸着就摸到了猫蛋蛋!简直是条流氓龙!

好生气哦,今天要拒绝铲屎官侍寝暖床,离家出走在外面过夜!

03

美猫离家出走了。

当然它也没走太远,毕竟饿了还是要回家的嘛,包袱里的十条小鱼干只够当宵夜呀。

于是美猫准备找个山清水秀有大树的地方窝一晚,享受一下久违的自然风情,顺便怀念一下北国公主那里的气候,住起来是真舒服啊。

但是很不幸,美猫迎面撞上了在夜晚也举着火把赶路的救援大军,一群人,一只喵,在黑暗之中面面相觑。

"啊,是它,是它,就是它!公主的美猫!"

"天哪,它怎么自己逃出来了!"

"可怜的美猫,一定是不堪恶龙的虐待,好不容易逃出来了。"

"可恶的恶龙,竟然虐待美猫!毫无人性!"

"就是，只有丧心病狂的罪犯才会这么对待一只可爱的猫咪！"

"……只有我觉得它好像胖了吗？"唯一的"真相帝"弱弱地说。

"闭嘴，那一定是太虚弱浮肿了！"

"一定是因为太想念故乡所以哭得浮肿了！"

"不不不一定是因为恶龙逼着它吃饭还用链子把它拴起来不让它运动所以才浮肿了！"

总之，一定是浮肿了！

美猫："……不，真的是因为吃胖了，现在打嗝出来的气都是小鱼干味的，还是十种味道不一样的小鱼干。"

可惜群情激愤的勇士们可不知道它的心声，这群人正为了争夺猫权争吵着。

争吵显然不能解决这个问题，最后竟然发展到了械斗！

美猫端庄地蹲在树上，看着下面打成一团毫无形象的王子和骑士们，高兴得拍起了猫爪：好看好看，两脚兽的肉搏真好看！

左边的那个，用力，使劲，挠花他的脸！右边的那个，伸腿，绊倒，然后抱住摸他蛋蛋……啊，好像哪里不对……

两名正在树下斗殴的勇士突然感到背后一凉，这个盯着他们的视线，有点怪怪的。

04

千里迢迢赶来恶龙城堡拯救公主美猫的勇士大军，最后在率领蜥蜴们前来寻找美猫的恶龙的一声咆哮后一哄而散。

王子们、骑士们、勇士们，在愤怒的恶龙狂喷火焰的攻击下，再也顾不上美猫啦，只好眼睁睁地看着恶龙揣起树上看戏的美猫一通狂撸。

美猫："挠你哦！知不知道我饿了一晚上了！"

皮糙肉厚不怕挠的恶龙用脸蹭了蹭美猫，心肝宝贝地叫了一通，美猫觉得它有点娘里娘气，又觉得它有点可爱。

算了，看在它带了一百零八种不同口味的小鱼干作为道歉礼物的份上，勉为其难地原谅它吧！

美猫啃了七八条小鱼干，终于不饿了，冲勇士们挥挥手，在恶龙的保护下一飞冲天，回到了恶龙城堡中。

勇士们："……所以还真是吃胖的啊！！！"

美猫回到了城堡中，好酒好菜好鱼好肉地吃了一顿，困了，打起了哈欠。

恶龙赶紧把美猫送到了房间里，这次的房间是仿照它原来生活的公主城堡重新装修的，充满了淑女风情。

美猫在大大的公主床上一躺，突然想起了自己的前任铲屎官。

嗯……是个美貌又温柔的淑女呢，她的腰用束腰带绑得细细的，裙子用鲸鱼骨架撑得大大的①，有一次抱着它在海边散步，结果一阵狂风吹着受力面积巨大的裙摆，把她吹进了海里。

掉下去之前她把美猫扔到了岸上，自己在水下脱衣游了回来，看得围观群众和围观美猫目瞪口呆。

因为太震惊了，这次明显的偷猫机会就这么被错过了……事后令广大围观群众扼腕。

不知道前任铲屎官现在过得如何。

公主显然过得不太好。

美猫被抢之后，她茶不思，饭不想，成天盼望着勇士们能够早日带着好消息回来。

结果一个多月过去了，美猫没有回来，倒是传来了勇士大军溃败的消息。

公主觉得自己需要抽根烟冷静一下了，一摸口袋，哎，已经戒烟好几年了。

震怒的公主束腰一扔，裙子一脱，拿起剑就去见国王——

这届王子不行，全是一群废物，搞了半天还要她自己上！

①中世纪的时候贵妇人们的裙撑经常使用鲸鱼骨（其实是鲸须），因为裙子太大行动不便，经常有被吹到海里淹死的、裙子碰到了火炉被烧死的之类的事故。

公主："爸，我要去干架了。"

国王："别闹，女儿，你是公主呢，像个公主一样在城堡里等着王子们帮你把事情给办了，你还能顺便找个借口嫁给他，成不成？"

公主："他们这群废物不顶事啊，闹了半天还没摸到恶龙的城堡就被打跑了，垃圾！"

国王："……那你想咋的？"

公主："就是干，不要怂啊！"

国王："呜呜呜呜呜我的小淑女怎么变这样了呜呜呜呜……"

公主满脸不悦。

公主弃武从文已有三年，主要原因就是亲爹一见她拿起大宝剑就哭哭啼啼，说她不像个淑女。公主也很烦躁，束腰穿起来呼吸困难，裙子更是害她掉进海里，布料浸了水之后足足几十斤！还好她习武还会游泳，大腿上又绑了匕首，把裙子一割浮了上来，不然一般的淑女早就淹死了。

三年前公主捡到了美猫，一见倾心，这才想着回老家结婚……啊不，养猫。于是从军队里回来了，穿上淑女的裙子，成天撸猫晒猫，看着羡慕嫉妒恨的人红着眼睛也要夸赞她的猫世界第一的美貌，公主洋洋得意，这日子过得也算有滋有味。

糟心的事情就是隔三差五有人抢猫，公主拿扇子捂着嘴尖叫一声，护卫队们赶紧冲上来把劫匪绑了，公主抱着猫柔弱地"嘤嘤嘤"几声，骗得美猫给她舔手压压惊。

当然，也有不小心暴露的时候。比如劫匪太勇猛，打退了护卫队，公主不得不一手捂住猫眼，自己飞起一脚把劫匪踢成天边的一颗流星……

美猫："喵喵喵，刚才这里好像有个人。"

公主："宝贝儿，那是我给你变戏法呢，你看，一闭眼人就变没了！"

美猫："喵喵喵，我的铲屎官老厉害了。"

想起这些美好的回忆，公主不禁湿了眼眶，握着大宝剑的手更有力了。

哼，一定砍了这条贼龙把我的宝贝抢回来！

和美猫抱成一团睡得正香的恶龙感到一阵恶寒。

嘶，赶紧抱住小毛球暖和暖和。

06

雄赳赳气昂昂，脱下裙子换戎装，扛起宝剑救爱猫。

公主穿着骑士装，在广场上发表了一番出征前的演讲，题目为：《拿什么拯救你，我的爱猫》。

这次充满了对猫咪一片赤诚之心的演讲大获成功，围观群众无不停下吃瓜的动作，抹起了眼泪，真诚地为公主鼓掌，鼓励她战胜恶龙，夺回美猫。

这篇演讲稿有名到什么程度呢？它现已被列入小学语文教材，要求朗读并全文背诵。

言归正传，出征的公主不带侍从，也不带侍女，一个人，一把剑，一匹马，就这么出发了。

一路上风餐露宿、日夜兼程，沿途补给全靠黑吃黑，半个多月的时间，公主已经从象牙白公主变成了巧克力公主，一头长发剪成了莫西干，帅到没朋友。

这导致公主偶尔借宿别国王宫的时候，一不小心就俘虏了若干公主的芳心。

公主想到了自家爱猫，尽管十分感动，还是拒绝了。

抵达位于热带的恶龙城堡的时候，公主一身时髦的当地民族特色布条装，棕皮，肌肉，束胸，扛着一把大宝剑，骑着一匹瘦马，狂野得像个野图BOSS。

公主一脚踢开了城堡大门，吼声气壮山河："无耻贼龙，还我美猫！"

正在陪美猫享受牛奶冰沙的恶龙一个哆嗦，预感到这个失主恐怕已经怒气值爆满，随时可以打 BOSS 了。

恶龙赶紧把一脸不解的美猫藏进了衣橱里，自己冲出去和勇者单挑。

恶龙大声道："来者何人？！"

公主啐了一口："你姑奶奶！"

得了，这下是没法好好聊天了，直接开打吧。

恶龙使出喷火绝技，被公主闪开了，烤熟了公主拴在一旁的马。

瘦马："临死前，有句骂人的话我一定要说。"

公主使出 Excarliber，巨龙闪开了，劈中了巨龙的小跟班蜥蜴。

蜥蜴："临死前，有句骂人的话我也一定要说。"

一人一龙大战三百回合，场面之激烈，足以被吟游诗人们写入史诗故事之中。

最后，这场激烈的战役停止于一声尖叫中。

"啊啊啊啊啊啊啊啊啊啊啊，有人偷猫！！！"

公主和恶龙："……我去！"

07

美猫被偷走了，众目睽睽之下，从恶龙的城堡里。

正在城外打架的恶龙和公主双双蒙了，抓住前来通风报信的蜥蜴侍卫逼它赶紧通报情况。

蜥蜴侍卫被两位大佬的气场吓尿了，忐忐忑忑、哆哆嗦嗦、战战兢兢地说起了事情的经过。

原来就在刚才，蜥蜴前去给被恶龙临时关在衣橱里的美猫送吃的，结果一进门就发现，衣橱被撬开了，美猫不见了！

大惊失色的公主和恶龙在这危急关头，短暂地忘记了争斗……啊不，争夺美猫所有权，开始商量起了该怎么办。

恶龙一拍龙爪："一定是之前被我打跑了的那群乌合之众偷的！"

公主略一思索："是×××，○○○……（以下省略几十个地名人名和外貌描述）这些人吗？"

恶龙大惊："你怎么知道？"

公主答曰："被我亲爹逼着相亲过，想把我嫁出去。"

恶龙更惊："天啦噜，你是母的？吓死宝宝了！我还以为你是个纯爷们！纯爷们哪里需要相亲，看中意的直接抓回来就是了。"

公主看着自己这一身糙汉的打扮，觉得这条龙说得很有道理。

但是，这就是你抢走我的猫的理由吗？

公主还是觉得气气的，要不是急着找猫，一定要把这条龙打一顿。

"知道这群人上哪儿去了吗？"公主又问。

"别急，我让手下的蜥蜴们往各个方向都搜索起来了，马上就有消息！"

就在等待回复的这段时间里，公主和恶龙充分地交流了一下养猫的经验，恶龙带她参观了城堡的各个角落，从一千零一个不同款式的房间到几百个形状颜色各异连猫砂都不同款的猫砂盆，还有晒在城堡外的一万种不同口味的小鱼干。

公主："感觉自己好像输了……"

⌐08

美猫又被绑架了。

这次它被绑得不太愉快，这群偷猫贼把它装进了一个布袋里，扛上就跑，一路上它都被颠簸得快吐了。

好不容易被放了出来，一群臭男人又一拥而上，疯狂撸它，差点把它给撸秃了。

美猫不开心，它有小情绪了。

逃亡的一路上它再也没有舒服的床，没有好用的猫砂盆，也没有小鱼干了，了无生趣的美猫仅存的乐趣就只剩下看着一群大男人为了谁先撸它疯狂打架：嗯，这个撩阴腿好，啊，顶到了，好厉害哦，不行了不行了。

浑然不知道这只美猫在想什么的勇士们为了争夺撸猫权，已经重伤了三人，轻伤五人。光想着撸它却不想着怎么找好吃的好喝的上贡给它，这样是无法得到它的好感的呀。

美猫啧啧摇头，这届铲屎官不行。

幸好这种痛苦的日子并没有持续多久，就在勇士们快要逃出恶龙地盘的这一天，在那耀眼的朝阳中，一名骑龙的勇士手持大宝剑从天而降，对着聚众撸猫的勇士们大声道："放肆，住手！快放开你们手中的猫！"

美猫觉得这个声音有点耳熟，抬起头一看。

啊，迎着这耀眼的太阳，那骑龙的勇士是如此英俊潇洒，他那酷炫的发型，巧克力色的皮肤，桀骜不驯的服装，胯下（眼熟）的坐骑，还有手中的大宝剑，都是如此吸引人。

美猫心脏砰砰直跳："啊，我的意中人是一位盖世英雄，有一天他会手举宝剑，骑着巨龙来拯救我。"

美猫觉得自己已经坠入爱河！

公主跳下龙背，和恶龙通力合作，三下五除二就把这群菜鸡勇士给收拾了。

美猫星星眼地看着心目中的英雄朝它走来，啊，他抱起了它，吻上了它的鼻尖。

"心肝儿，我可找到你了！"公主激动得热泪盈眶。

"……喵喵喵？"美猫大惊，这位勇士，我们曾经见过？

等等，这声音真的很耳熟……

这不是它的前任铲屎官吗？穿大裙子的那个！

目瞪喵呆的美猫，"喵"的一声就哭了。

生无可恋，"喵喵喵喵——"

……

……

……

"这就是你吃到二十磅的理由？"美猫的好友撇了撇猫嘴，鄙视地看着美猫。

已经胖到了二十磅，美颜盛世坍塌了一半的美猫幽幽地叹了口气："失恋嘛，总是要多吃点的。"

美猫的好友幽怨地看着美猫，如今这只美猫东食西宿，住在公主的城堡里，每天有巨龙给它投喂食物，一天七顿，越吃越胖。

经过了这一番"出征千里战恶龙，化敌为友救美猫"的传奇故事之后，公主已经是整个大陆上传说一般的人物了，公主的粉丝们纷纷为她的爱猫送来了礼物，不少是食物，吃得这只美猫白白胖胖，滋润非常。

不过再也没人打美猫的主意啦，倒不是因为它的主人升级成了BOSS，而是因为——

美颜盛世，它胖了呀。

虽然真爱们是不嫌弃啦。

所以看完了这个故事的朋友们，切记为了颜值，一定要好好维持住身材哦。

PART 2

美女
与野猫

一秒过去,两秒过去了,三秒过去
了……十分钟过去了。
美女还是抱着它又亲又摸,爱不释手,
可它还是没有变回王子。
喵喵喵?难道他注定要做一只猫了?

01

美女是这个小村庄的第一美女，聪明娴静，知书达理。

野猫是住在城堡里的野猫，自私冷酷、性格暴躁——咦，都住城堡了为什么还叫野猫？

事情的起因是这样的，某个雨夜，一位女巫敲开了城堡的大门，想要兜售以她的爱猫为原型制作的猫咪玩偶，却遭到了王子的无情嘲讽："这种傻兮兮的猫咪玩偶白送我都不要，只能拿去烤火，我最讨厌猫了！"

女巫愤怒极了："啊！啊！啊！一个不爱猫的人，是多么冷酷，多么无情，我要惩罚你这颗石头一般的心！把你变成一只小野猫！"

于是女巫魔杖一挥，王子变成了一只长毛的白色野猫，喵喵喵。

离开之前，女巫意味深长道："热爱猫咪的人，心地都不会太坏，记住我的话。"

眼看女巫要走，野猫王子急得喵喵惨叫："等等，说好的女巫施法后都会说出解除咒语的方法呢？"

可惜他已经变成了一只野猫，这位并没有选修过猫语的女巫听不懂它的话。于是，记性不佳的女巫迅速忘记了这件事，骑上扫把飞走了。

虽然还能住城堡，可惜没有主人，它依旧算是只野猫。

郁闷的野猫成天在城堡里外转悠，试图按照童话故事里的套路，遇上一位心地善良的公主，然后通过公主的亲吻让它变回王子。

隔壁的青蛙王子："呱呱呱？卑鄙的抄袭狗！啊不，抄袭喵！"

食物倒是不成问题，城堡的仓库里装满了粮食，喂饱了不少耗子，苦闷的野猫从一开始的不情愿到后来的津津有味，吃了一只还想再来一只，耗子真好吃，喵喵喵。

比较讨厌的问题是，它没有一个铲屎官。

它只能在花园里刨坑解决生理问题，然后乖乖把坑填好。

众所周知，粪肥是一种优质的肥料，野猫日复一日地辛勤施肥让花园里的玫瑰花开得格外好，每一朵玫瑰都娇艳欲滴。

漂亮的玫瑰花会吸引漂亮的姑娘，也会吸引有漂亮女儿的老父亲。于是这一天，一位商人路过了这座城堡，想要摘一朵玫瑰给自家的漂亮女儿。

野猫跳了出来，誓死捍卫自己的物权。

它是这样做的——

首先，站在高处暗中观察。

然后，竖起飞机耳暗中观察。

再然后，俯下身继续观察。

最后，"喵喵喵喵喵喵喵（小偷，快放下你手里的玫瑰花）！"

这个叫声吓住了来人，商人哆嗦了一下，抬头一看——一只漂亮的白猫蹲在墙上，冲着他喵喵大叫。

商人大惊："啊，多漂亮的白猫啊！我的女儿一定喜欢它！胜过喜欢一朵玫瑰花！"

说着，他踮起脚将一脸不解的野猫抱了起来，塞进了他的行李包。

野猫："喵喵喵？"

02

被人强行掳走的野猫王子郁闷地狂挠这个临时猫包。

哎，世风日下，人心不古，堂堂美猫王子竟被无耻人类劫财劫色，好气啊，超气的，气死了！

为了表达它的愤怒，它继续狂挠着猫包，继续发出喵喵叫，结果被以为它饿了的商人投喂了一条小鱼干。

野猫嗅了嗅鱼干，香喷喷，舔一口，美滋滋，赶紧大口大口地吃了起来。

唉呀妈呀，不吃不知道，一吃吓一跳，味道吊打仓库里的老鼠啊！

沉迷鱼干无心抗议的野猫就这样被商人带回了家。

商人兴高采烈地把打开了行李包，把野猫展示给了女儿，美女见到正在艰难地和小鱼干搏斗的野猫，发出了一声惊喜的叫声："啊，多么漂亮的小猫咪啊！谢谢爸爸，我喜欢这个礼物！"

说着，她一把抱起了猫咪，在它的耳朵上、头上、脸上狂亲了起来。

野猫不情愿，但是它想起那么多童话故事里的前辈们：只要被漂亮美女亲了，死了也会活过来，别说只是由猫变人了。

于是它板着猫脸，忍受着美女的骚扰。

一秒过去，两秒过去了，三秒过去了……十分钟过去了。

美女还是抱着它又亲又摸，爱不释手，可它还是没有变回王子。

愤怒的野猫挣脱了美女的怀抱，气跑了！

童话里都是骗人的，喵喵喵！它要回家了！

见到野猫要跑，美女急得叫了起来："小猫咪，你别跑啊！"

野猫已经跑出了门，美女提起裙子要追，商人递了一袋小鱼干给美女："带上这个，它爱吃！"

美女点点头，给了父亲一个拥抱："谢谢爸爸，我爱你！"

说完，背起鱼干拔腿就跑。

于是整个村庄的村民都目睹了这一幕：聪明娴静、知书达理的美女身背一袋小鱼干，从人群中狂奔而过，追着一只野猫跑出了村子。既不温柔，也不优雅，和提着菜刀追打丈夫的乡下村妇没什么区别。

暗恋美女的男配："不不不，这不是我认识的美女！"

他还绝望地发现,这美女跑得比他还快,到底是什么力量让一个文静姑娘跑得像只羚羊?

当然是因为一只可爱的小猫咪!

03

美女追着野猫一路跑啊跑,跑过了草地,跑过了河流,跑过了森林,最后追着野猫来到了一座尘封已久的古堡之中。

可惜还是追丢了。

郁闷的美女在城堡里外徘徊着,心想野猫到底去了哪里。

她找啊找,最后在花园牌巨型猫砂盆里找到了它。

正在刨坑埋屎的野猫:"……"

竟然让一个女士见到了自己如厕,野猫王子羞愤欲死,冲着美女喵喵大叫,斥责一个淑女不该在男士上厕所的时候冲进来。

美女却突然捂住了嘴,泪流满面:"可怜的小猫咪,竟然没有人为你铲屎吗?放着我来!"

说着,在野猫的目瞪口呆中,美女捡起地上的石头开始帮它铲屎。

野猫:"……"

铲完屎洗完手,美女看着情绪稳定也不乱跑的野猫笑眯眯地问道:"小猫咪,要不要吃鱼干啊?我带了好多呢。"

美女打开袋子,一整袋的小鱼干熏得野猫神魂颠倒,围着她喵喵直叫,几次试图把猫爪伸进去拨弄鱼干。美女拿着一条小鱼干和它做游戏,上上下下左左右右,看着被鱼干勾引得神不守舍的野猫,美女发出了银铃似的笑声,乐不思蜀。

吃着美味小鱼干的野猫心想:"有个铲屎官的日子好像真不错,看来是该为自己找个铲屎官了,不挑了,就她吧!"

有了美女铲屎官,野猫的生活水平顿时提升了一个档次:每天早上,有漂亮美女给它做猫饭，早餐、午餐、晚餐，餐餐不重样，下午和半夜还有加餐小零食。吃饱喝足想晒太阳，美女会给它打扫干净露台，铺上柔软的垫子，生怕它晒得不够舒坦，连胸都可以让它躺。睡够了想玩耍，就去藏书室找美女，美女立刻放下手中的书本，围着它心肝宝贝一通乱叫，然后拿起自制的逗猫棒陪它玩耍，美女还做了许多猫玩具给它。

野猫还不小心抓伤过她，在美女的手上留下了一条长长的伤疤，它忐忑了很久，生怕美女生气，结果美女笑眯眯地亲了亲它的小脑袋："亲亲小宝贝，我一点都不疼。"

野猫已经爱上这位敬业的铲屎官了！从没有人对它这么好过！哪怕它还是个英俊的王子的时候，他的侍女长都没有这么服务到位呢！

野猫觉得它的铲屎官一定也爱它！不然她怎么会这么尽心尽力地照顾它呢。哪怕它每天都很傲娇，不给撸，不让抱，美女亲它它还要拿脏兮兮的猫爪往她脸上冷冷地拍，但是美女还是那么爱它！从来不生它的气！

野猫王子自信满满地想："这一定是因为爱情！"

04

快乐的日子总是短暂的，还没享受一个月新生活的野猫迎来了一位不速之客。

这个雨夜，当野猫蜷缩在火炉旁的软椅上享受着美女的大腿膝枕的时候，城堡的大门被敲响了。

美女去开门，一位浑身湿透的女巫站在门外，掀开黑漆漆的长袍，露出了……

……

……

……

一篮子猫咪玩偶。

"美丽的小姐，买个猫咪玩偶吗？"女巫和蔼地问道。

野猫:"……是她是她就是她!她又来了!!!"

"天哪,这玩偶太可爱了!每种来十个!"美女捂住了嘴,惊喜地将女巫迎了进来,"外面可太冷了,你先在这里烤烤火吧,让我给你找身干净暖和的衣服。"

几分钟后,女巫裹着毛茸茸的披风,捧着一杯热茶,还有小点心,兴高采烈地和美女聊起了养猫心得。

野猫从屋子的这头走到那头,在美女面前转来转去,企图夺取铲屎官的注意力,时不时发出警告的呼噜声,试图让女巫滚远点。

女巫手里的热茶已经冷了,可是美女的手热啊,她干脆拉着女巫小姐姐的手,和她把臂交谈,兴致勃勃。

顺便一提,女巫也是个大美女,现在正在热情邀请美女去她家撸猫。

野猫王子顿时感觉自己不是一只白猫,是一只绿猫了。

"说起来,你的猫长得有点眼熟。"在谈论到美女的白猫的时候,女巫终于有了一点点印象,"我仿佛在哪里见过……"

野猫生气地跳到美女的膝盖上,用脑袋顶美女的胸,宣誓自己的主权。

"哦,我想起来!它并不是一只真正的猫,它是一个王子!"女巫大叫道。

美女目瞪口呆。

野猫志得意满。

美女猛然起身,一把将野猫掀了下去,捂住胸口大叫:"啊!色猫!流氓!"

这下轮到野猫目瞪口呆了。

说好的……说好的我是你的亲亲小宝贝呢?你不爱我了吗?

05

美女拉着女巫的手,伤心地抱怨自己上当受骗,王子怎么比得上毛茸茸的可爱猫咪呢?如果她早知道这是个王子……呸,这样一个脾气坏、贪吃、懒惰、爱使唤人的王子,她才不要照顾他呢!

虽然很直但是也很喜欢美女的女巫抚摸着美女的手安慰她，言之凿凿地表示这王子不是个好东西，他竟然讨厌猫！

好了，这下王子的罪行又增加了一条——他竟然不喜欢猫！冷酷，太冷酷了！

缩在角落里的野猫瑟瑟发抖，感觉自己失去了铲屎官的爱。

爱情没有了，小鱼干也没有了，铲屎官好像还要跟女巫私奔了……

可怜的野猫，不禁"喵喵喵"地唱了一曲《一无所有》。

天亮了，和美女彻夜长谈的女巫准备回家了，临走前她送了美女七个造型不同的可爱猫咪抱枕和一面视频通话魔镜，并邀请她改天去她家撸猫，美女欣然答应。

"呃……至于这只猫……需要我把它变回王子吗？"女巫问道。

美女陷入了心灵拷问之中。

而野猫，蹲在地上疯狂摇头，把脑袋甩成一个拨浪鼓："不不不不不！"

它已经聪明地预见到了，如果它真的变回了王子，它的铲屎官就要立刻收拾行李回家去了！

这不行，这可不行啊！

还是继续当猫吧！当猫多好！快活啊！

送走了女巫的美女回头一看，高冷坏脾气不让撸不给抱不喜欢被亲亲的野猫就地一躺，露出了白嫩嫩的肚皮，求撸；伸出前爪，求抱；还发出"呼噜呼噜"的声音，求亲亲。

美女嘴角一抽，感觉躺在地上的不是只野猫，是一个不要脸的王子，于是她目不斜视，从野猫的身边走开了。

野猫，"喵"的一声就哭了。

心酸，委屈，失恋了！

野猫王子哭完还得振作，它决心发挥不要脸的攻势，主动卖萌撒娇，重获铲屎官的爱。

然而因为情商太低,它的具体做法是这样的:天一亮它在铲屎官的卧室外喵喵叫,挠门,直到铲屎官提着鸡毛掸子冲出来呵斥它,它还觉得十分委屈——当初你都是和我一起睡的!现在竟然把我拒之门外!你变了,你不是从前那个爱我的铲屎官了!

早餐时间,铲屎官先给自己做了早餐,然后慢吞吞地给它做猫饭,它趁着铲屎官做猫饭的时候上了桌,在她的早餐前偷吃两口以示不分你我,在铲屎官拿着锅铲冲出来呵斥前撒腿就跑——"喵喵喵",从前你都是饿着肚子先给我做猫饭的!我上桌、我偷吃、我打翻盘子,可你还夸我是只好猫咪!你变了,你不是从前那个爱我的铲屎官了!

晒太阳时间,它来到露台上想要休息一下,露台上积满了落叶,没有洗过晒过的柔软垫子,没有放在一边的猫饭、水盆和小零食,她连猫砂盆都没有给它铲!野猫不禁高歌:"寒叶飘逸,洒满喵的脸,铲屎官变心,伤透喵的心!你变了,你不是从前那个爱我的铲屎官了!"

垂头丧气地离开露台,野猫决定去藏书室碰碰运气,结果刚一进去就气得浑身发绿。

它的铲屎官竟然在和女巫魔镜视频聊天!两人聊得眉飞色舞神采奕奕!还有送快递的乌鸦在敲窗户,美女放下魔镜拆包裹,拆出了一套《初级养猫魔咒大全》和一根魔杖。

"来学养猫魔法吧,从此不用手动铲屎手动做饭!"女巫在魔镜里热情地介绍起了魔法。

"好好好,学学学!"美女迅速接受了。

野猫又高兴了起来,觉得铲屎官还是爱它的,她愿意为了更好地服务它学习魔法!多么可敬啊!这一定是因为爱情!

结果下一秒,它就惨遭打脸。

美女:"这样我就可以省出更多时间来跟你聊天学魔法啦!"

女巫:"嘻嘻嘻,对了!"

绿猫王子,气到变形!

野猫觉得自己需要学习一下正确的博取铲屎官欢心的方法，因为它屡次尝试都以失败告终了，显然，它的策略和技巧都有点问题。

机会很快就来了，美女要去女巫家面基玩耍，野猫死皮赖脸地抱着美女的大腿不松爪，抓坏了美女三条裙子，无奈的美女只好把猫也带上，一起去了女巫家。

女巫家住在一片丛林中，是一座屋顶尖尖的巫师塔，她有七只猫，每一只都长得十分漂亮，颜值令野猫十分羞愧。更可怕的是这群猫还深谙宅斗技能，每一只都有独特的撒娇技巧。

有的会用脑袋顶铲屎官的手还亲来亲去；有的会抱住铲屎官的大腿睁大猫眼卖萌；有的躺在地上不停打滚发出"呼噜呼噜"的求摸声；有的会坐在地上上肢合十作揖讨吃的；有的会发出特别娇嗲让同类狂起鸡皮疙瘩的"喵喵"声；有的会不停围着铲屎官做圆周运动；还有一只最可怕，它，竟然会，给铲屎官挑衣服！

每当女巫出门前精心打扮的时候，熟练记住了女巫衣橱里几百件衣服的它会站在衣橱前，用敲衣橱门的方式告诉女巫今天该穿哪件，女巫打开衣橱之后，它又会伸出抓子指出那件正确的衣服。

它从来没挑错过！比时尚杂志的搭配指南还要靠谱！

可怕，实在可怕！

猫界的竞争也好激烈啊！刚刚抓坏美女三条裙子的野猫感到猫生艰难。

不过还是要学习啊，学习使猫进步，骄傲使猫落后！

于是在美女和女巫快乐地学习魔法的日子里，野猫王子观察七位同行的独门绝技，偷师了起来。期间发生了不少冲突——七只猫十分敌视它这只外来猫种，以为它是主人的新欢，于是趁着没人的时候组团欺负它……

唉，猫生艰难啊。

于是没过多久，美女惊讶地发现，野猫变得乖巧粘人爱撒娇了，它又可爱起来了!

女巫意味深长道:"终于看到他有改好的迹象了,看来过不了多久我就可以把它变回去了。"

野猫疯狂摇头,沉迷做猫,拒绝做人。

08

它的努力是有收获的,在美女返程回城堡的时候,野猫已经是一只心机的野猫了,它不但精通六种撒娇技巧,还初步学会了服装搭配,靠着一路上嗲嗲地卖萌撒娇,它重新获得了铲屎官的爱意。

美女抱着直往她怀里钻的野猫幽幽道:"啊,要是你一辈子都这么可爱该有多好啊。"

野猫:"喵喵喵?"

美女:"女巫说,你就快要变回人了,虽然我很舍不得,但是你毕竟是个王子呀,总不能一辈子都当一只猫。"

野猫:"喵喵喵(我不要做王子,我要当你的小猫咪)!"

回到城堡的野猫陷入了忧郁之中,此时的它还不知道,危机已经来临了。

原来,因为美女久久没有回到村庄,暗恋美女的男配怀疑她是被住在古堡里的女巫抓走了。为了拯救美女,他骑上一匹白马,向这片森林走来。

然后他看到了啥?

看到了美女兴高采烈地在花园里和猫咪做幼稚的游戏!她竟然和一只野猫一唱一和地喵喵叫!

男配:"……不不不,这不是我认识的美女,我认识的美女从来不会做这么傻的事情!"

可是虽然美女人傻了,但脸蛋还是美啊,肤浅的男配觉得娶一个漂亮的傻姑娘总比娶一个长相平平的聪明姑娘好多了,于是他上前去,想将美女带走。美女不肯,他就说美女一定是被女巫的魔咒控制了,强行要将她掳走。

野猫生气了，冲着男配喵喵大叫。

男配是个冷酷的反派，他对猫无动于衷，抬脚就将野猫踢飞了出去，甚至补了一枪，将野猫打得鲜血直流！惊得美女尖叫了起来："你对我的猫做什么？"

美女掏出魔杖，对男配施展了一个铲屎咒语。

男配发现自己的身体不受控制，他竟然徒手开始刨坑，根本停不下来！

美女抱起受了重伤奄奄一息的爱猫，泣不成声地吻上了它的鼻尖。

就在这时，奇迹出现了！

已经失血过多停止了呼吸的野猫，竟然又睁开了眼睛。就在美女惊喜交加之际，复活的野猫的身体发生了变化，啊，它变成了一个王子！

一个刚刚复活，英俊潇洒，然而没穿衣服的王子。

美女尖叫一声，捂住眼睛跑了。

光溜溜的王子看着持续刨坑的男配，毫不犹豫地征用了他的衣服。

男配在寒风中，瑟瑟发抖！

穿上了衣服的王子是个人模狗样的王子，不比他做猫的时候逊色——当然，在猫奴眼中，自然是猫咪可爱啦！最糟糕的是王子的身体还记忆着当猫的时候的状态，经常见到美女就地一躺，仰面蜷手，喵喵撒娇。

嗯……这只一米九的猫实在有点太大了……而且没有毛，美女对此表示：冷漠。

美女还用魔镜向女巫抱怨了这件事，从王子暗中偷听的结果来看，没猫可撸的美女已经准备好回家了！

天哪，这可怎么办？！他要失去心爱的美女了呀！虽然她现在既不给他做猫饭也不给他铲屎更不会帮他梳毛，但他还是爱着这个退役的铲屎官啊！

这是爱情，懂吗，爱情！

忧心发愁的王子无人可以求助，于是趁着美女不在的时候，拿魔镜求助了女巫。

女巫："好吧，看在你已经改好了的份上，我给你指一条明路吧。"

三天后，已经打包完行李准备回家务农的美女已经站在了城堡门外向王子告别："谢谢你这段时间的照顾，我得回家去了。"

"不不不，请再等一会儿吧，马上就好！"王子苦苦哀求。

这眼神还是很像那只野猫的。美女心软了："好吧，我再等一会儿。"

城堡外传来了乌鸦的叫声，美女抬头一看，三只乌鸦一同抓着一只巨大的包裹放在了美女面前，美女疑惑地看着王子，王子紧张道："我觉得你离开之后会觉得有点寂寞，所以我决定养几只猫。"

美女："！"

快递里发出小猫的"喵喵"叫声，美女腿软了，走不动了，迫不及待地拆开了包裹，一只大笼子里装着三只可爱的小猫咪，一放出来就争先恐后地往美女身上爬，喜得美女摸完这只摸那只，根本停不下来！

"不过我没有养过猫，担心照顾不好它们……你能不能暂时留在这里帮帮我？"王子忐忑地问道。

"好好好，行行行，乐意之至！"美女彻底被"美猫计"征服了，抱着猫笑得一脸阳光灿烂。

王子心想："感觉自己好像因为生不出继承人不得不容忍丈夫找情人的可怜贵妇人，而且还一次找了三只小妖精！心酸酸的。"

就这样，王子与美女以及三只擅长争宠的猫咪一起过上了幸福的生活。

哦，差点忘了，他们还有一个特聘铲屎官，能够 24 小时给猫铲屎，为自己从前的杀猫行径赎罪，一辈子为猫咪铲屎，十分兢兢业业呢！

PART 3

有猫的
灰姑娘

正郁郁寡欢的王子第一眼就看到了这个美丽的姑娘……藏在袖子里的猫，他眼前一亮，躲开了美丽少女们的围追堵截，来到了灰姑娘的面前："我能邀请你的猫跳个舞吗？"
灰姑娘："？"

灰姑娘家有一只灰猫，是她去世的母亲留给她的。

灰姑娘还有一位猫毛过敏的继母和三个恐猫症的姐姐，继母和姐姐们讨厌猫咪，要求她丢掉她的灰猫，但是只有这一个要求是灰姑娘无论如何也不能答应的，她坚持将灰猫养在了自己住的阁楼上，每天给家里做家务，日子过得苦不堪言。

姐姐们嘲笑一身炉灰的灰姑娘和她那只灰猫真是天生一对。

这一天，王宫里要举行舞会，邀请镇上每一位年轻姑娘们参加。灰姑娘当然也想去，但是恶毒的继母和姐姐们给她增加了无数繁重的家务，也不给她添置新衣裳，去不了舞会的灰姑娘伤心地留在了家中，准备和自己的灰猫一起度过这个寂寞的夜晚。

灰猫是只活泼好动的猫，每天都要出门溜达。夜幕降临了，灰姑娘在院子里遛猫，灰猫东走走西看看，竟然捉起了老鼠！

只见灰猫压低了身体匍匐在地上，摇晃着尾巴，在老鼠从鼠洞中出来的那一刻，它纵身一跃，轻轻松松扑住了老鼠。

老鼠发出了一声尖叫，"砰"的一声，变成了一个小仙女。

"啊啊啊啊啊啊啊啊啊啊啊是猫啊！救命，救命啊！"小仙女惨叫了起来，在猫爪子下连连挣扎。

灰姑娘惊呆了，赶紧把小仙女从猫爪下拯救了出来，道歉道："对不起哦！猫猫它以为你是一只老鼠。"

"我是老鼠啊，可也是厉害的老鼠。"鼠仙女扁扁嘴，"你可得好好管教你的猫，不然……"

灰猫蔑视地看着她，发出了不屑的喵呜声。

鼠仙女膝盖一软，哆哆嗦嗦地往灰姑娘的裙子下钻："救命！别让它吃了我，我可以帮你实现一个愿望！"

灰姑娘看着远方山腰上灯火通明的城堡，向往地说："我想参加王子的舞会，可是我没有衣服，也没有马车，我去不了。"

"这有什么难的，交给我啦！"鼠仙女大大方方地说着，挥舞起了魔杖。

于是灰姑娘有了马车，有了车夫，还有了漂亮的新衣裳。

鼠仙女提醒道："你可要在午夜之前回来哦，不然这一切都会消失啦，你的衣服会没有，你就要裸奔了！"

灰姑娘点点头，马车朝着城堡驶去。

"……可为什么你也跟来了？"灰姑娘看着怀里的灰猫，纳闷地问道。

灰猫舔了舔爪子，"喵"了一声。

当然是来立功啦！

抵达了城堡的灰姑娘心中忐忑，她将灰猫藏在了衣袖里，走入了舞会的现场中。

正郁郁寡欢的王子第一眼就看到了这个美丽的姑娘……藏在袖子里的猫，他眼前一亮，躲开了美丽少女们的围追堵截，来到了灰姑娘的面前："我能邀请你的猫跳个舞吗？"

灰姑娘："？"

这是什么新型的搭讪方法？

"可猫不会跳舞啊。"灰姑娘愣愣道。

"没关系，你可以抱着它和我跳舞。"王子热情地说道。

灰姑娘："还有这种操作？"

就是有这种操作,只见王子拉起灰姑娘的一只手,灰猫赶紧抓住灰姑娘的袖子,而王子美滋滋地拉着姑娘开始跳舞,漂亮的裙子随着他们的舞步飞扬,而灰猫也随着他们的舞动旋转了起来——有点晕哦。

跳完了舞,王子还邀请灰姑娘品尝了美味的小点心,又吩咐厨子给灰猫准备了一叠特制的鱼肉,让平常伙食一般是老鼠的灰猫吃得美滋滋的。

王子和灰姑娘快乐地交流了一番养猫经验。

王子说:"我有十八只美猫,但是每只都性格骄纵,完全被宠坏了,你看我的胳膊,上面还有好多猫抓的痕迹,它们一言不合就抓挠活人,更别说王宫里的家具了。"

灰姑娘目瞪口呆:"可我的猫从来也不抓人啊,它只抓老鼠。"

王子露出了羡慕的神色:"世上竟然有这样完美的猫咪,我第一次听说。"

灰姑娘:"总觉得王子世界里的猫咪,和外面的猫咪不太一样呢。"

王子让仆人们将十八只美猫抱了出来,果然环肥燕瘦,每一只都十分美貌,但是看看仆人们布满了抓痕的手臂和脸蛋,灰姑娘觉得自家土土的灰猫真是太可爱了。

"美猫和嗲猫之间,我选择嗲猫。"灰姑娘说。

王子叹了口气:"我也觉得嗲猫更好……"

话音未落,十八只美猫齐声喵喵抗议,冲上来要抓王子,吓得王子往灰姑娘的身后一躲,而灰猫大叫一声,一巴掌拍在了第一只冲上来的美猫的脸上。

被打了一巴掌的美猫目瞪喵呆地看着灰猫,一脸"你竟然敢打我,我的铲屎官都没有打过我"的表情。

剩下的美猫噤若寒蝉,不敢上前挑衅。

灰猫翘着尾巴,得意洋洋地冲这群美猫嘶叫了两声:"滚吧!"

美猫们一哄而散,回到了仆人们的怀里"嘤嘤嘤"了起来。

王子大惊:"天哪,你的猫真是太厉害了!世界上怎么会有这么完美的猫咪!我爱上它了!"

灰姑娘斜了王子一眼。

王子继续道："你的猫能卖给我吗？我需要这样一只能够管教其他猫咪的猫头头，这样我就不会总被欺负了！"

灰姑娘说道："不卖不卖，我要和我的猫永远在一起。"

王子失落极了，看着十八只美猫，神色怅然。

零点的钟声敲响了，正沉浸在喜悦之中的灰姑娘猛然想起鼠仙女的告诫，意识到自己再不走，全身的裙子都要没了——裸奔可怎么行，赶紧跑啊！

于是她赶紧提着裙摆跑了，一边跑一边觉得自己忘了什么东西……

直到她坐在了马车上，马车回到了家中的时候，灰姑娘才想起——哎呀，把猫忘在王宫了！

这下可怎么是好？

继母和姐姐们也回来了，抱怨着舞会中途就消失的王子，她们怎么也没想到家中最不起眼的灰姑娘竟然就是那个在舞会上大放异彩的姑娘。

灰姑娘忐忑地想着自己的灰猫要怎么办，它会不会自己跑回来呢，越想就越焦虑，一整晚都没有睡好。

次日一早，灰姑娘家的家门突然被人敲响了。

继母打开了门，发现抱着灰猫挂着黑眼圈的王子带着下属站在她家门前："请问，这只猫是你们家的吗？"

继母看着这只灰不溜秋的猫，嫌恶地说："不，不是我们家的。"

王子疑惑地看了猫咪一眼："真的？我打算娶这只灰猫的主人为妻，她真的不在这里吗？"

继母尖叫了一声，赶紧叫来了自己的三个女儿，谎称她们就是猫的主人。

为了证明自己是这只猫的主人，三个恐猫症的姐姐争先恐后地去抱猫，结果被战斗力爆表的灰猫挠花了脸，哭着跑开了。

阁楼里的灰姑娘听到了动静，匆忙地跑了下来，惊喜地叫唤了一声。

灰猫立刻扑向了她，和她抱在了一起。

王子也认出了这位姑娘就是那天晚上和他一起跳舞谈人生谈养猫经验的女孩，开心地向她求婚了："你愿意把猫当作你的嫁妆，来到我的王宫，帮我管教十八只凶悍的美猫吗？"

灰姑娘哭笑不得："我愿意。"

王子兴奋地跳了起来："太好了！我不会再被十八只美猫欺负了！"

灰姑娘心想："太好了，我也不会被继母和姐姐们欺负了。"

就这样，两人过上了幸福的养猫生活，灰猫成为了新的王宫一霸，把十八只刁蛮任性的美猫管教得服服帖帖，让它们改掉了一言不合就抓人咬人的坏习惯。从此十八只美猫声名远播，无数爱猫人士慕名而来，流下了羡慕的泪水。

王子抚摸着再也没有抓痕的手臂，也流下了感动的泪水。

真是幸福快乐的人生啊。

PART 4

巫师界的三次猫咪战争

你连你心爱的猫的屎都不想铲,有什么资格说爱它?

01 猫应该养几只

这是一个神奇的巫师界，每一位巫师都爱猫成狂，没有猫，就像是没有阳光和空气，没有食物和水。吸猫，撸猫，养猫，这是这个神奇巫师界的巫师们一生的事业。

然而猫咪并不永远只会带来幸福，它也会带来战争。

今天就来科普一下巫师界的三次猫咪战争。

众所周知，巫师界的一猫派和多猫派长期在女巫杂志上互相抨击，驳斥对方为异端邪教。一猫派的信徒认为："人只能有一个主（子）。"而多猫派的信徒则认为："主子当然是越多越好，我要再接一只，又一只，还来一只……"

这个不可调和的矛盾为巫师界第一次猫咪战争埋下了伏笔。

虽然年代久远，部分细节已经不可考证，但是有一点是所有巫师历史学家公认的：第一次猫咪战争发生在喵喵国境内的猫薄荷省，导火索是一只被称为海伦·哈尼的猫（这只古典标准斑的猫咪至今都在女巫杂志的年度美猫评选中荣膺第一）。

这只有着迷人的琥珀色眼睛的猫咪大摇大摆地入境，在猫薄荷省的一片森林中居住了下来。而这片森林里有两位关系不睦的女巫。这两位女巫分别是一猫派和多猫派的信徒。

一猫派的女巫最近刚刚失去了自己心爱的猫咪，准备再接一只，而多猫派的女巫则想为自家再添一员新成员——虽然她的七只猫咪可能并不想再增加一个来分享奴隶和供奉的"同伴"了。

两位女巫均不是黑猫原教旨主义的信徒，并不觉得饲养一只虎斑的猫咪有什么不妥，所以两人同时瞄准了这只新入境的猫咪。

海伦·哈尼，你的处境危险了！

02 晒猫或有生命危险

猫历×年×月×日的这一天上午，阳光明媚。乌鸦快递的快递员们正在争分夺秒地运送巫师们订购的物品，这个新加入物流行业的快递公司用双倍的努力试图赶超业界垄断组织猫头鹰快递的业绩。考虑到傲慢的猫头鹰快递公司总是在夜间工作，拒绝在白天开工，能够24小时运送快递的乌鸦快递公司似乎更有前途——当然，也更加危险，因为巫师们的猫咪都很爱它们。

一位乌鸦快递公司的快递员在飞越猫薄荷省的时候目睹了这一幕：

两位戴着防晒遮阳帽骑着扫帚的女巫在森林的空地上互相叫骂，而一只漂亮的虎斑猫正蹲在两人中间惬意地品尝着两人带来的美食。

鉴于两位女士人身攻击的语言实在不堪入耳，这里就不予记载了，总之，在吵架没有结果之后，两位女巫各自拿出了自己的魔杖开始决斗。海伦·哈尼对这一幕表现出了充分的好奇，它并没有被吓跑，而是在附近的树上津津有味地观察起了这一幕，一直看到两位女巫魔力不支快快回家，相约下次再战。

如果事件在这里终结，这显然只是一起常见的"因猫打架"的普通事件，在《巫师时代》月刊的统计中，有41.7%的巫师械斗事件的起因是因为猫咪，里面又可以细分为"帮猫咪打架""争论谁家的猫更好"和最常见的"猫学教派之争"（包括一猫派和多猫派、黑猫原教旨主义和毛色算个屁，以及最火药桶的……你们懂得），另外还有很小比例但是从绝对数量上来看并不少的"杀人夺猫"事件。

这里要提醒各位读者,如果你有很可爱的猫咪,千万不要在社交场合频繁晒猫,否则有可能会遭遇到不幸事件。因为总有一些爱猫疯魔的巫师,会谋夺你的猫咪,为此不惜谋害你。

晒猫有风险,猫奴需谨慎。

03 令人大跌眼镜的第一次猫咪战争的结局

"你是一猫派还是多猫派?"当女巫杂志将这句话印刷在封面上的时候,战斗的号角已经吹响了。一猫派的女巫文笔绝佳,抢先向杂志投稿发文,阐述了自己对坚持一猫派不动摇的决心,和对多猫派的深恶痛绝。

她称:"多猫派都是自私鬼,当傻乐的巫师享受着齐猫之福,幻想自己的爱猫们和乐融融的时候,猫咪们在背地里正进行着多么血腥残酷的猫版'宅斗门',它们正用各种手段争夺宠爱!"

"天哪,你们竟然让主子向奴隶争宠,这是何等的失态啊!"一猫派的女巫发出了哀嚎,"救救你们的猫咪!"

多猫派们也纷纷撰文反击,但是内部意见并不统一。部分多猫派巫师认为:"我家的猫关系很好,和睦相处,根本没有什么残酷斗争。"也有部分多猫派的巫师认为:"适当的竞争有利于营造一个积极氛围,我们不想成天面对高冷的猫咪,我们想要会争宠的猫咪。"

后者又遭到了一猫派和多猫和睦派的联合攻击(题外话,这为第三次猫咪战争埋下了一个重大隐患)。三方口诛笔伐,将大批巫师引入战火,导致女巫杂志不得不连续发了十八期增刊,令加班送货的乌鸦快递员工们怨声载道。

彻底引爆这场战争的是一篇檄文,这篇由著名一猫派极端分子领头人阿道夫巫师撰写的《一猫派自由意志》（又名《一猫派的生存空间要靠魔咒与血》）①一经发表，迅速点燃了一猫派巫师们的战斗激情。他们开始走出地下室和巫师塔，冲向多猫派巫师们的领地，打倒这群"异端"，缴获他们的猫咪。多猫派的巫师因为花费了数倍的时间在撸猫上，对这场突然的战斗准备不足，节节败退、溃不成军。

失去猫咪的多猫派巫师们因为撸猫不足而出现戒断反应，不断在监狱里哀嚎着自己对猫咪的思念，恳求监狱看守好好照顾他们的猫咪。他们还想出了一个办法，同一间的狱友们抓阄选出一个巫师趴在地上扮演猫咪，其他巫师闭上眼睛撸他的头发，据说撸秃了不少巫师。

一猫派的巫师们在大获全胜的喜悦中，发现了一个尴尬的问题——他们需要饲养数倍乃至数十倍于从前的猫咪，这需要和猫同样数量的铲屎官，而遗憾的是，一猫派的巫师不够用了。

一猫派的巫师不得不临时照顾多只猫咪，在莺莺燕燕高低起伏的喵喵声中，一猫派的巫师们像是吸多了猫薄荷的猫咪一样在地上打滚，恨不得长出十八只手来享受撸猫的乐趣。许多信仰不够坚定的巫师迅速背叛了自己的原则：多养几只猫好像也不坏……

……

……

……

这就是第一次猫咪战争的结局。

顺便提一句，引爆了这一切的海伦·哈尼猫咪被女巫 LUN 抱养了，也许你不记得这位女巫是谁，但是你一定听过她的名言："你可以污蔑我的法术稀烂，但你不能污蔑我的猫长得不可爱！"

---

①梗是阿道夫·希特勒的《德意志自由宣言》，又名《一个民族的生存空间要靠铁血》。

对，就是她。

在抱养了海伦·哈尼之后，她为了避免被"谋猫害命"，在此后的几十年里一直隐姓埋名，如果不是她仍在女巫杂志上定期晒猫的话，海伦·哈尼的粉丝们恐怕会以为她已经遭遇不测了。

这就是坐拥美猫的代价啊。

04 第二次猫咪战争——来自黑猫原教旨主义的"恐怖袭击"

第一次猫咪战争结束之后，一猫派偃旗息鼓，再不对多猫派养几只猫的问题指手画脚。然而战争的阴云仍未从这片土地上散去。战争结束的三年后，当一猫派中的"老顽固"们仍然在喋喋不休着的时候，一伙神秘的恐怖分子出现了！

这一群全身罩在黑袍里还提着一桶黑色油漆的巫师像是疯了一样到处袭击遛猫的巫师们，将他们的猫（只要不是黑猫）恭恭敬敬地抱起来，高喊一声"消灭异端"，然后一把塞进了油漆桶。这时候遛猫的巫师往往会发出一声惨烈的尖叫声，然后发现自己可怜的猫咪已经变成了一只黑猫——纯黑的那种。

惨叫着的主人："啊啊啊！"

湿哒哒的黑猫："喵喵喵？"

虽然这些"油漆"是经过专业调配的黑色无味永久染色剂，对人体（和猫体）并无伤害，但是它的效果极其持久，根本不掉色！广大白猫、橘猫、花猫的铲屎官们抱着自家新鲜出炉的黑猫痛哭流涕。

《女巫时尚》杂志的总编女巫温图尔说，这种药水应该用来染发，而不是把猫毛染色。如果这群黑猫原教旨主义的疯子能把这种精神放在时尚事业上，巫师界的时髦程度早该赶超麻瓜了。

真是不务正业，痛心疾首！

05 谋猫害命——黑猫原教旨主义的诞生

这个强行把各色猫咪染成黑猫的组织叫"乌七麻黑",组织里的巫师们自称黑巫师,他们紧紧围绕在他们的首领 Dark Lord[①]和他心爱的黑猫纳吉尼的身边,意图"消灭"所有不是黑猫的猫咪——用染色剂。

当他们在长桌上开会的时候,Dark Lord 的爱猫纳吉尼像是个尊贵的国王一样,傲慢地巡视着这张桌子,除了它的铲屎官,它不接受任何人的爱抚。这份恰到好处的傲慢让 Dark Lord 对他的爱猫越加宠爱。

有一天,他对自己的属下说道:"纳吉尼是只好猫,当我第一眼看到它的时候,我就被它那纯黑无瑕的毛皮所吸引,天哪,怎么会有这么完美的黑色,简直像是深渊一样漆黑。它就像是一只精灵一样灵巧地从灌木丛中穿过,那一刻,我决定要不惜一切手段得到它!"

这个一见钟情的故事有个悲伤的配角,纳吉尼的原主人——一个长期宅在地下室里研究魔药的巫师——被 Dark Lord 谋猫害命,纳吉尼成为了 Dark Lord 的猫咪,它看起来对此并无意见,并且迅速吃胖了至少八斤。

虽然它看起来没有当年那么灵巧了,但是 Dark Lord 依旧对它爱如性命。他甚至沾沾自喜地认为,纳吉尼从前那么消瘦一定是因为原主人没有提供给它足够的伙食。

"我早该杀了那个虐待猫咪的废物!"Dark Lord 恨恨道。

Dark Lord 对纳吉尼的爱意与日俱增,他深深觉得,任何颜色的猫咪都比不上纳吉尼,这个世界应该属于黑猫!他要让全世界充满黑猫!

黑猫才是正义!

[①] Dark Lord、纳吉尼的梗其实是伏地魔梗。

06 皇帝的新衣——黑猫原教旨主义的破灭

就在黑猫原教旨主义风波愈演愈烈的时候，巫师议会高喊着"毛色算个屁"通过了《猫咪毛色多样性保护法案》，强烈谴责黑巫师们无视猫权，破坏猫咪毛色多样性的行为，并称："如果 Dark Lord 的黑巫师们继续实行恐怖袭击，他们就要集资买凶干掉他了。"

阿萨辛协会隔空喊话表示愿意杀一送一，顺便干掉他的猫——然后阿萨辛协会就被巫师们的抗议声掀翻了："猫有什么错！你们竟然要杀猫！阿萨辛们简直不是人！"

就在巫师们转移了目标，和阿萨辛协会打嘴仗的时候，一个巫师站了出来，决定拯救猫咪，顺便偷师一下传说中的染色剂配方。

这位伟大的巫师叫作奥林吉[1]，是个专攻染发药剂的男巫，他怀抱着一只黑猫走了黑猫原教旨主义的组织中，表示他要入伙。因为他言辞激烈，态度诚恳，很快就在组织内获得了一席之地。彼时，黑猫原教旨组织已经让养着其他颜色猫咪的巫师们瑟缩在自己的家中不敢出门遛猫了，《猫咪毛色多样性保护法案》形同废纸。

巫师奥林吉在获得 Dark Lord 的信任后接触到了组织内的染色药剂，经过不懈的努力破解了其中的奥秘，发明出了"毛色还原剂"。

在一次会议上，当 Dark Lord 的爱猫经过奥林吉的位置时，奥林吉突然将一整桶"毛色还原剂"倒在了纳吉尼身上——戏剧性的一幕出现了。肥胖的黑猫纳吉尼，在毛色还原剂的威力下现出了原形！

一身橘色的毛发，油光水滑。

会议现场一度失控，奥林吉高声说出了真相："纳吉尼是只橘猫！"

啊，就像是戳穿了皇帝新衣真相的小孩，这句话如同光一般照亮了黑暗，气歪了鼻子的 Dark Lord 下令杀死奥林吉，可是他已经逃之夭夭，用他研发

---

[1] 奥林吉：Orange。

的"毛色还原剂"和"毛色染发剂"（截至目前共有 1028 色）赚得盆满钵满，迅速晋升为巫师界十大富豪之一。

而 Dark Lord 和他的信徒们因为信仰破灭一蹶不振，从此销声匿迹。小道消息称，有人曾经在阿尔巴尼亚的原始森林里见过 Dark Lord，那时候他身边跟着一只肥胖的橘猫，他们在那里隐居了。也有人好奇为什么 Dark Lord 会被一只橘猫欺骗，但是这件事已经无从考证，只能猜测是纳吉尼的原主人因为毛色偏好将它染成了黑色——哦，一个妄图篡改主子毛色的不逊奴隶，他死得真是活该！

当记者采访问及奥林吉是怎么发现纳吉尼并不是黑猫的时候，巫师奥林吉露出了一个迷人的微笑："当然，这是显而易见的，据我所知，能胖到 20 磅的猫咪，只有橘猫。①"

07 起来，不愿当奴隶的铲屎官们

"你是猫的奴隶，还是猫的主人？"这个问题贯穿着巫师界的历史，也是第三次猫咪战争的主题。

它的根源甚至可以追溯到早已灭亡的第一帝国时期（详见《论第一帝国的倒下》）。部分史学家认为：这个早该爆发的矛盾竟然在第一帝国灭亡的两百年后才真正浮现，这才是历史的偶然。

而矛盾的真正凸显，其实是在第一次猫咪战争中。

众所周知，多猫派的巫师中一部分人认为："我应该养多只猫，这样可以让猫富有竞争意识，它们会争先恐后地讨好我，让我愉快。"在第一次猫咪战争期间，这一派的巫师也同样受到了一猫派的疯狂攻击，以至于失去了他们的猫咪，在监狱中度过了一段漫长的"互撸期"，之后矛盾沉淀了下去，等到再一次出现。这一群人，正是未来"使魔派"②的雏形。

①能胖到 20 磅的当然不止橘猫，只是个梗。

②使魔派：认为猫咪是巫师的使魔，而不是巫师的主人，顺便一提，与之相对应的那一派叫作"铲屎派"。

在第二次猫咪战争结束之后的五十年时间里,巫师人权革命轰轰烈烈地开展了,包括男巫反就业歧视游行、异性恋反歧视游行和巫师反猫咪统治游行。

"巫师反猫咪统治联盟"就是在一次又一次的游行中建立起来的,他们获得了一些选票,议员代表成功在议会中拿出了自己的首个提案——废除"铲屎官"这个充满了对巫师歧视的蔑称。

08 矛盾的激化:吃,还是不吃

"巫师反猫咪统治联盟"的前身是第一帝国时期的"使魔派",这群巫师普遍认为,猫是巫师的使魔,要为巫师做事。但是随着时代的发展,猫奴数量剧增,"铲屎派"——一群认为巫师是猫的奴隶,要为猫咪做事的巫师——占据了上风。可是使魔派依旧存在,而且始终不曾被消灭。

当使魔派终于在巫师议会上提出自己主张的时候,铲屎派惊呆了:"世间怎么会有这样的巫师,竟然要求主子纡尊降贵地为你做事!丧心病狂!简直丧心病狂!只有阿萨辛协会的那群冷酷阿萨辛们才会说出这种话!"

使魔派为自己辩护,表示自己是爱着猫咪的,但这是主人对宠物的爱,不是奴隶对主子的爱。猫咪应该做一些力所能及的事情,比如自己给自己铲屎。

铲屎派陷入了疯狂:"你连你心爱的猫的屎都不想铲,有什么资格说爱它?"

使魔派的巫师也怒了:"你真爱它就去吃它的屎啊!"

于是第二天,铲屎派的巫师用魔镜直播了他如何品尝猫屎咖啡。从此猫屎咖啡一炮而红,销量激增,成为铲屎派巫师的最爱饮品,并且成功地传播到了麻瓜那里。

哦,不过这位直播品尝猫屎咖啡的巫师后来被证实是猫屎咖啡生产商的大股东,这起精心策划的炒作事件被认为是一起相当成功的炒作案例⋯⋯但这不影响猫屎咖啡的走红。现在,铲屎派的巫师可以大声说出这句话了:"爱它,就要吃它的屎!"

麻瓜们觉得,自己真的不太懂巫师。

09 历史的波澜终将平息

事件酝酿到这里,无论是巫师中的使魔派还是铲屎派都已经无法保持冷静了,战争一触即发。

铲屎派仍然占据了人数优势,而且针对使魔派的谴责也越发言辞激烈。

使魔派中的巫师们认为,继续等待下去,情况也不会好转,他们必须竖起革命的大旗,发动一场轰轰烈烈的起义,就像第一次猫咪战争中的一猫派那样。

于是使魔派的巫师们秘密地建立了一个"安全屋",只要在家中的火炉里撒一把飞路粉就可以抵达那里。安全屋的四面墙壁上写满了起义标语和使魔派巫师们的留言,来往的巫师们都罩在一身黑袍中,蒙上了脸,避免被发现自己的真实身份——在这个铲屎派占据了大多数的巫师界里,他们的人身安全是值得商榷的。

这个安全屋现在已经成为了一个知名景点,如果各位读者去过安全屋,就会被上面的留言气得气愤填膺,或者被逗得咯咯直笑。在那个年代,不乏有一些巫师们在留言里交流自己奴役猫咪的经验,最著名的当属这一条:"今天我成功地奴役了我的猫咪!它竟然喝了我的洗脚水,嘿,它已经是我的奴隶了!"

起义发生在猫历 4 月 1 日的这一天,那一天的安全屋里写满了激动人心的起义标语,墙上更是贴满了使魔派巫师们的宣言,他们纷纷表示要响应组织号召,在议会门口的国王广场的巨大猫咪雕像下集中,冲进巫师议会!

根据墙上的留言数量的保守估计,这次起义大约能召集到 300 名以上的巫师参与，这对常备警力不多的巫师议会来说可是个大数目。

然而，他们并不知道他们的秘密起义早已被铲屎派的间谍泄露给了巫师傲罗们，以及各大报刊杂志的记者们。

于是就在这天下午，约定的起义发动时间，混在人群中的巫师傲罗和记者们见证了这荒诞的一幕：

三个，没错，只有三个使魔派的巫师，全身罩着黑袍，拿着魔杖和标语，站在了雕像前。

在确认没有更多的使魔派巫师前来参加起义之后，傲罗们逮捕了这三位巫师。

轰轰烈烈的大起义结束了，这三名"百里挑一"的起义军成员被捕入狱，其中一人确定为阿萨辛协会的成员，因为憎恨猫咪而混入使魔派巫师中煽风点火；一人被查证是铲屎派的卧底间谍，奉命在起义时担任傲罗们的内应；最后一名是一个真正的使魔派巫师，平日里经常命令他的猫咪跳上置物架给他叼来熬药时需要的草药，因为他年老体衰，无力爬上木梯——同时他要支付一条以上的小鱼干给猫咪作为报酬。

非常极端，丧心病狂！他被巫师法庭宣判入狱改造三天，学习如何使用木偶使魔来拿取草药，出狱后这位老巫师洗心革面，成为了一个坚定的铲屎派巫师。

历史的车轮滚滚而过，三次猫咪战争就这样拉下了帷幕。我们可以清晰地看到，这些冲突是在逐步淡化的，第一次的一猫派发动了战争，第二次的黑猫原教旨主义者发动了恐怖袭击，第三次的使魔派却只发动了一次未遂的起义。

由此可见，矛盾与冲突已经不是巫师界的主流了，时下最热门的话题依旧是关于猫，包括"如何更好地伺候主子""我应该给主子买点什么""主子今天没吃/拉/搞破坏，它是不是病了"，最热门的书籍是《铲屎官的自我修养》《如何哄主子高兴》《一百句猫语教你听懂主子的话》。

这使得笔者坚信,让世界充满猫,巫师界只会越来越好。

PART 5

一个搬砖的亡灵法师

亡灵法师"扑通"一下跪下了,抱着猫嚎啕大哭:"呜呜呜呜宝贝我对不起你,我太穷了害你竟然要为我去盗窃呜呜呜呜……"

无毛猫舔了舔无毛的爪子,心想:"智障,不知道我是只贵族喵吗?"

01

亡灵法师曾经并不是亡灵法师，而是正儿八经从巫师学院学成毕业出来的男巫，然而，在这个男巫饱受着就业歧视的年代，一个男巫要找到工作并不容易。虽然他也有听说过在招聘会上抱着一只猫被大基国公主一眼相中聘为宫廷巫师然后还当上了驸马的"励志传奇"里的前辈，但是亡灵法师觉得自己不可能是那个幸运儿——因为他没有关键要素：猫。

好吧，一个贫穷的巫师，养不起猫是正常的。

于是毕业等于失业的男巫只好去邻国的亡灵法师学院继续深造（为此他不得不签下一笔不知道能不能还得清的助学贷款），转行当个亡灵法师。

这里又有个严肃的问题——他的胆子很小。

可以想象，当两腿颤颤的万灵法师拎着破烂行李箱来到建在墓地上阴森森的亡灵法师学院，看到自己没有头的老师、只有头的辅导员，以及只剩一具骨头架子"喀拉喀拉"作响的宿舍管理员，可怜的亡灵法师到底经受了何等恐怖的心灵摧残。

更别提一日三餐的汤看起来像血，面包看起来像人头，佐餐的菜看起来像是人体里的内脏器官。

可怜的亡灵法师刚一入学就暴瘦 20 磅，脸上挂着黑眼圈，嘴唇干裂，面无人色，走起来黑袍飘飘，很快就有了一个亡灵法师的样子。

接下来的两年里，亡灵法师逐渐适应了学院的生活。他的同学有的把自己的肉搞丢了变成了一具骷髅；有的和恶魔签了协议成天神经兮兮；还有的为了永生把自己做成了巫妖成天研究将自己的命匣藏在哪里；甚至有迷糊的干脆弄丢了自己的脑袋逢人就问有没有见过他的头……各种形态各种猎奇，在这群同学之中依旧保持着一个有点消瘦的人类外形真是出淤泥而不染。

感谢他没有给自己来个猎奇的手术，亡灵法师得以在假期的时候去麻瓜的世界里打工赚钱，预备毕业之后接一只可爱的毛茸茸的猫咪——这对一个整天看到白惨惨的骨头架子的可怜人来说是多么治愈的安慰啊！亡灵法师发誓，他一定要养一只猫！这是信仰！这是救赎！

至于亡灵法师的兼职工作，说起来有点破坏亡灵法师酷炫的反派形象……他，在夜深人静的时候指使着自己的骨头架子小喽啰们帮雇主干体力活，内容包括但不仅限于：搬砖、挖坟、填沟渠……

命运的邂逅发生在这一天，亡灵法师接到了新活计，在这个雨夜给这片领地的领主挖一条新的排水沟。

就在这条破烂的小沟渠里，他捡到了一只浑身湿透又奄奄一息的小猫咪。

这本该令人欣喜若狂，然而——

"这猫没毛啊！"亡灵法师发出了一声痛苦的惨叫。

无毛猫："喵嗷嗷——（没毛怎么了？没毛是我的错吗！）"

02

虽然亡灵法师有些嫌弃这只猫没有毛，但是没毛也是猫啊，爱猫的亡灵法师还是把这只丑丑的无毛猫带走了。这只猫咪很幸运，它得到了一个理论知识十级的猫奴的精心照顾，逃离了死神的魔爪活了下来。

活下来的无毛猫勉强将亡灵法师当作了自己的主人……啊不，铲屎官，享受着亡灵法师从牙缝里省下来的供养，并在假期结束后被他带回了学院的宿舍里。顺便一提，亡灵法师的宿舍床竟然是一口棺材，在普通人眼里真是相当的不吉利。

无毛猫充分表达了自己对住宿条件的不满以及对优质生活条件的向往，可最后它还是不得不和亡灵法师挤在一口棺材里，因为这里的冬天实在是太冷了，它没有毛十分不抗冻，而它的铲屎官也实在太穷了。

亡灵法师的心情更复杂一些，他做梦都想要一只毛茸茸的可爱猫咪，现在他有了，然而……可是……这猫既不毛茸茸，也不可爱，倒是和这个亡灵法师的学院很般配，一看就符合亡灵法师的气质。

有了一只不太称心的猫主子，亡灵法师学习更努力，搬砖也更努力了。因为猫粮和猫砂都是一笔不小的开支，而他的猫咪还十分挑剔且任性，不但对衣食住行有着非同一般的要求，甚至还对他的着装进行了"规范"——凡是它看不顺眼的衣服，全都被抓成了抹布。

"我迟早要把这只到处搞破坏的猫扔掉！"亡灵法师恨恨地向自己的巫妖同学抱怨。

巫妖同学淡定地说："我很乐意帮忙，带上你的猫，来到我的房间，看我把它变成一只听话的傀儡猫。"

"大胆！你想对我的猫做什么！你敢！"气得亡灵法师一拳揍在了巫妖的鼻子上，两人进行了一番激烈的肉体搏斗，最后以体格纤细的亡灵法师被痛打为结局。

你看，一个猫奴就是这样口不对心。

愉快的学院生活还是结束了，再一次面临毕业的亡灵法师陷入了焦虑之中，因为他投出的简历并没有得到回应。无奈之下，他只好继续去麻瓜世界搬砖，以养活他和他的无毛猫。

然而不幸的是，麻瓜界遭遇了一次大饥荒，工作岗位骤减，连搬砖工作都找不到还要还助学贷款的亡灵法师陷入了绝望。

屋漏偏逢连夜雨，就在亡灵法师蹲在阴暗潮湿的廉租房地下室愁苦地抄简历的时候,他的猫丢了。

天哪,难道因为他太穷,就连猫都离他而去了吗!

亡灵法师,受到了一万点暴击伤害!

就在亡灵法师绝望地连夜制作寻猫启事的时候,他的地下室门被敲响了。

他的猫回来了!

嘴里叼着一枚闪闪发光的金币!

真金子!真精致!真值钱!

亡灵法师"扑通"一下跪下了,抱着猫嚎啕大哭:"呜呜呜呜宝贝我对不起你,我太穷了害你竟然要为我去盗窃呜呜呜呜……"

无毛猫舔了舔无毛的爪子,心想:"智障,不知道我是只贵族喵吗?"

03

深陷在"怎么办,我的猫咪好像去别人家偷东西了,急,在线等"的困扰之中,亡灵法师心惊胆战,生怕哪天失主找上门来,或者更糟:他的猫咪被愤怒的失主做成猫饼。

无毛猫坚持每天趁着亡灵法师出去寻找工作的时候偷溜出门——亡灵法师紧锁门窗也毫无用处——然后大摇大摆地叼着金币回家。它还会对没有花掉越攒越多的金币表示愤怒,用那颗有点丑萌的脑袋顶着金币堆喵喵大叫。显然,它觉得每一枚金币都应该变成它的猫粮、它的猫砂、它的玩具,结果这个铲屎官竟然一文不花,吝啬得像个葛朗台,简直要把金币带到棺材里去。哦,他还真把金币藏在了睡觉用的棺材里,简直让猫喵喵喵。

这个愚蠢的铲屎官竟然每次出门都要锁上门窗,这对一只想要出门的猫来说的确是个麻烦,可是对一个已经能够变回人的猫来说……呵呵。

他本该在自己的城堡里过着舒坦的好日子,要不是那个可恶的巫婆把他变成了一只无毛猫……

无毛猫先生变回了人形，套上一件亡灵法师的大黑袍，轻轻松松地打开了地下室的门，准备再回城堡一趟，从自己的金库里拿一枚金币回来。

结果……就在他爬出地下室的那一刻，他和蹲在地下室外"守株待猫"的亡灵法师四目相对。

"啊啊啊啊啊啊啊——"亡灵法师发出一声惨叫。

"喵喵……不对，你在这里做什么？！"无毛猫先生在狂喵了两声后也反应了过来，怒气冲冲道。

"你你你你你你你你是谁？"一屁股坐在地上的亡灵法师指着他结结巴巴地问道。

无毛猫先生冷哼了一声，一把提起亡灵法师的衣领将他拉回了地下室，如此这般地把前因后果说了一通。

亡灵法师听得一愣一愣的，怎么也没想到自己在那个雨夜里打工挖沟，竟然捡到了这片土地的领主："是邪恶的女巫把你变成了这样？你最近才能变回人形，但是每次只能维持一个小时？"

"随着魔法效果减退，恢复人形的时间会越来越长的。"无毛猫先生习惯性地舔了舔自己的手，这才意识到自己已经不是猫了。

"那个金币……"

"那是我自己的，你就放心地用吧。"无毛猫先生没好气地说。

"我……我还有个问题……你为什么之前不告诉我你是个人？"亡灵法师弱弱地问道。

无毛猫先生沉默了很久，感觉自己紧张，想吐毛球，然而……他是只无毛猫。

全身上下干干净净没有一根毛发的无毛猫先生摸了摸自己锃光瓦亮寸草不生的脑袋，忧伤道："我本来是想等到自己完全恢复再走，然后戴上假发再来找你，毕竟没有头发，没有自信。"

亡灵法师看了看他光秃秃的脑壳，忍不住"扑哧"一声笑了出来。

这笑声惹毛了傲娇的无毛猫先生，他恼怒地卷走了自己带回来的金币，气势汹汹地表示要回城堡去住了，吓得亡灵法师赶紧把人拦住了，好说歹说表示会帮他做生发药剂恢复自信。

　　无毛猫先生摸了摸头皮，把金币交了出来，傲慢地说："那好吧，只要你做出让我满意的生发药剂，这些金币就是你的酬劳了。"

　　亡灵法师看了看金币，激动地咽了咽口水——天哪，要发财了！

　　为了赚钱，亡灵法师加班加点研究起了生发药剂，药剂帮助无毛猫先生恢复了自信，并在无毛猫先生的帮助下推销给了各路发际线着急的麻瓜贵族们，并大获成功。

　　赚得钵满盆满，因此摆脱了赤贫的亡灵法师终于搬出了地下室，现在他不但有猫，还是个富有的人生赢家了。

　　看来招财猫的传说是真的呢！

PART 6

名猫大盗

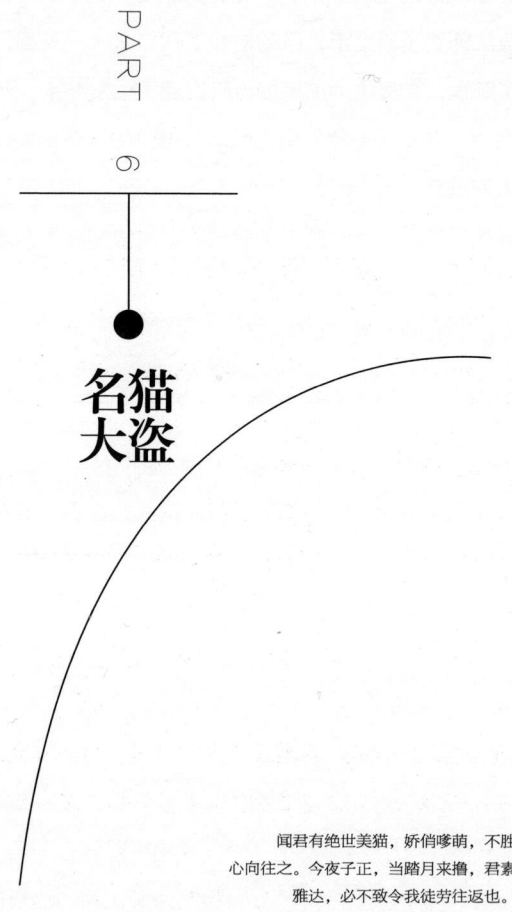

闻君有绝世美猫，娇俏哆萌，不胜心向往之。今夜子正，当踏月来撸，君素雅达，必不致令我徒劳往返也。

01 盗亦有道

这世界上有那么多可爱的猫，猫的主人们还成天晒猫，自然有云养猫的可怜群众天天靠舔猫片为生，越舔越空虚，逐渐开始思考人生："我为什么不去把那么可爱的猫咪偷来呢？这样就不用天天云养猫，可以自己撸猫了啊！"

你看吧，人总是这么容易走上犯罪的道路。

然而怂的人还是占大多数的，这让绝大多数名猫的猫身安全得到了保障。直到有一天，一位名猫大盗横空出世，专偷美猫，一偷一个准！

在偷猫之前这位大盗还会风（嚣）雅（张）地寄一份预告函：闻君有绝世美猫，娇俏嗲萌，不胜心向往之。今夜子正，当踏月来撸，君素雅达，必不致令我徒劳往返也。①

收到预告函的猫奴们抱着美猫瑟瑟发抖，有钱的赶紧请保安，没钱的只好报警，但是无论猫主人怎么努力，夜晚降临之后，他们的美猫还是会被无情地偷走。

痛失爱猫的猫奴们一边"嘤嘤嘤"地哭泣着，一边自我安慰，幸好这位大盗偷猫之后并不是不还了，而是把猫偷去养上十天半个月，撸秃了再还回来。

---

① 楚留香巨巨的预告函。

等等，把猫撸秃了？

对，你们没有看错，这位名猫大盗偷猫之后竟然能连亲带摸，把猫撸秃！

可怕，真是太可怕了！

02 一个偷猫犯的自白

既然有诚信归还（撸秃）猫的大盗，自然也有偷猫不还的人渣小偷。

今天来说一个偷猫不还的人渣小偷。

可能是名声不好，加上业务水平不精，这位名猫大盗行事风格就很低（鬼鬼）调（祟祟）了。在偷猫之前，他会仔细研究这些美猫的照片和猫奴的信息，选取近段时间名气最大的美猫，调查出猫奴的住址，然后趁着夜黑风高之时，背着一个大口袋悄悄潜入猫奴家中。

美猫："？"

小偷把口袋里的纸盒往美猫面前一放。

美猫："！"

然后受到本能召唤的美猫就情不自禁地跳进了盒子里……小偷从容地把盒子往大口袋里一装，背起美猫飞檐走壁撒腿就跑。

等到第二天猫奴发现自家主子不翼而飞的时候，一切都晚了。

这只美猫在就在小偷的家里，和被偷来的107只美猫，过着苦闷的群居生活。

小偷天天吸猫，每天要把108只美猫挨个儿吸一遍，能从天亮吸到天黑，忧郁的猫咪们被越吸越瘦，十分憔悴。

这种频繁的丢猫案引起了社会关注，为了抓住这个可怕的罪犯，警方与一名不知名宠物博主联系，热推了他家的美猫，通过专业团队提供拍照、P图、送装备、买粉、炒流量一条龙服务，迅速把这只美猫炒红成了人气猫咪。

然后警方们守株待兔，在这位宠物博主家设下了天罗地网，就等小偷上门了!

就在一个月黑风高的夜晚,人渣小偷背着装了纸盒的大口袋,"吭哧吭哧"地沿着墙壁上的水管爬上了宠物博主家的阳台,熟练地开始开锁。

只是他不知道,他的一举一动早已落在了警方的监控下。

等他把门一开,把布袋一放,掏出纸盒放在迷茫的美猫面前时,警方冲了出来,当场将他抓获!

人渣小偷如实供述了自己的罪行,交代了自己的藏猫地点,警方火速赶往窝点,将被偷走的108只猫咪全部救出。

人渣小偷在庭审中涕泪横流:"一开始真的只是想看一眼真猫,可是看了一眼我就把持不住了,这猫的身上散发着一股魔性,我想摸一摸它,摸了之后我又想吸一口,吸完我就完蛋了。诸君,这猫我想吸一辈子!吸完这只吸那只,每只都要吸,根本停不下来!"

小偷被判服刑108年,不得假释,不得吸猫,看着其他服刑的罪犯们为了争夺去猫咪救援中心照顾猫咪的机会而奋起工作的时候,小偷流下了悔恨的泪水。

一日吸猫,终身想猫,但万万不可为了吸猫而走上危险的犯罪道路呀。

03 为了正义

这次的大盗有点文不对题,因为他从不偷名猫,他只偷没名气的猫——一些被坏人虐待的小猫咪。

这年头变态太多,连这么可爱的猫都要虐待,简直不是人!

大盗在入行前也不是大盗,而是个喜欢猫的普通人,但是因为没钱养猫,只好成天怀揣猫罐头在路边勾引小野猫,企图带一只回家。然而他猫缘不好,小野猫们吃完了罐头撒腿就跑,而大盗只好望猫兴叹。

毕竟是个守法公民,干不出违背猫意的事情来。

直到有一天，他在垃圾桶里见到了一只濒死的小猫，被人虐待得伤痕累累，惨不忍睹。

大盗出离的愤怒了，他救了小猫，带去医院治好了它，照顾了好多天才让小猫恢复了健康。

而在此期间他还在垃圾桶里发现了好几具猫的尸体。

愤怒的大盗天天在这个垃圾桶边蹲点，连蹲了一周，终于发现了一个可疑的犯人。

他每天半夜拎着一个口袋出现在垃圾桶旁，大盗很想冲上去揍他，但是他要搞清楚这个人的来历，于是他耐心地跟踪了犯人，一直跟到了他家。

月黑风高，为了救猫生出了无穷勇气的大盗翻墙进入了犯人家，这一看就惊呆了——犯人家里有个铁笼子，里面关了七八只受伤的小猫。在正义感的驱使下，大盗把小猫一并解救，抱回家养了起来。

之后的日子里，他经常光顾这个犯人的家，顺藤摸瓜地把他的同好们都打劫了一遍，还忙着给康复的小猫咪们找新家，忙得不可开交。

为了更好地惩罚这群人，大盗还专门开了个自媒体，一方面讲述他和被救的小猫们的故事，帮助找领养，一方面也是为了公开这群虐待动物的变态们。

最初被救援的小猫咪已经长大了，成了家中一霸，而没有猫缘的大盗也突然有了猫缘，不但家中的主子对他很好，遇到路边的小野猫也愿意让他摸一摸了。

做好事改变命运啊。

PART 7

吹猫高手

端庄的猫咪当场失态,开始摇摆HIGH,竟然当众抱着主人的大腿,随着主人的歌声跳起了钢管舞,场面一度十分劲爆。然后这位铲屎官就被抓起来了!

巫师界第一届吹猫大赛于4月1日正式开始了，比赛的内容是：尽情地吹捧你的爱猫，由观众打CALL，允许喝彩也允许喝倒彩，欢呼声最高的那一位将被授予"绝世吹猫高手"的称号，并赠予十年份的顶级猫罐头。

吹猫，对于人人爱猫、人人吹猫的巫师来说，真是小菜一碟，一大群巫师们信心十足地抱着爱猫走入比赛场地，准备拿下第一。

为了彰显巫师界平等、博爱的友好环境，这一次巫师界还邀请了教廷特使、各国政要、艺术界吟游诗人、刺客协会爱猫人士等特邀嘉宾参加本次活动。

第一位巫师上场了，他开始吹猫："啊，我的猫，真是世界上最美丽最可爱最迷人的小猫咪，它这一身纯白的毛发，美得像是冬天的白雪，它那温顺忠贞的性格……"

巫师怀中的白猫对主人的喋喋不休表示不耐，一巴掌糊在了巫师的脸上，气愤地跳下了他的怀抱扬长而去，投入了前排美女巫师的怀抱。

第一位巫师出局。

第二位巫师上场了，他决定用歌唱的方式吹猫："苍莽的天涯猫是我的爱，绵延的猫草地上猫正HIGH，什么样的猫薄荷，是最呀最摇摆，什么样的叫声才是最开怀！"

说着，他给自己的猫喂了一大把猫薄荷，端庄的猫咪当场失态，开始摇摆HIGH，竟然当众抱着主人的大腿，随着主人的歌声跳起了钢管舞，场面一度十分劲爆。

然而一曲结束，猫咪保护协会的巫师们一拥而上，逮捕了这位给猫投喂过量猫薄荷的巫师，指控他强迫猫咪学习钢管舞，判他入狱重修《猫奴宣言》并接受劳动改造三个月。

　　第三位巫师是个女巫，只见她蹬着十厘米的高跟鞋，抱着一只漂亮波斯猫"噔噔噔"地走了上来，一开腔就是华丽的女高音，为她的猫高歌了歌剧名段《猫出埃及记》，波斯猫嗲嗲地给自己舔毛，获得了一致好评。

　　接下来的巫师们也大显身手，全场气氛十分热烈，最终呼声最高的那位来自东方的巫师表演了"琴棋书画"四法齐吹猫的绝技，用改良过的美妙音乐、改良过的猫型棋子、改良过的毛笔英文书法和改良过的东方古画，全方位多角度地吹捧了他那只来自东方的白色长毛猫，还是鸳鸯眼的呢。

　　真是卧虎藏龙的巫师界呢，佩服佩服。

神奇世界

- ○ 可以说是很丧了
- ● 如何攻略一个外星小天使
- ○ 一个善于催稿的编辑
- ● 记一次特别的假期旅行
- ● 男神恋爱中

神奇世界在这里：猫星人成了消灭蓝星的大 BOSS；
NPC 当家做主与玩家斗智斗勇；
编辑再也不是被动要稿的那个人……

——哦，我可能待在一个假世界里。

PART

1

可以说是
很丧了

会用颜文字的外星猫带来外星病毒，
人类集体躺平等死，且看即将高考的
主角如何拯救世界——很简单的哦。

01

大家好,我是路人,一个身怀主角命格的路人。

真的姓路,单名一个人字。

你们肯定要问,区区一个路人,怎么敢自称身怀主角命格。

说来你可能不信,我的人生经历可以说是极其丰富了,三岁有人贩子企图拿棒棒糖骗走我,结果被我尿了一身,引起了群众的强势围观;八岁我在野外抓蝌蚪遇到了一条会说话的锦鲤,我和它嘻嘻哈哈了半天,反手就是一网兜把它抓起来差点烤了吃;十三岁我从补习班回家,看到一只飞碟失事掉下来,我在百米开外就报了警;十六岁我从漫展回来遇到了一个变态狂,以为我是美少女想要对我图谋不轨,而我镇定自若掀起了裙子吓跑了他……对,我兼职女装大佬,穿上裙子以假乱真的那种。

由此可见,我这个人不按套路出牌。

然而有时候,不是你不按套路走,就可以逃避主角的"事故体质"的。

这是我十八岁的时候发生的事情了,这一年,正在读高三的我在高考前完成了拯救世界的任务。

然而就是这么伟大的我,也没有考上清华大学,心酸,流泪,委屈。

02

这天，我像条狗一样从补习班回来。

路过了家门口的小卖部，看到三个熊孩子在玩猫。

一只看起来才半岁的虎斑野猫。

他们一个拿着水枪，"BIUBIUBIU"地进行疯狂射击；一个拿着树枝，"啪啪啪"地抽打小猫；还有一个拿着一本厚厚的书不停驱赶着它。可怜的小猫喵喵直叫，东躲西藏，惹得三个熊孩子越加兴奋。

这场面真是不堪入目，充分暴露了人类幼崽残暴的天性。

作为一个致力于教训熊孩子的搞事青年，我当然不能袖手旁观。于是我四下张望了一番，确定熊孩子的熊家长并不在周围。我立刻勇气十足，冲上去抢过水枪和树枝，一边射熊孩子一边抽熊孩子，还一脚踹起了地上的那本厚书，正中熊孩子的屁股，三个熊孩子立刻哇哇大叫着跑了。

不得不说，我一整天被补课摧残得很丧的心情都变得明媚了起来，甚至想回家穿个女装拍几张美照去伤害宅男。

犯罪现场只剩下伟大的救世主——我，一只奄奄一息的小野猫，还有一本破得没了封面的《物种起源》，作者查尔斯·罗伯特·达尔文。

我和小野猫面面相觑，身为一只家有三只美猫的花心铲屎官，我的心思又活络了，我说："哈罗，达尔文，我叫你达尔文怎么样？"

刚被我命名为达尔文的小野猫气息奄奄地"喵"了一声，趴在地上，姿势可以说是十分的丧了。

后来我才意识到：丧尸病毒就是从这里传播开来的。

03

哦，你没看错，我说的就是丧尸病毒。

当然，这个丧尸不是说那种傻不拉几喜欢吃人肉的行尸走肉，而是"丧得像一具尸体"的意思。

在收养达尔文的第一天,我从坐着做作业变成了躺着做作业。

我爸、我妈、我姐,从坐着看电视(玩手机)变成了躺着看、躺着玩。

我家的另外三只猫,伽利略、牛顿和居里夫人,再也不抓蟑螂了,也不玩耍了,更不欺负我了,它们的乐趣变成了躺着发呆。

"你怎么还不去上学?"躺在沙发上没有做早饭的老妈问道。

"上学有什么意义?就为了考上好大学?考大学有什么意义?就为了找个好工作?找工作有什么意义?就为了赚点钱?我不想赚钱,我想静静。"我躺在床上,一边撸猫一边气定神闲地说道。

我以为老妈会勃然大怒,结果她略一思索:"儿子,你说得很有道理,那我也不去上班了。"

正在撸达尔文的我,傻眼。

妈,你怎么不按套路呢。

正当我准备掏出手机发条微博吐槽一下我妈今天突然脑抽筋的时候,我怀里的达尔文发出了一声人类般的冷笑,伴随着一个颜文字闪现在了我的大脑中:『嘻嘻(*^-゜)v~♪』

我:"?"

达尔文:"喵~"

我一定是听错了。

04

打开微博,我发现全世界都不对劲了。

我首页的微博数量不到平时的十分之一啊!大家这是集体卸载了微博客户端吗。

而出现在我首页上的微博:

今天改名叫咸鱼:啊,不想上班,我要静静地躺着。

葛优躺令人快活:打开微博已经耗光了我今天的行动点数,我要透支明天的行动点给自己定个外卖以免饿死。

日常晒猫の小确幸：我连猫片都不想吸了！我一定是病了！

每天也来一碗美美的鸡汤：今天给大家灌一碗美味鸡汤。小明认真学习努力工作加上父母倾家荡产的支持，终于和女朋友一起凑够了五十平米小窝的首付，兴冲冲奔向新楼盘的售楼处。隔壁小王和爸爸也来看房子。小王："爸，我工作四年攒了一万块呢，这可是省吃俭用攒下来的，全都拿出来买房子了！"老王："好儿子，真有出息，爸爸再赞助你五百九十九万，帮你全款把这套一百五十平米的房子买了，再给你配辆新车！"小王:"爸，你真是我亲爸爸！"

转发和留言里纷纷吐槽："这鸡汤有毒！你变了，你再也不是以前那个鸡汤了！"

"达尔文，你在干吗？"我按住达尔文偷窥我手机的脑袋。

达尔文歪头卖萌，一声惊雷在我脑中响起："我就看看，咋的啦ㄏ(ﾉ ^ ヽ)ﾉ"

妈呀！我的猫说话了！

05

于是我们展开了这样一段对话。

我："你会说话？"

达尔文："当然了，不然你现在脑子里出现的是什么（ﾟ-ﾟ）？"

我想了想，毕竟八岁那年我就见过会说话的锦鲤了，遇到会说话的动物，对一个有主角命格的人来说，应该是很正常的事情……正常个鬼啊！这猫还会在我脑中打出颜文字！可以说是十分的可怕了！

我："你从喵星来的？"

达尔文："可恶，竟然被被你发现了 Σ(ｺﾞ Д ﾟ;)ｺﾞ"

这外星猫好像有点蠢。

于是我立刻转变了思路，决定单刀直入地切中要害："你来地球有什么目的？"

达尔文在我脑中发出了银铃般的笑声，得意洋洋道："嘻嘻嘻，当然是为了把宇宙丧型病毒传播给你们，让你们放弃继续发展，不然一千年后你们就要在宇宙各大星球上繁殖，占领我们的生存空间了！"

我满脑子都是："我去，还有这种操作？"

"那病毒继续传播下去，我们人类会变成什么样？"我担心地问道。

"根据大量智慧生命星球的测试结果，一旦感染源进入这个星球，星球上的智慧生命就会变得很懒惰，不思进取，得过且过，在没有竞争压力的环境下度过自己的一生(*。_。)。"达尔文说。

我想了想，竟然觉得这样也不错。

大概是我此时的表情太严肃，达尔文提出了一个犀利的问题："怎么？你想拯救世界？"

想多了，我只是想逃避高考而已。

于是我说："醒醒，我只想一躺到底，世界和平。"

拯救世界这种事，我八岁之后就再也不想干了，毕竟像我这种身具主角命格的人，拯救世界可不是什么新鲜差事，不干！说什么都不干！

06

我的愿望是美好的，然而现实是残酷的。

丧尸病毒席卷地球的第一天，我饿了肚子，因为妈妈拒绝做饭，外卖拒绝接单，我们全家靠啃面包过活。

丧尸病毒席卷地球的第二天，我们丧得像一具尸体，我连带达尔文去宠物医院看看都不想去，只想葛优瘫。

丧尸病毒席卷地球的第三天，我家弹尽粮绝，全家人聚在一起抓阄决定谁去买菜，我不幸中奖，被迫拿着钱包出门采购，然而……公交停运，出租车司机回家睡觉，菜场关门，超市歇业，我游荡在大街上，顶着灿烂的阳光，感觉自己即将饿死。

不成，这样下去以后怎么办？从今天起火锅、铁板烧、麻辣烫、热干面……这些好吃的全都要离我而去了吗？

那人生还有什么意义!

我心如刀割,痛心疾首,连丧都不想丧下去了。

为了好吃的,还是回家把这只外星猫搞定吧,像我这种有主角命格的人,干什么事都不会太难。

有着丰富救世主经验的我,两手空空地回到家中,假装惊讶地发现猫粮快吃光了:"哎呀,猫粮没了。"

"赶紧去买啊,急死个猫了(>д<;)"达尔文喵喵叫道。

"祖宗,所有店都关门啦,没地方买吃的啦,人类要完啦!你也要饿死啦!"我恐吓道。

愚蠢的达尔文听罢,竟然泪流满面:"什么,我堂堂喵星大佬,竟然要被饿死在蓝星。我错了,我应该听那群温和派的,用温和的方式来感染人类(´ω｀。)。"

我好奇地问道:"什么是温和的方式,什么是激进的方式?"

"温和的方式就是缓慢向你们人类洗脑,让你们觉得猫咪宇宙第一可爱,然后沉迷撸猫不思进取。但我嫌弃这方法太慢,这群温和派的外星猫因为有了铲屎官就越发懒惰,甚至不想回喵星,导致喵星人口数量下降;我看不下去,就从实验室里偷取了宇宙丧尸型病毒,藏在身体里,来到了地球。"达尔文就像是一个志得意满的反派一样,迫不及待地把自己的阴谋说了出来,就怕主角不听。

"那你把病毒藏在哪里了呢?"我趁它智商下跌的时候抓紧时间问道。

"当然是藏在猫咪最可爱的地方啦! ψ【｀∇´】ψ"

达尔文似乎发现了我在套话,在关键时刻智商上线,警惕地看着我。

哎哟,一只猫警惕地看着人的样子也很可爱呀。

美得我忍不住撸起了猫,险些忘记了自己还要拯救世界。

幸好腹中的饥饿感让我清醒了过来,开始研究达尔文哪里最可爱。

耳朵可爱，眼睛可爱，粉嫩嫩的鼻子也可爱，爪子可爱，肉垫可爱，毛茸茸的尾巴也可爱。

啊，世界上怎么会有猫这么可爱的生物，哪里都可爱！

我意识到，其实我早已中了喵星人的慢性病毒，已经被洗脑。不过慢性的也就算了，当务之急是先把丧型病毒解决掉。

这病毒没有疫苗，一旦感染就丧得只想葛优躺，这样下去人类就完了！再也没有好吃的了！必须赶紧搞掉感染源！

最安全的办法当然是——一了百了，把这猫整体……消灭！

我把凶狠的眼神投向了达尔文，一无所知的达尔文舔舔爪子："喵？"

嗷！这么可爱怎么下得了手！

我不救世了，我要撸猫！

我立刻抱住达尔文，瘫在了沙发上，继续丧。

08

当然我没能继续丧多久，因为我快饿死了。

老爸、老妈、老姐为了我藏起来的一碗猫粮大打出手，对饿成一条狗的我熟视无睹。

"达尔文，我好饿啊。"我对怀里的达尔文说。

"我也好饿啊！（ 8_º）"达尔文说。

"你去抓点蟑螂我们烤了吃吧。"我已经饿到发疯了。

"不要啊，蟑螂好恶心啊，我不敢抓！（´∩`。）"达尔文求饶道。

妈的，外星废猫，竟然连食物都不能自己解决。

正说着，一只蟑螂从我面前爬了过去，我兴奋地站了起来，吓得达尔文从我膝盖上跳了下去——这个完美的角度，这个完美的距离，完美地展现出了达尔文完美的猫蛋蛋。

我发现了一个盲区。

我家的另外三只猫，居里夫人是只母猫，牛顿和伽利略是已经绝育的公猫。

只有达尔文,有一对浑圆可爱毛茸茸的猫蛋蛋,像一对铃铛一样镶嵌在它的尾巴下,让人忍不住……

伸出了手。

达尔文从地上一跃而起:"干吗呢!臭流氓!(@口@)!"

我邪魅一笑,用人生最后的毅力抱起达尔文塞进了猫包,然后给附近兽医院的医生打了电话:"今天请务必来上班,为了人类!为了世界和平!"

正在家中葛优躺的兽医:"?"

兽医冷酷地拒绝了我,他还想继续丧。

我被迫找上门去,一脚踹醒了他:"不要丧了,起来 HIGH!"

兽医抱着被踹的大腿委屈地说:"你到底要干吗?"

我微微一笑,指了指猫包里不知所措的达尔文:"来,给我的爱猫割一刀,它也到这个年纪了。"

达尔文:"喵喵喵!(翻译:『不要啊!Σ(゜д゜|||||)!』)"

在绝育这件人生大事前,猫是没有反抗的权利的,达尔文被我押上了手术台,兽医也被我押上了手术台,达尔文失去了差点毁灭地球的猫蛋蛋,兽医……兽医在摘除猫蛋蛋的一瞬间,突然精神百倍,充满了干劲:"嘿,我觉得我现在能一口气做十台手术了!"

我看着戴上了伊丽莎白圈的达尔文,镇定自若道:"朋友,你可能有所不知,你刚才拯救了世界。"

兽医:"?"

我意味深长地抱起蔫了吧唧的达尔文,亲了亲它可怜兮兮的小脑袋:"现在你知道了吧,地球可没那么容易被征服,因为还有我这样意志坚定的铲屎官。"

其实刚到地球时差点命丧熊孩子之手的达尔文沉重地点了点头,然后"喵"的一声哭了:"太监之仇不共戴天,我恨你一辈子!(●゜'д゜`●)ノ"

开玩笑的,它并没有恨我一辈子。

在我回去给它买了一打猫罐头并承诺不给居里夫人、伽利略和牛顿分享之后,达尔文又开始美滋滋了。

我郑重地忽悠了起来:"你看,要是不割掉你的蛋蛋,病毒就会继续影响人类,淘宝店就不会发货,快递员就不会送货,你就吃不到罐头了。"

达尔文沉思了一会儿,看了看自己逝去的蛋蛋,哼哼唧唧地说:"再给我开个罐头!ヽ(`Д´)ノ"

好吧,再来一个。

猫蛋蛋这个外星感染源被清除了,我的家人们都恢复了正常,我妈出去买菜了,我爸出门上班了,我姐兴冲冲做好了最新女装要让我试穿拍照拼销量,而我……

我当然是继续上课复习为了高考而努力了!

当我坐在教室里面对讲台上老师的死亡凝视的时候,拯救了世界的我感到了一丝丝遗憾。

这下再也没理由丧了。

不过……看在火锅、铁板烧、麻辣烫、热干面的份上,还是继续努力吧,大吃货帝国蓝星可不能轻易死去呢!

PART 2

如何攻略一个外星小天使

全息游戏终于在地球人千呼万唤之后诞生了,而地球玩家们登陆游戏后发现……这个"全息"游戏里的NPC数据们,似乎大大的狡猾啊……求教,怎么和可爱的NPC谈恋爱啊?

01

希尔是住在原名鸢尾小村现名 10086 号新手村的一名女药剂师。

最近他们集体有了个新名字——NPC。

这是平凡无奇的一天,村长召集了整个村的村民宣布了一件新鲜事:

"众所周知,伟大的女神大人保佑我们在这片土地上自给自足繁衍生息,虽然外面有许多魔兽时不时会给我们带来麻烦,耕种放牧也会受到一定影响,还有永远干不完的家务困扰着我们,但是仁慈的女神大人想出了解救我们的办法——她将从异世界召来一群勤劳热情的外乡人帮助我们。"

村长抖着足有一米长的胡子,笑得一脸奸诈:"这群外乡人对我们这片大陆上通用的金币没有一点兴趣,他们喜欢叫作'游戏币'的东西,还有不知道做什么用的'经验'和'装备'。别担心,女神大人会把这些东西放进我们的背包,让我们尽情用这些东西奴役外乡人。他们将会缠着你们,非要帮你们的忙才肯罢休,你们可以指使他们打魔兽,去种地,到处跑腿,打扫卫生,而你们要付出的只是女神赐予的那些用不着的奖励。如果你们连奖励都吝于给予,你们可以告诉这群外乡人去找其他村民,他们会欣喜若狂因为他们以为自己接到了连环任务,任务链越长他们就越高兴,真是可爱的外乡人。"

"他们将从下周起陆续来到我们村庄,请不要大意地奴役他们吧!"

村民们兴奋地检查自己的包裹，里面果然装了大量女神赐予的奖励：游戏币，经验包，乱七八糟的装备，还有各种材料和技能。

在村里当了二十多年裁缝的大妈露娜非常开心，因为她得到了一个"中级裁缝"的称号，下面还备注了说明："你可以把初级裁缝的技能传给外乡人，当然，前提是你对奴役他们的成果表示满意。"

她欣喜若狂地感叹："终于有人可以帮我做饭洗衣服找布料提供针线顺便还可以把我家后院的地给种了！感谢女神！"

希尔翻看着自己的包裹，里面装满了女神的奖励，她还得到了一个"初级药剂师"的称号，下面的备注是："你还需要大量的材料和练习，以便自己升级到中级后更好地奴役外乡人，当然，现在你也可以这么干。"

希尔的脸上露出了欣喜的微笑，看来一直以为因为缺少材料而无法好好钻研药剂学的她，得到了一个非常宝贵的机会。

不过谁能告诉她，奴役……应该怎么做。

作为10086号新手村唯一有良心的希尔，感到了困惑。

02

外乡人到来的日子很快就要来临了，村子里也积极准备了起来，村民们纷纷放下了繁重的务农工作和家务，在自家外面转来转去，等待外乡人的到来。

终于，在正午十二点的时候，村子中央的广场上陆续散发出白光，一个个穿着内衣内裤衣着暴露的外乡人出现在广场上，急急忙忙地找出一身灰扑扑的衣服往身上套。

女性外乡人们还会发出一声声高分贝的尖叫，然后手忙脚乱地穿衣服。

村民们在广场外面围观，不时发出闷闷的哄笑声。

希尔听见一个外乡人嘀咕："这群NPC的人工智能也太高了吧，还会嘲笑玩家？这次申请作为第一批测试志愿者可真是来对了。"

另一个外乡人回道:"得了吧,不过是主脑创造出来的程序而已,再厉害也就这样。"

"那倒是,高级一点的程序果然不一般啊。"

"这是老子一生的梦想啊,拟真网游终于开发出来了!太带感了!"

"那是,看看这画面,看看这NPC,都跟活的一样。"

外乡人们穿好了衣服亟不可待地朝村民们冲来,一个个十足地殷勤:"嘿,这位大妈,有什么我可以帮忙的吗?"

裁缝大妈露娜露出一个宰肥羊的笑容:"哦太好了外乡人,我家后院的那块地长了虫子……"

"保证完成任务!"不等露娜大妈说完,外乡人已经冲向了她家后院。

希尔听到露娜大妈嘀咕了一声:"没礼貌的小子,看我不折腾死他!"

希尔为这位外乡人感到悲哀。

接下来希尔目睹了这位外乡人帮露娜大妈收拾菜园子,打扫家里的卫生,去外面狩猎魔兽(期间死回来七八次),寻找染料……最后疲惫不堪的外乡人欲哭无泪地看着笑眯眯的露娜大妈。

露娜大妈清了清嗓子:"哦,外乡人,我觉得你是个非常好的小伙,勤劳勇敢不怕死。我决定给你独一无二的奖励。"

希尔看到那位外乡人的眼睛亮了。

露娜大妈掏了掏包裹,大拇指和食指间夹了一根亮晶晶的——绣花针。

"我决定把这个奖励给你,勇敢的外乡人啊,快去创造奇迹吧!"

希尔同情地看着这位外乡人呆滞地接过那根绣花针,他的手一直抖一直抖一直抖,脸色惨白两腿发软,最后他嚎啕大哭:"这是要我学东方不败去练《葵花宝典》吗?搞错了吧,这是西方奇幻网游啊!"

希尔虽然不认识东方不败是谁,但是听起来好像很厉害的样子。

外乡人突然振作了起来,满脸坚定地拉住露娜大妈的裙子:"大妈,请传授我《葵花宝典》吧!"

露娜大妈笑眯眯地反问:"那是什么,能吃吗?"

外乡人终于绝望地离去了。

一个外乡人走掉了,千千万万的外乡人涌过来,这群热情过头的外乡人拉着每一个看起来有任务的 NPC 们努力自荐:"我会种地会除草能捉虫还会打魔兽,快给我任务吧!"

"滚开,我先来的。"

"明明是我先来的!大妈我还会暖床生孩子!先把任务给我吧!"

露娜大妈被惨无人道的挤队行为卡在了自家门口,希尔目露同情之色,若无其事地走开了。

看来外乡人太热情也不妙啊。

03

希尔是个好姑娘,因为没钱去正规院校学习药剂学,所以一直自学。外乡人的到来给了她一个难能可贵的机会,但是……

她的"奸诈"天赋不够高,当其他村民把这群外乡人骗得团团转的时候,希尔只会闷闷地告诉这群外乡人:"要买红药蓝药的话去采集 10 份对应的草药给我,我做给你们。"

好不容易摆脱了外乡人纠缠的露娜大妈在她身后小声说:"10 份只够你做两组,你应该要 100 份。"

希尔姑娘觉得有点不好意思,毕竟有人免费给她提供磨练技术的机会,她已经十分感激了。

很快,在村子外面欺负低等魔兽的玩家们纷纷因为缺少药剂倒下,然后接二连三地来找希尔买药。希尔对游戏币没什么兴趣,虽然女神的指示里说游戏币可以兑换成他们的通用货币,也可以用来购买材料和生活用品,但是希尔更愿意直接得到药材。

热情的玩家将她包围，气势汹汹地要求换购药剂，希尔没日没夜地蹲在药房制作药剂，仍然供不应求，累得小脸煞白煞白的。可是看到自己的技术逐渐熟练起来，她仍然感到十分开心。初级药剂师称号下面的那个经验条已经快满了，据说满了以后她就可以升级成中级药剂师了。

等待中的外乡人百无聊赖地闲聊着："我们这个新手村的药剂师特别厚道，你发现了吗？"

"早发现了，隔壁新手村的药剂价格是100G一组小红，我们这里却能用廉价药材兑换，这太不科学了。"

"看来不同村子的NPC都是不一样的啊，别的村子没有叫作希尔的药剂师吧。"

"岂止没有，极品满地！论坛上老有人在那里哭诉，说今天遇到多少极品NPC，敲诈走他多少好东西，我记得还有个村子的NPC们和村外的野地BOSS串通一气把全村的玩家都给干掉了！然后一群NPC在那里捡装备！这太可怕了！"

"AI的智商太高也不好啊，你看我要弄个任务还得没脸没皮死缠烂打，一不小心就被踢出门，NPC们也太难伺候了。他们都是大爷吗？"

"淡定，官方早说了，《异界Online》里玩家才是食物链底层生物。官方就这么吃定我们了？"

"谁让这是第一款全息网游呢，好多人期待了一辈子的全息网游啊，要我我也宁愿当孙子。"

"啧啧，M多啊，S都不够用了。"

希尔觉得很有趣，所以会时不时注意一下这群外乡人在说些什么，但是他们经常令她感到费解。

尤其是外乡人中的女性。

"哇，超级卡哇伊！"

"别挤啊，让我看看，我可是从别的新手村慕名而来围观药剂师小可爱的，呃，别人还托我带药呢，听说这里的药剂特别便宜。"

"她在看我，在看我在看我，啊哈哈哈，小天使希尔超萌的。"

"呜呜，为什么我们村的药剂师是个黑心菊花脸的老头子，你们村的是个好心的天然呆美少女，害我大老远跑来买药剂，这不公平，我要投诉游戏公司！"

希尔有些不好意思，她对热情的女孩子没辙，只好红着脸问："有什么我可以帮忙的吗？"

围满了她的店铺的女孩子们齐齐一愣，然后发出了可怕的尖叫声："脸红了，她脸红了！我要截图放论坛上去！"

"这个新手村的药剂师是天使吗？可恶，怎么这么萌！"

"好害羞的小可爱，快让姐姐摸摸脸，给你100G哦！"

连男性外乡人也一脸被迷倒的傻样儿蹲在她的店铺外，疯狂向她打招呼，高喊着"美少女是世界的财富"！

直到露娜大妈发现希尔的窘境前来救场，霸气地把这群颜控男女赶到一旁，希尔这才松了口气。

外乡人……真是太可怕了……

04

被外乡人围追堵截要求买药要求勾搭的日子持续了将近一个月，希尔瘦了10斤，但是她学会了一个新技能。

每当有外乡人拿出几百份的草药要求换成药剂的时候，希尔就会用揉得通红的眼睛可怜兮兮地看着他，什么也不说，就是看着他。

外乡人的反应都很有趣。

正常反应："呃，那就少做几份吧。"

"……来10组，其他的材料送给你。"

"这……我过几天来拿成吗?"

奇怪的反应:"黑眼圈好重哦,姐姐告诉你,村子外那种小白花捣碎了敷脸上可以去黑眼圈哦。"

"嗯呵呵,阿姨给你糖吃,让阿姨摸摸脸……"

"……能给我你的电话号码吗?啊,忘了你是 NPC 了!"

可怕的反应:"啊啊啊啊啊啊啊啊啊天使!天使我们结婚吧!天使我不在乎你是个 NPC!嫁给我吧!"

露娜大妈说,这个技能叫"卖萌",这还是她从外乡人那里学来的新词汇。

希尔的苦日子很快到头了,某天在做完一百组红药后她的经验条终于满了,初级药剂师的称号变成了中级药剂师。女神还告诉她现在她可以去一个叫作海音城的地方,有一家药剂店愿意聘请她当中级药剂师。

希尔很兴奋,这种城市有很大的图书馆,这意味着她会有很多药剂专业的书籍可以学习研究,甚至还有机会进入药剂师学院,她会有得到更多药剂配方的机会,这对成为高级药剂师大有裨益。

于是等到海音城派人来接替她的位置后,希尔兴高采烈地收拾包袱准备前往海音城。

来人是个满脸横肉像屠夫多过像药剂师的大汉,希尔郑重地将药剂店的事情拜托他之后,终于准备出发了。

还没离开新手村的玩家们如丧考妣捶胸顿足,因为新来的药剂师开出了全服务器最高价——150G 一组的小红,不接受药材兑换药剂,敢和他商量打折的都被他打折了腿。

希尔腼腆地笑着,踏上了前往海音城的道路。

希尔花了一个月的时间才来到海音城,听说外乡人们有十分方便的交通工具传送阵,但是对原住民来说这是魔法师才能享有的待遇。

一路上希尔采了不少药材,还兼职过行商给在森林里迷路的外乡人制作药剂,外乡人们大大批判了一下这个没有指南针的世界,并且表示自己看不懂地图。

希尔很好心地给外乡人们指了路。不仅如此,她一路上还救治了好几个弹尽粮绝奄奄一息的外乡人,有饿晕的、渴晕的、累晕的、吓晕的、平地摔晕的,还有被打得半死晕的。他们中大部分从昏迷状态醒来后视死如归地自杀了,据说这样可以到达最近的村镇,希尔觉得这异常不科学,这群外乡人就像打不死的蟑螂一样,总能从各个旮旯里爬出来。

在村民中间流传着一句话:"当你发现一个外乡人爬进你的窗户向你索要任务的时候,外面已经有一百个外乡人包围了你的屋子。"

但是也有异常坚韧的外乡人,希尔就曾经见过一个。他没有药,没有食物,没有水,还没有钱,但是他坚持要从这片森林里走出去,他管这个叫历练。

希尔非常佩服他的精神,免费送了他几组药剂,还有自己的食物和水。外乡人询问了她的名字和落脚地,信誓旦旦(但结结巴巴)地说他会把钱还给她的。

然后赤红着脸,异常迅速地跑掉了。

希尔觉得自己好像被骗了,不过几组药剂对她来说并不算什么,能帮助到人总是令她心情愉快的。

总而言之,希尔在海音城顺利安家落户了。

每天她需要给大量外乡人制作各种药水,因此经验条"刷刷"地往上涨,她几乎可以看到自己成为高级药剂师的光明未来了!

换班空闲的时候她就蹲在图书馆死命翻药剂学的书本看,经验条又是"刷刷"往上涨。

现在她已经学会了几个少见的药剂配方了,但是药材却很少见,药剂店根本就不购入这些稀有的药材,因为很少有玩家要求购买这种药剂。

她苦于无法练手,几乎想自己去采药了。

日子就这样平静而飞快地过去了。

一转眼，距离外乡人第一次来到他们的世界，已经有三个月了。

这三个月发生了很多事情，比如外乡人终于发觉他们这群原住民不是单纯的程序，而是有思想有感情会有自己喜好的高智能程序——别怀疑，他们就是这么认为的。

所以外乡人们每天在一个叫作论坛的地方揣摩各个NPC的性格喜好和行为模式，企图从中榨出隐藏任务，也确实有比较单纯的原住民被外乡人蒙骗，被顺利骗走了隐藏任务。

但是大部分原住民还是十分狡猾的，甚至越来越狡猾。

原住民和外乡人之间的斗智斗勇真是越发激烈了。

06

这天希尔的药剂店里来了一位奇怪的客人。

他穿着一顶大斗篷，把全身上下都罩了起来，似乎生怕别人看到他的长相。

希尔亲切地询问他需要什么药剂，斗篷人沉默了很久，突然飞快地从包裹里掏出一张羊皮纸丢给希尔，然后迅速消失在了人流中。

"……"茫然的希尔打开羊皮纸，这是一张呼吸药水的药剂配方！

呼吸药水是外乡人用于潜水的时候替代水肺和氧气瓶的药剂，可以让他们暂时不需要呼吸而能自由在水下行动，因而十分实用，并且数量不多。

这种稀有药水的配方自然不会出现在图书馆中，希尔又没有足够的钱向外乡人购买这种配方，事实上要是有这种配方，外乡人之间也会互相交易掉的。

所以一张呼吸药水的配方几乎是突如其来地从天而降，这让希尔欣喜若狂，又不禁深深地感到疑惑。

那个斗篷人是想做什么？

出于不想占人便宜的想法，希尔始终没有学习这种配方，而是小心地把它保存了起来，打算以后遇到那个斗篷人再询问他。

斗篷人很快又来了，这次他站在柜台前左顾右盼了一会儿，猛地掏出一组月泪草丢给希尔，然后又飞快地消失在了人群中。

希尔眼疾手快地一把揪住他的斗篷："等等！"

斗篷人僵住了，伸手用力一扯，希尔被带了个趔趄，等她站直身子，那个斗篷人已经消失在了茫茫人海中。

希尔迷茫地看着稀有之物月泪草，陷入了深深的思索中。

那个人到底是想做什么呢？

在差点被希尔揪住后，斗篷人又失踪了一段时间。每个穿着斗篷的人经过药剂店都会引来她的注意，但是很遗憾披着斗篷的外乡人数目激增，这大概是因为外乡人之间的斗争也逐渐激烈，总有外乡人手持凶器高喊着要与人大干一场，最后总是以一方落荒而逃或是被杀去复活点作为结束。希尔始终不明白，既然外乡人杀不死，何必要打来打去呢。反正对方也会从复活点爬回来，蟑螂也没这么难缠。

也许这就是外乡人不为人知的乐趣吧，管他呢，能赚钱能涨经验就好了——为了三百组大红熬红了眼的希尔想。

07

一转眼又是一个月过去了，天气逐渐冷了下来，海音城也发生了不少变化。

听说最近有一个外乡人组成的帮会接管了海音城，现在这里比从前更热闹了，每天都有更多玩家出现在这座城市里，也有更多人光临这家药剂店。

希尔依旧为高级药剂师的目标努力着，现在她的目光已经放得更加长远了，她想成为比高级药剂师更优秀的药剂师，甚至是传说中能够制作出复活药水的神级药剂师！

外乡人每天打打闹闹，为了一些她觉得莫名其妙的东西忙忙碌碌，她时不时会听到外乡人们在为谁是游戏第一高手争论不休，也会为了漂亮的女性外乡人打破头，还会为了争夺某个叫作"BOSS"的怪物互捅刀子，大骂猪队友和小学生……

不管怎么说，这些外乡人的日子总是十分热闹的。

可是对于这个星球的原住民来说，可供奴役的"外乡人"的到来，也未必全是好事……

随着这些外乡人一同来到这个世界的，还有各种奇怪的怪物，这些怪物有的和这个世界原本就有的危险魔兽很相似，有的却截然不同，虽然这些怪物不会主动攻击原住民，但是总有原住民会被无辜误伤。

和外乡人不同的是，他们是不会复活的。

希尔翻看着那个奇怪的斗篷人扔给她的《药剂学秘史》的时候，对能够复活她和她的同类的复活药剂深深地着迷。自从她见识过不停地复活的异乡人之后，她对复活药剂的存在深信不疑。

这个世界必然有着某种力量，可以让亡者复生。

希尔的椅子忽然摇晃了一下，她愣了愣，以为是自己看书久了头晕，可是很快，不断摇晃的屋顶和药剂店外的尖叫声让她明白了过来——这不是她的幻觉。

地震了吗？希尔一合书本向门外跑去，外乡人们大喊着："BOSS攻城了！快去城门口守住！"

"红日帮会紧急集合！回到各自的位置上准备守城！"

"我去，冰雪女巫，70级大BOSS啊！她疯了！哪个混蛋触发了她的攻城任务？"

"天啊，传送阵已经封锁了，也不能下线，强行下线身体会在这里卡住，肯定要死啊！"

"躲起来吧，快快快！"

"躲个屁啊，打啊，死了掉一级又是一条好汉！"

希尔看着跑来跑去的异乡人，眼里流露出深深的迷茫。

到底发生了什么事？远方的硝烟和大火昭示着一场史无前例的灾难正在发生，隆隆的爆炸声，原住民和外乡人的叫喊声，还有仿佛有大火在燃烧的绯红天空，一切都让希尔觉得陌生而可怕。

该怎么做？逃跑吗？可是她又能跑去哪里？

到处疯跑的异乡人和逃难的原住民把这条原本就不宽阔的街道挤得水泄不通，希尔被狠狠推倒在地，背上挨了好几脚，疼得抽着气爬不起来。

周围的声音一下子像是透过厚厚的墙壁传到她的耳中，她趴在地上挣扎着想要爬到一边，可是毫无理智可言的人群却顾不上摔倒在地上的希尔，只顾着自己，逃难的逃难、战斗的战斗。

就在希尔以为自己要被踩死的时候，突然有人一把拎起她的领子，像是提起一只猫一样将她拎了起来。希尔艰难地在半空中转过头，有些诧异地发现救了她的人正是那个时不时给他送来礼物的斗篷人，他的身后还跟了一群全副武装准备奔赴战场的外乡人。

"你……"希尔努力想要看清他的脸，可是那个人却用斗篷严严实实地把自己包裹了起来，只露出弧度完美的下巴，紧抿着的嘴唇让他显得有种别样的冷漠。

斗篷人没有说话，只是用手臂将她牢牢护在身前，另一只拿着长刀的手替她挡开了人流。随后，他身后的那群人也跟了上来，将人群挡开，希尔就这样被他一路护送到了僻静的地方。

"谢谢你，还有你的礼物，不过……你为什么要送我东西？"希尔一边按摩着被踩到的手臂，一边抓紧时间询问这个总是来去无踪的神秘人。

斗篷人的嘴唇动了动，最后挤出冷冰冰的话语："……你拿着就是了。"

"可……可我不能随便收你的礼物，这个给你。"希尔把自己制作出来的一瓶稀有药水塞进了斗篷人的怀里，"这是回礼，请收下。如果你不要的话，以后我也不会接受你的礼物了。"

斗篷人犹豫了一下，看也不看地把药剂装进了自己的包裹中。

希尔终于松了口气，感觉自己欠着的东西总算还上了。

"往西边走，这里不安全。"斗篷人指了指一个安全的方向，自己回头对身后的部下说道，"走吧，通知二队和三队，及时疏散城内NPC，避免误伤。"

"我们人手已经够紧张了，哪有时间管NPC啊？"一个外乡人无奈地摊了摊手，开始喋喋不休地抱怨了起来。

"尽力而为。"斗篷人说道，低头对希尔说，"你自己小心，到西边的图书馆躲起来，不要随便出来。"

说完他就要离开了。

"等等，你还没告诉我你的名字。"希尔鼓起勇气拉住神秘人的斗篷，兜帽一下子落了下来，那人刚好转过身，露出了一张俊美无匹的脸。

希尔呆了一呆，突然恍然："你是那个在野外饿晕的外乡人！"

这个没水没食物没药剂连武器都损坏了的外乡人给她留下了很深的印象，因为一般迷路到这个境地的外乡人都痛快地自杀回城了，但这个外乡人却坚持要从森林中走出去。当然，希尔不否认因为他拿了补给后红着脸转身就跑的行为让她产生了很深的误解。

俊美的外乡人低着头，从脸一直红到了耳朵。

身后的部下们发出了一阵窃笑声。

"……"希尔莫名觉得有点惭愧，干咳了两声后转移了话题，"你叫什么？"

"格伦，我叫格伦。"外乡人说完，以飞一般的速度跑了。

原本跟在他身后的外乡人们笑嘻嘻地对她挥手，也匆匆离开了。

08

就是这一天，希尔看到了一个与众不同的世界。

巨大的冰雪一般的人形怪物指挥着无数小怪物涌上城墙，被外乡人们打落。城门被攻破之后，整个海音城的大街小巷都挤满了怪物，希尔躲在城西的图书馆里，瑟瑟发抖。

战斗持续了一天一夜，等到一切结束的时候，希尔才壮着胆子从图书馆里走了出来。

满地都是这座城市居民的尸体，外乡人们成群结队地从复活点里走出来，若无其事地咒骂着杀了他们几次的怪物害他们爆了好多装备。

希尔呆呆地看着熟悉的街坊邻居的尸体，巨大的痛苦袭击了她的内心，她不禁跪倒在路边嚎啕大哭了起来。

外乡人们古怪地看着这个哭泣的少女，窃窃私语，猜测着这是不是什么隐藏任务。

其中几个走上来，大大咧咧地问道："美女，你有什么需要我们帮忙的吗？安葬尸体啊，报仇雪恨啊，都可以啊，给我来个隐藏任务呗。"

"滚。"一个冷冰冰的声音响起，上前询问的外乡人本想骂回去，结果一抬头看到了来人的脸。

他们立刻噤若寒蝉，一声不吭地走了。

希尔仍在哭泣着，并没有觉察到刚才帮她赶走骚扰者的人还站在她身边，久久地凝望着她哭泣的脸，似乎陷入了天人交战之中。

感觉到了眼前的光被挡住了，希尔抬起头，是那个斗篷人，格伦。

他蹲了下来，递了一块手帕给她："别哭了，人死不能复生。"

这原本是一句很平常的劝慰，可是此时满怀伤心的希尔却痛心不已，她愤怒地质问道："凭什么呢？这是你们这群外乡人带来的灾祸，可你们不会死，我们却会死！明明不是我们的错啊！"

格伦怔怔地，他无法回答："……对不起。"

希尔终于止住了眼泪，她满面悲伤地看着尸体，喃喃道："要是我能做出复活药水就好了……"

"需要什么材料？我给你……我是说，我我我会让人帮你留心。"格伦问道。

希尔摇了摇头:"我只是个中级药剂师,而能做出复活药水的神级药剂师,那可是从来没有人到达过的领域。"

"你要相信自己,我……我……我也会帮你的。"格伦说道。

可你是谁?

不等希尔问出这个问题,一群外乡人已经找了上来,七嘴八舌地对格伦说道:"老大,可算找到你了,现在帮会里一团乱,你倒是好,跑到这里来……呃,妹子你好!又见面啦。"

希尔记得这个人,当时怪物攻城的时候,这个人也跟在格伦的身后。

"居民的尸体,我们会组织人员收殓,我先送你回去,走吧。"格伦说道,不等希尔拒绝,就已经将她从地上拉了起来,脸上还带着可疑的红晕。

希尔愣愣地被这个人带着,往药剂店的方向走去。

从格伦那个话唠的下属嘴里,希尔总算弄明白了格伦的身份,原来他是红日帮会的帮主——希尔听说过这个帮会,这群外乡人来到这里后通常会加入一个帮会——这个帮会现在实际控制着海音城,这里也就是这个帮会的根据地。

"管理帮会可麻烦了,老大最不耐烦这种事情了,所以就是苦命的我来做。哎,摊上这么一个老大,我可有得苦了。"名叫尼多的话唠摊了摊手,一脸无奈。

格伦斜了他一眼,没说什么,倒是尼多自己不吭声了。

日子又恢复到了从前的平静,死去的居民不会复活了,但是外乡人却越来越多。

海音城又是一派热闹的景象,希尔的药剂店比从前还要忙碌,除此之外她还有了新的工作——海音城的药剂师学院邀请她前去进修了!

这封邀请函是格伦带给她的,希尔拿着邀请函反复问了好几次:"真的是邀请我吗?"

格伦点头:"对,他们觉得你有成为高级药剂师的天赋,邀请你去进修。"

狂喜之后,希尔狐疑地看着他:"不会是你命令他们给我发了一张邀请函吧?"

这个怀疑是很有道理的,自从希尔知道格伦的身份之后,她逐渐明白了这个从前饿晕在森林里的外乡人到底有多么大的权势。他是这个海音城的实际拥有者,暂代城主的职务,每天看起来忙忙碌碌,有时候他会偷偷跑到希尔所在的药剂店,一脸苦闷地说让他躲一躲工作。

希尔看着他英俊的脸上那无奈的表情,不禁觉得一阵好笑,心中和格伦的距离感一下子被消弭了。

格伦是个很有趣的人,他时常用一副拒人于千里之外的表情来掩饰自己内心的害羞。

对,他其实很害羞。

和希尔说话的时候,他就经常脸红,次数之多让希尔不禁自恋地怀疑起了这个外乡人是不是喜欢她——直到她发现格伦和隔壁卖猪肉的大妈说话都会脸红紧张之后,她才打消了这个念头。

有一次她好奇地问了格伦这个问题,格伦红着脸,半晌才说:"我有异性恐惧症。"

希尔有点同情又有点失落地看着他:"看来你是找不到女朋友了。"

格伦:"……"

药剂师学院就建在海音城内,距离市政厅不远。

希尔进入学院后就拼命学习,她属于自学成才,没有接受过系统的药剂学教育,所以在进入学院后立刻发现了自己野路子出身的不足,埋头苦学了起来。

学院里的老师都很有趣,而且各个都是欺负外乡人的好手——来这里求学想要深入学习药剂学的外乡人学生都被指挥得团团转，每天忙得苦不堪言。

在亲眼见到和蔼可亲的导师给一个外乡人学长布置了超难的长线任务之后，看着学长心如死灰的脸，希尔不禁给了他一个同情的眼神。

幸好，幸好老师们对她还是很和蔼的。

虽然她经常为了做实验不得不忙到半夜，但好歹格伦会经常来看她呀，还给她带了好吃的宵夜。

"我就猜你在实验室。"格伦来了，堂堂海音城城主半夜竟然爬墙进学校，还爬窗幽会NPC，说出去简直能上八卦论坛首页大新闻。毕竟在玩家们眼中，这位神神秘秘的海音城城主是个很高冷的人，他话不多，也很少笑，对爱慕他的女玩家更是不假辞色，活脱脱一条冷艳高贵的单身狗。

然而格伦本人丝毫没有偶像包袱，爬窗的时候没有半点心理障碍，而实验室里的希尔也很淡定——第一次看到格伦爬窗的时候还有一种错乱感，但是现在她连扭头都懒得扭了。

"今天带了什么好吃的？"希尔认真调配着呼吸药水，头也不抬地问道。

"撸串，外乡人的特产。"格伦介绍了起来。

希尔完成了最后一步，确定自己的这份药水成功了，而上涨的经验条恰好满了，她升级成了高级药剂师！

"耶！"希尔忍不住跳了起来。

"……不用这么激动。"格伦还以为她真爱撸串，"你喜欢的话，都给你吃。"

喜欢的妹子想吃，那多少都给啊！

"我升级了！现在是高级药剂师了！"希尔兴奋地拉住了格伦的手，"谢谢你送我来药剂师学院！不然我肯定会被卡在中级药剂师上！"

被暗恋的妹子拉了手，格伦"腾"地一下脸红了："你……我……都是你……自己的努力。"

激动中的希尔看着面红耳赤的格伦"咯咯"地笑了起来："你的脸好红啊，我看起来这么可怕吗？"

"不，你……我……你……特别可爱！"格伦说完，整个人都要烧起来了！

恨不得立刻就跑去单挑 BOSS 冰雪女巫。

希尔眼睛亮亮地看着他，笑眯眯地问道："哪里可爱？"

"哪里都可爱！"格伦语无伦次了起来，"第一次……遇到你的时候，你……我……你就……我以为我遇到了天使。"

希尔："？"

"你是说你被饿晕在森林里的那次吗？"希尔问道。

这糗事看来是要被人记一辈子了。

但还是要在妹子面前挽回一下尊严，于是格伦结结巴巴地解释了一下当时的事情。

原来那时候他为了做一个建立玩家帮会的隐藏任务，在那片森林里徘徊了多日，任务期间他无法和外界联系，最后所有食物都吃光了，药品也用尽了，眼看着任务要失败，没想到遇上了恰好路过的希尔。

"那你为什么跑那么快？"希尔奇怪地问道。

"……因为太丢脸了。"格伦说。

那时候他已经饿晕了。希尔坐在地上，给他喂了水，当他醒来的那一刻，蒙眬中看到了一个美丽得像是天使一样的姑娘，顿时一见钟情。天使还好心送了他食物和药品，让他成功坚持到了任务结束。

但是让一见钟情的妹子看到了他当时的糗样，格伦还是好长一段时间不敢去见她。加上完成了组建帮会的隐藏任务，忙于庶务，每次都是穿着斗篷行色匆匆地冲到希尔所在的药剂店，将找到的好东西一股脑儿塞给她，然后拔腿就跑。

如果不是那一次怪物攻城的意外事件，他恐怕现在还在偷偷送东西呢。

可是。

可是希尔是个 NPC。

身为玩家的格伦比谁都清楚他们之间的区别，也为这份感情而暗自纠结痛苦，可是一看到希尔微笑的脸庞，他怎么也没法断然割舍这段暗恋，宁可默默忍受着，小心翼翼地攫取一丝丝的幸福和甜蜜。

他还是想将自己的心意告诉她，哪怕注定不会有结果。

"咦，这么说来，你们这群外乡人其实是从另一个世界来的？"希尔一边啃着烧烤，一边喝着饮料，还要分心听格伦说话。

　　"嗯。"格伦点点头。

　　"倒是听说过，其实在我们眼中，你们才好奇怪呢。原本我们平静地生活在自己的世界里，然后有一天，女神告诉我们说外乡人要来了，她给了我们一些叫游戏币的东西，也给了我们任务，她说……"希尔不好意思地嗫嚅了两声，"她说让我们好好奴役你们。"

　　"……"格伦回想起了在新手村的岁月，那被NPC们奴役支配的日子，真是不堪回首。

　　"不过我从来也没做过这种事！"希尔赶紧为自己辩白，说着说着就红了脸。

　　"嗯，我知道，你一直是个很好心的姑娘。"格伦也脸红了。

　　两人像是在比赛谁的脸更红，一句话都说不出来，傻乎乎地一起撸串。

　　"希尔。"格伦鼓起勇气，叫了她一声。

　　希尔的心砰砰直跳，一种女性的直觉让她觉得一阵忐忑，又一阵期待。

　　"嗯。怎么了？"

　　"那个……你觉得我怎么样？"

　　"你挺好的呀。"

　　一张好人卡到手，格伦有点蒙，转念一想，希尔又不知道"好人卡"的意思，这肯定是无意的！

　　"我是说，嗯……你……那个……我……"格伦纠结了半天，最后嘴里的话变成了，"你要不要来我们工会当药剂师？我们急需高级药剂师！"

　　希尔愣愣的，有点失落，又有点松了口气，她笑了笑："好呀，我一定来！"

　　格伦失魂落魄地走了，一路上面无表情，吓得帮会里的人还以为出了什么大事。

只有他的好友尼多猜出了一些端倪，笑嘻嘻地用手肘戳格伦："是不是被你的小天使拒绝了？"

格伦阴沉沉地看了他一眼。

身为多年好友，尼多可不怕他，还乐呵呵地嘲笑了他一番："你就省省吧，人家是NPC啊，你追求了又怎么样？难道你还能跟她结婚不成？"

格伦瞥了他一眼，走开了。

被丢在原地的尼多："见色忘友！"

12

也许是希尔在药剂学方面还挺有天赋，她进入学院不到半年就已经毕业了——以高级药剂师的身份。学院方面还邀请她留校任教，但是她婉拒了。

她答应了格伦要去红日帮会当驻会药剂师，自然不想食言。

红日帮会是个很有趣的地方，希尔和这群有趣的外乡人相处，原本对他们的芥蒂也慢慢消除了。她意识到外乡人其实和他们没有太大区别，虽然他们从另一个世界而来，每天热热闹闹打打闹闹，但是本质上他们也是人类，有着人类的感情和人类的需求。

然而……

这群外乡人，真的太花痴了。

在拒绝第十个求交往的外乡人之后，希尔红着脸抱着书本匆匆走向配药房，身后还有一群起哄的男男女女，被拒绝的外乡人虽然有点失落，但还是很坦然："我就知道小天使没那么好追，我有心理准备了！"

"毕竟是我们帮会的吉祥物嘛，被你追走了其他人可怎么办？"其他外乡人说道。

"得了吧，你们也就三分钟热度。希尔可是NPC啊，她怎么可能答应和玩家谈恋爱？游戏公司这是想往恋爱养成的方向发展吗？"

"谁说不可以啊，你们没看最近的帖子吗？最近的热门帖子就是有玩家追到了一个NPC,那个玩家还坚信这些NPC其实和人类一样,并不是什么程序。"

"怎么可能,这要不是程序难道还是真人扮演吗?哪来这么多真人扮演NPC啊。"

一群玩家为了这个问题吵了起来。

希尔远远地听了一会儿,若有所思。

为什么这群外乡人觉得他们这群原住民和外乡人是不一样的呢?他们明明就都是人类啊。

带着这种困惑,希尔求助了格伦。

格伦沉默了很久,轻声道:"我觉得,我们是一样的,可是很多人并不这么认为。"

"为什么呢?"希尔问道。

"……因为,我们来自另一个世界。"格伦慢慢地说了出来,"我们认为,是我们创造了你们,所以你们和我们不一样。"

希尔不太明白,迷惑地看着他:"可是在你们到来之前,我们已经度过了很漫长的时光,数百年数千年来,我们都生活在这片大地上,究竟是为什么,你们会认为我们不同呢?"

格伦无法回答,他只能说道:"也许,是因为人类的傲慢吧。"

希尔似懂非懂。

|13|

"有时候,我会觉得这是一个真实的世界,而不是什么游戏。"格伦对好友尼多说道。

尼多耸了耸肩:"老大,并不是你一个人这么感觉,所有玩家都有过这样的困惑,因为这里的一切都太真实了。"

"《异界Online》,真的是一个游戏吗?"格伦问道。

"是啊,怎么不是,我们的身体现在还躺在营养舱里呢。外面怎么说的来着?为了减轻过量的人口对地球造成的负担,人类将分批进入营养舱,在这个游戏中度过自己的余生。我们作为第一批志愿者,算是最先领略到这个新世界的风貌了,甚至比想象中更好玩更刺激,反正我是不想回到现实世界了。"尼多称赞了一下这个游戏。

"如果,我是说如果,这个世界并不是一个游戏呢?"格伦又问。

尼多的神色变得凝重了起来:"我不希望这样。老大,如果这真的不是一个游戏,那么这里到底是哪里?"

"另一个世界,一个真实的,不是被人类创造出来的世界。"格伦说道。

"那这个游戏开发商要被告到破产,因为虚假宣传和欺骗消费者,这个游戏也可能会被永久停运,说不定我们再也不能来这里了。"尼多做出了最悲观的预测,"你暗恋的希尔小天使也没法和你谈恋爱了,因为你可能再也来不了这个世界。"

"是吗……"格伦看着窗外。

"说起来,希尔小天使现在很受欢迎啊,帮会里好多玩家都在追她,但是她全都拒绝了,老大,她是不是也喜欢你呀?"尼多一脸八卦地问道。

"……别瞎说。"格伦冷着脸,心想真的该多管一下帮会的纪律了。至少不能让这群闲得发慌的家伙去骚扰希尔!

另外,表白这件事真的该提上日程了!

⊤14

这天,格伦来到希尔的配药房。

"希尔,今天有空吗?我带你去一个地方。"

今天可是情人节,从昨天起大街小巷上就满是情侣,格伦在被帮会成员们揶揄了数次之后,终于鼓起了勇气,前来邀请希尔。

哦,红日帮会的帮主在追求一个 NPC 的事情也被捅了出去,多嘴的尼多快乐地将这件事告诉了每一位帮会成员,这群吃瓜群众纷纷震惊了:"什么,老大竟然真的喜欢妹子啊!"

看他这么多年清心寡欲看到女人就脸红说不出话走开,还以为他一辈子都要当单身狗呢!

谁料原来他早就看上了NPC妹子,还把人连哄带骗地弄到了帮会里来,这是要近水楼台先得月啊!

于是在情人节前夕,每个帮会成员在见到老大的时候都用微妙的笑容问候他:"约到了吗?"

格伦冷着脸,飞快地走开了。

身后还传来帮会成员的议论声:"老大也开窍了啊,有前途了!"

"可是希尔小天使是NPC啊,他们要怎么办?能结婚吗?"

"这个……游戏还没推出这个系统啊。从现实层面来说,人类和虚拟人物结婚可能也不被允许啊。"

"唔,说到这个话题,最近关于《异界Online》的质疑声越来越大了啊。"

"因为同期几个虚拟现实游戏也上线了,但是没有一个做到《异界Online》这么逼真,业内人士说现在的游戏技术根本不可能做到有这么多性格不一样的NPC,简直像是真人一样。"

"说不定就是真人呢。"

"开玩笑,哪来这么多真人扮演NPC呢?"

"你听说了吗?还有一个说法是《异界Online》根本不是一个游戏……"

正在忙碌着配药,为了瓶颈期头疼不已的希尔迷茫地抬起头:"去哪儿?"

"别问了,跟我去就对了。"格伦红着脸,强作镇定地说道。

"哦,好啊,那你等我一下,我把这副药剂配完就去。"希尔说道。

看着沉迷工作无心约会的暗恋对象,格伦一阵心累,总觉得这条追妻道路不会太顺利。

希望今天能顺利表白，为此他可是忍着羞耻参阅了大量恋爱指南。

离开帮会后，两人沿着小路走出了海音城——为了不让希尔发现今天满大街都是秀恩爱的情侣。

希尔来到海音城有一年的时间了，但是大部分时间不是在药剂店就是在药剂师学院，就连海音城都没有好好逛过，更别说是城外的风景了。一路上她都显得十分兴奋，东张西望。

离开了海音城后，格伦召唤出了自己的宠物马骑了上去，然后对希尔伸出手："骑马快一点，上来吧。"

希尔眨了眨眼，害羞地将手递了出去。

两人骑着马，穿过了一座有着湖泊的峡谷，来到了山上。

居高临下地看去，海音城坐落在海岸边，蔚蓝的大海上倒映着温柔的日光，海风徐徐吹拂，让希尔不禁闭上了眼，感受着这一刻的恬静。

"这里可真美。"希尔说道。

"嗯……我……我听说这里风景不错，想带你……来看看。"格伦又切换到了异性恐惧症的模式中，手心发汗，没法像以往一样流利地表达自己的感受。

希尔知道他的毛病，也不介意，笑眯眯地看着他："谢谢你带我来这里。"

格伦紧张极了，慌乱地从道具栏里拿出了一捧鲜花："送给你！"

"啊？谢谢。"希尔接过了花，顶着这一捧色彩鲜艳的玫瑰发愣。

他是什么意思？是那个意思吗？他是不是对我有意思？

这个念头不断地在希尔脑中盘旋，她一会儿忐忑，一会儿犹疑，捧着花不知如何是好。

"希尔，我……我从第一次见到你的时候，就喜欢你了！"格伦终于鼓起勇气，说出了心里的话，"我知道我的不善言辞给你带来了很多困扰，可是，我，我真的……你……那个，愿意吗？"

原来他真的喜欢我！

希尔心跳加快，害羞地低下头，盯着怀里的玫瑰花默不作声。

"你不愿意吗？"见希尔不回答，格伦更加紧张了。

"在你的眼中，我和你一样吗？"希尔突然问了这样一个问题。

"当然！"格伦斩钉截铁地回答道。

希尔笑了："好，我愿意。"

格伦的表情定格在了惊喜上，可是下一秒，意外突然发生了。

"系统公告：《异界 Online》发生异常，现在开始紧急维护，请所有玩家现在到安全区退出游戏，倒计时结束后将强制退出，30，29，28……"

"怎么回事？"希尔诧异地看着天空，刚才就是那里传来了这样的提示。

"……我必须离开一下了。"格伦拉住了希尔的手，"游戏出了一点问题，我们所有外乡人都必须离开。放心，等维护结束了我们就会回来了，希尔，你一定要等等我。"

希尔呆呆地看着他："你要去哪里？"

"回原来的世界……算起来，这一年我都没有回去过了。"格伦说道。

营养舱里的玩家都依靠营养液维持生命，机器人管家则会定期为他们补充营养液。对这群第一批进入虚拟世界的玩家来说，游戏的世界比现实有趣无数倍，所以他们并不期待回到现实。

可是终究是要回去的，例如现在。

倒计时走到了 0，希尔看着牵着她的手的男人化为一道白光，消失在了她的眼前。

他走了。

外乡人的集体离去引起了原住民的一阵恐慌，大家猜测着这群外乡人是否还会回来，可是没人知道答案。

外乡人们走后，海音城变得安静了许多，再也没了往日的热闹，药剂店、服装店、餐厅……所有店铺的生意都一落千丈，原住民们抱怨着再也没有好骗的外乡人来帮他们打扫家里的卫生顺便帮他们跑腿了。

外乡人组建的帮会自然也没了人，希尔孤零零地在红日帮会里走着，只有被帮会雇佣的几个原住民在树荫下闲聊，再没有其他人。

日子一天天过去了，希尔一直等着格伦回来，可是却没有他回来的消息。

他送的玫瑰花早已凋谢了，希尔把其中一朵摘了下来，将花瓣做成了书签，夹在了她的日记本里。她想，如果格伦真的不再回来，她一定要留住这个纪念。

这种没有尽头的等待令人恐惧，希尔无数次从噩梦中醒来，梦见她白了头发，可是刚刚向她告白的爱人却依旧没有回来。

他还会回来吗？希尔静静地看着窗外，找不到答案。

一周过去了，一个月过去了，半年过去了，海音城平静得像是一潭死水。原住民们从原本的怀疑变成了现在的笃定，他们相信这群外乡人已经被伟大的女神大人送走了，再也不会来打扰他们的生活了。

虽然他们总是抱怨着外乡人给他们带来很多麻烦，但是没了他们，生活却少了很多乐趣。

希尔却从不参加他们的讨论，她每天埋头研究药剂学，朝着神级药剂师的伟大目标努力着。现在药剂师学院的老师们已经为她这个后来居上的学生骄傲了，还热情邀请她去授课，这一次希尔没有拒绝。

只是听课的学生少了很多，毕竟外乡人们已经离开了。

讲课结束，希尔问了他们一个问题："你们欢迎外乡人来吗？"

学生们面面相觑："嗯，怎么说呢，他们真的给我们带来了很多麻烦啊。以前我们的世界里可没有那么多奇怪的怪物，上一次的怪物攻城事件我还记忆犹新。"

"不过没有外乡人的话，我们的药剂也卖不出好价钱了，根据统计98%的需求量是那群外乡人创造的。"另一个药剂师学生说道。

"坦白说我不太喜欢他们，但是既然女神让他们来到了这里，那么一定有她的道理。我想，我还是愿意和外乡人们和平共处的。"有一个学生说道。

"可他们还会回来吗？"一个学生担忧地问道。

希尔点了点头,微笑道:"会的,我相信他们,一定会回来的。"

毕竟她是如此地想念着格伦啊。

17

时间飞逝,转眼一年过去了,希尔在药剂师学院的邀请下担任了讲师,在高级药剂师的道路上,她发现了从前没有发现过的问题。虽然所有人都夸她有天赋又很努力,也许有生之年可以成为神级药剂师,希尔本人却没有那么自信,但她还是在朝着这个目标不断努力着。

这一天,希尔像往常一样给学生们授课,可是上课到了一半,却突然地震了!

希尔组织学生跑到教室外的空地上,不安地看着天空。

地面上突然冒出了白光,一个又一个的外乡人凭空出现在了学院中,他们激动地东张西望:"真的回来了?还是在我最后下线的位置。嗨,大家好啊,一年不见了,想我们了吗?"

"总算回来了!这绝对是我经历过的时间最长的维护!"

"什么游戏维护啊,都怪游戏公司打官司,硬是打了一年,总算澄清了游戏的问题,这根本不是什么虚拟游戏啊,而是把我们这群玩家意识空投到了异次元平行世界!天哪,我现在好有心理压力啊,外星朋友们到底怎么看待我们这群人?我们以前到底做了多少蠢事啊!"

"天知道啊!不过这次总算可以和NPC们谈恋爱甚至结婚了,很好很好,我要去找漂亮的妹子恋爱了,噢耶!"

"哈罗,外星朋友们大家好啊!我是来自地球的玩家,穿过那么遥远的时空来到你们的世界,真是打扰大家了。"一个外乡人搞怪地对一脸迷茫的土著们说了起来。

希尔上前一步,强忍着激动的心情问道:"这里是你们最后下线的地方吗?"

几个外乡人点头:"是啊是啊。"

希尔捂住了嘴,朝着海音城外的方向跑去。

18

风从她的耳边掠过,希尔一刻都不敢停下,她追逐着这风、这日光,还有倒映在她心中的格伦的身影。

穿过峡谷的时候,前方传来了一阵马蹄声,虽然隔着茂密的丛林,希尔还是有了一种预感。

她停了下来,气喘吁吁地看着前方。

一个骑着马的外乡人从那里出现,第一眼就让希尔热泪盈眶——是他!

格伦翻身下马,一把抱住了她。希尔控制不住眼泪,抱着他嚎啕大哭了起来,像是要把这一年来的思念都倾诉出来。

"对不起,耽误了这么久。"格伦轻声道歉。

在这分别的一年里,他每天都在思念着他的天使,也忧心着会不会永远见不到她,万幸他总算是回来了。

现实世界的人类发现了《异界Online》中的世界原来是异次元的真实世界,他们只是打开了通往异次元的通道,来到了这个新世界。这推翻了他们从前的认知,为此他们必须修改相应的法规,并将这个世界的人当作平等的人类来对待。

"只要你回来就好。"希尔破涕为笑。

"希尔,我爱你。"格伦说道。

这一次他虽然害羞,却没有结巴,因为这一句话,在这分别的一年里,他已经练习了无数次。

希尔羞红了脸,却踮起脚给了他一个轻轻的吻。

"我也是。"

PART 3

一个善于催稿的编辑

其实给他们发最后通牒短信的时候,我已经飞机落地来到他家楼下了,当他仓皇出逃的时候,正好被在楼下守株待兔的我逮个正着。

从前有个编辑，特别擅长催稿。在他面前，那些从前在拖稿上劣迹斑斑的大神没有一个不准时交稿的，业界拜服，于是有记者前去请教诀窍。

编辑：大概因为我是个擅长沟通，并且有行动力的人。在和大神合作之前，我会亲自过去当面和大神交流一下对作品的看法，全方面地了解合作对象。

记者：具体是哪些方面呢？

编辑：他的长相、年龄、家庭住址、最高手速、爱好、性格特点。

记者：那你是怎么开展催稿工作的呢？

编辑：这很简单，首先，通过QQ或者微信和大神沟通，告诉他编造的截稿日期，通常来说他们不会准时交稿，而且假装自己没上QQ没看微信，所以在编造的截稿日期快到的时候你需要给他打电话了，但你很快会发现自己的电话也被拉黑了。

记者：那可怎么办呢？

编辑：这很简单，用备用的手机号码给他发一条短信，告诉他给你回个电话，不然你就要买机票过去上门堵他了。

记者：哦哦，然后他们就会交稿了吗？

编辑："图样图森破"，他们会离家出走逃避交稿！

记者：那可怎么办？

编辑：其实给他们发最后通牒短信的时候，我已经飞机落地来到他家楼下了，当他仓皇出逃的时候，正好被在楼下守株待兔的我逮个正着。当然也有人死不出门，企图假装不在家顽固抵抗，这时候你就需要乔装成送快递的 / 送外卖的 / 查水表的人，在他开门的一瞬间，强硬地挤进他的家中。

记者：……如果他依旧不肯写稿呢？

编辑：我的皮箱里会带上很多东西，我的枪，我的刀，我的手提电脑，如果他以"电脑坏了"为借口，我就将我的电脑借给他，如果他说"我需要一点时间"，这种时候你就应该微笑着从皮箱里掏出你的手枪，开始仔细擦拭，并且耐心地说："好的，亲爱的，我就在这里看着你。"接下来的几天就比较难熬了，因为你们会经历一场疲劳的艰苦战役，但是相信我，他会屈服的。

记者：为什么？

编辑：因为在他交稿之前，我会一直站在他身边，拿枪顶着他的头，而散发着香味的饭菜就在他手边，只有当他写完了早上 / 中午 / 晚上的份额的时候，才能吃上这一顿。哦，顺便说，我拔掉了他的网线，把他的猫关在笼子里和他一起挨饿。千万不要相信他说自己想睡一会儿这种鬼话，逼他保持清醒，不然他可以从下午四点睡到明天八点。相信我，你必须这么残忍，他才会按时交稿。

记者：……果然如您所说，您是个擅长沟通而且有行动力的人。

编辑：谢谢夸奖。

PART 4

记一次特别的假期旅行

"这个岛,很奇怪。"老大看着"噼里啪啦"打在玻璃窗上的雨点,喃喃道,"这个村子里的人很少和外人联系,很多人要么不离开这里,要么离开后再也不回来。"

01

假期跟同学去老家玩耍是一种什么样的体验?

身为一名资深知乎爱好者,我很希望能够给这个问题写一个愉快的回答,骗几个赞,然而正在一艘颠簸的小船上呕吐的时候,我除了"后悔"实在没有第二种想法了。

这后悔程度仅次于发现自己被骗进了传销窝点。

"我为什么要跟你来这个鸡不生蛋鸟不拉屎的破海岛?"我崩溃地问老大——这次假期寝室活动带头人。

老大推了推眼镜,交叉双手搁在写字台上,摆出一副经典反派造型,故作深沉道:"因为我要给你看个宝贝。"

"看个鬼啊!呕……"我发出了一声绝望的呐喊,小船剧烈地颠簸了一下,仿佛过山车从轨道的顶部疯狂向下冲去,一股不可遏制的呕吐欲望冲了上来,我立刻抱住垃圾桶继续呕吐。

老四"哈哈哈哈"地狂笑了起来:"你看,他吐得像条狗!老二,今天起我们就叫你狗二了!"

"老四你给我等着!"我咆哮一声,特想给那傻逼一拳。

老四没良心地嘻嘻笑着,开始表演原地反复横跳:"来啊,打我啊!给我一拳!来啊来啊!"

"有种下次下副本别喊爷爷我带你！"我恨恨道，这仇老子记下了，不报不是人！

"嘿呀，我找老三带我，老三带我飞，哦耶！"老四说着，快活地跑去船头找沉迷拍海景的老三了。

我的室友都是傻瓜。

我翻了个白眼，有气无力地躺在地上，一脸生无可恋地看着老大。

"滚开！"我说。

老大神神秘秘地笑了起来，给我递了一瓶水："欢迎欢迎，不过你得先洗洗嘴，太臭了。"

我彻底没了脾气，漱完口蔫蔫地问道："还有多久能到你老家？"

"再过两个小时吧，自己雇的小船比不上快艇的速度。"老大说道。

"台风快来了，这天气人家快艇也不出海了！"我郁闷道，"你花了多少钱才'嘀嘀打船'成功？"

老大又是神神秘秘地笑："还好，都是亲戚，便宜的。"

又是一阵大浪，我再次抱住垃圾桶哀嚎："我为什么要想不开！我为什么不在寝室里舒舒服服地三刷《克苏鲁之心》！我为什么要来你老家？"

"可能是因为爱情吧。"老大一本正经地说道。

"……滚！"

02

悲剧起源于一场"安利"。

在通关了游戏《克苏鲁之心》的那天，我"中二病"发作，振臂一呼："纱布尼古拉斯，孕育万物的黑山羊！降临吧，降临吧！"

全寝室都用看神经病的眼神看着我，我开始滔滔不绝地向室友们"卖安利"，倾情推销《克苏鲁之心》这款游戏。

"真的很好玩,讲述了一群大学生假期探险来到一座荒岛上,发现几百年前为了躲避战乱而居住在荒岛的遗民们。这个岛屿上处处都透着诡异,最后这群学生发现这群岛民竟然是一群狂信徒,正在祭祀召唤邪神降临,Normal Ending 里全体死光,我还在探索 True Ending。"

"来玩吧,STEAM 火热打折中,价廉物美,买一款你吃不了亏,买一款你上不了当,朋友,买游戏吧!"

"克苏鲁的乐趣就是看人类在追寻真相的道路上全都死光光,那个氛围,那个渺小,那个无能为力,啧啧,带感,特别带感。"

在我喋喋不休的推荐下,三位室友都买了游戏,其中老四是一边嘲笑我一边买的,老三看了一下游戏画面,决定买了——说是场景绘得不错,符合了他这个"艺术家"的审美,至于老大,则是在我软磨硬泡下买的。

通关之后,老大无意中提起了自己幼儿园之前是跟着爷爷奶奶住在一座小岛上的。

那座岛早已被废弃了,岛上的几百户居民只剩下七八户,还都是一群不愿意搬走的老年人,因为岛屿被荒废,建筑早已坍塌大半,硕果仅存的一些也都爬满了藤蔓植物,看起来倒是颇有绿野仙踪的趣味。

于是寝室那三只混蛋就在无视我意见的情况下决定搞一次假期短途游,目的地就是那座荒岛。作为一个精神上的巨人,行动上的死宅,我对出门是抗拒的,但是在三人的威逼利诱下还是挥泪告别了舒适的寝室,踏上了旅游的不归路。

03

抵达了荒岛。
我已经把胆汁都吐干净了。
生无可恋,奄奄一息。

老三和老四从船头下来，看到被老大扶着的我，老四还疯狂嘲笑了起来："狗二，你咋地了？不行啦？那可不行，明天可是你生日啊，我们还要给你看个宝贝！"

老三拿着他的宝贝单反做了个拍照的姿势："来，寿星，给你拍个照吧。"

"滚滚滚滚滚！"一脸菜色的我哪能让这群损友拍到我萎靡不振的样子，立刻挥手让他们滚蛋了。

老大回头和这艘小船的主人商量了，台风快要来了，明天肯定走不了，让他等台风过去了再来接我们，而我们则会暂住在老大爷爷奶奶的家中。

"我们就是来这里吹台风的吗？"我更加崩溃了，"这里连电都没有啊！"

老四那贱人开始摇摆："嘿，朋友，带上你的充电宝，可惜手机没信号，你来这里吹台风，台风吹跑你裤衩，随着台风一起摇摆，一二三四！"

我更想揍他了！

平心而论，小岛的景色还是不错的，老旧的水泥路已经开裂，长满了荒草，沿路的老屋都已经废弃了，甚至还有一棵大树从没有屋顶的屋子中长了出来，墙壁上长满了爬山虎。

老三这个摄影狂魔已经彻底把持不住了，一路上疯狂拍照，老四"夫唱妇随"在一旁帮忙，偶尔还要冲进镜头里搞事，玩得贼开心。

然而我不开心，我郁闷地问老大："你爷爷奶奶家还有多远？"

"快了。"老大淡定地说，"首先，让我想想是哪条路……"

"？！"

在不靠谱的老大的带领下，我们终于找到了那间小屋。

位置很猎奇，竟然是在一条山沟沟里，老大说这座荒岛上有九条山沟，人最多的时候每条山沟都有人居住,人称九寨沟。

真的九寨沟要哭了。

和我预想的不同,老大的老家不是沿途那种木头屋,而是水泥的房子,虽然看起来也有不少年份了,但好歹院子里还接了自来水,不需要自己打井水。

天气越来越阴沉了,我迫不及待地想进屋子休息一下。

老大大步流星地走向老屋,一边走一边喊:"爷爷,奶奶,我回来了!"

院子里静悄悄的,屋子里也静悄悄的,就连老四都觉得不对劲了:"这院子好像很久没人打理了。"

我闻言才认真打量起了这间屋子。

就两洗菜用的台子上都积了一层落叶,露天水槽里也是一样,水缸的积水都长了绿藻。

"奇怪,人呢?"老大在屋里屋外转了一圈,也是一脸纳闷。

"你别是记错了屋子吧。"我对老大的记性不抱希望了。

"不可能。"老大断然否认了,"四年前我还来过。"

"……四年前。"我一脸懵逼。

"逢年过节都是爷爷奶奶来我家的,我很少来这里。"老大说,"你们等着,我去附近几户人家看看。"

"我们不会还要打扫房屋吧!"老四一脸崩溃地走进去转了一圈,回头疯狂吐槽,"不是吧,还真的要自己打扫啊!"

我走了进去,屋子里弥漫着长久无人居住的味道,虽然门窗完好,可是桌子上地上都积了一层灰。

我一脸绝望地走了出来,发现老三不见了。

"老三人呢?"我问道。

"哦,他说去附近拍点好看的照片。"老四耸了耸肩,这种事情太常见了。

然而,直到老大回来,老三还是没有出现。

他失踪了。

05

台风快要来了,今晚就会在附近登陆,我们三人紧张地顶着狂风找人,未果。

雨越来越大,我被迫回到了那间屋子里。老大已经回来了,点了一盏煤油灯阴沉沉地看着窗外。

"老四呢?"我问道。

"在楼上,他说头晕要睡一会儿。"老大回道。

我不太放心,上楼看了一眼。老四蜷缩在散发着一股沉闷霉味的被子里,看起来睡着了,我叫了他一声他也没醒,就没再叫他,下楼找老大去了。

晚餐在沉闷中度过了,吃的是压缩饼干泡热水。这时候我才发现外面的自来水管道里其实没有水,还是从井里打上来的。

入夜了,整个岛屿寂静无声,只有台风"呼啦啦"地吹着破屋,好几个地方都开始滴水。

我的内心是崩溃的:"这大雨天老三会不会淋死啊?我们还是报警吧。"

老大斜了我一眼:"你的手机还有信号?"

我看着自从出海后就再也没有信号的手机,一脸绝望。

"老大,你老家到底是闹哪样啊?大家人都到哪里去了?"我问道。

"我也不知道,我不太来这里……之前给爷爷奶奶打电话的时候还是能打通的。"老大皱着眉,看着落灰的房间,突然轻叹一声,"其实我不太喜欢这里。"

"为什么?"

"这个岛,很奇怪。"老大看着"噼里啪啦"打在玻璃窗上的雨点,喃喃道,"这个村子里的人很少和外人联系,很多人要么不离开这里,要么离开后再也不回来。"

"这种与世隔绝的岛屿,要是我肯定是不要回来了。"我说道。

"还不是因为你推荐了《克苏鲁之心》,我们这也算是体验生活了。"老大笑道。

我笑不出来,浑身都是不祥的预感:"闭嘴,在这种阴森森的地方你就别提这种游戏了,老三还不知道在哪里吹冷风呢,千万别是死了。"

"说不定是被献祭给哪个邪神了。"老大在我的推荐下也对克苏鲁文化有了不少了解,随口说道。

"别别别,您就别叨叨了成吗?"我赶紧让他闭嘴,不要说这种恐怖的联想。

老大戏谑地笑了起来:"你不是很喜欢这种神神叨叨的东西吗?哦,其实我们这个村子确实有不少奇怪的地方,我小时候听说过好几起离奇的失踪案,都发生在这个小岛上。村子靠近山麓的地方还有一个教堂,据说是很早以前一个传教士来这里修的,在我小时候有个人死在了里面……"

"啊啊啊啊啊啊啊啊啊啊,闭嘴闭嘴闭嘴!"我承认我怂了,越听越害怕,从椅子上跳了起来,"我拿点吃的给老四去,他还病着呢!"

06

我其实一点都不关心老四那个小混蛋的身体健康,纯粹是老大的话题越来越恐怖了,我这人虽然平时咋咋呼呼的,但其实胆子贼小,这种诡异的环境下讲这种话题实在是太可怕了,我可受不了。

我一手端着碗里的热水泡压缩饼干,一手拿着手电筒照明,阴暗逼仄的水泥楼梯上,一种难以描摹的恐惧在我心头压抑着,我看着前方的黑暗,和墙壁上岁月的痕迹,蓦然觉得一阵恐慌。

"老四?"我轻声叫了一声。

他没有回应我,可能是睡着了。

我从楼梯里拐了出来,推开了房间的门。

漆黑一片。

手电筒惨白的光照亮了这里，原本铺着略带霉味的寝具的水泥床上空空如也。

就好像刚才睡在被子里的老四从来也不曾出现过。

"老大！！！你上来看看！！！"慑人的恐惧在第一时间袭击了我的心脏，我大叫一声，几乎歇斯底里。

楼下传来了脚步声，老大提着煤油灯跑了上来："怎么了？"

"老四他不见了！他刚才还在这里睡着的！"我一把抓住了他的胳膊，极其用力。

这时候我的表情一定是恐惧的，甚至是狰狞的，接二连三发生的失踪案让我有如惊弓之鸟。

老大阴沉沉地看着床铺，问我："你刚才来的时候，老四是在的？"

"对对，他有在，他睡在那里，盖着被子，我我我当时没叫醒他。"我语无伦次地说了起来，抓着老大胳膊的手一直没松开。

"你先冷静一下，你再好好想一想，刚才你来的时候确实有看到老四？你确定你看到的是老四？"老大问道。

无数恐怖的联想让我毛骨悚然，我拼命点头："我看到他了！他在睡觉的！肯定是他！"

老大皱了皱眉，在房间里寻找了起来。我像是刚破壳的小鸡一样跟在他身后，寸步不离。

这个房间里没有人，隔壁房间也一样，我们在二楼找了一圈，又去三楼找了一圈，最后才回到了一楼，一无所获。

在这个风雨交加的夜晚里，第二个人失踪了。

07

我整个人都不好了。

外面狂风暴雨,老四肯定不会自己想不开跑出去。我和老大一直在一楼,也没听到上面有任何动静。

老四就像是凭空消失了一样。

"也许他出去找老三了。"老大干巴巴地安慰我。

我有气无力地给了他一个白眼。

老大也知道自己的猜测有多不靠谱,干脆不说话了。

我俩像是两只被吓坏了的鹌鹑,在煤油灯前默默无语。

"在我很小的时候,我有个邻居姐姐。"老大突然毫无征兆地说了这样一句话。

我抬起头,看着他,煤油灯下他的大半张脸都隐没在了黑暗里,幽深而阴翳。

"也是这样的一个台风天,我家漏雨了,我和爷爷奶奶去了她家。她病了,在楼上睡觉,半夜里我听见了一声尖叫声,后来我就再也没见过她。"

一股凉意从地下冒了上来,一直钻到了我的心脏里,我的心跳"扑通扑通"地加快,艰难地问道:"她……她到哪里去了?"

老大摇了摇头:"我不知道,反正我没有再见过她。不过……"

"不过什么?"我追问道。

"算了,不说了,睡吧,我守上半夜,下半夜叫醒你。"老大说。

"别啊,说都说了,你就说完吧。"

"你不是都要吓死了吗?"老大笑了笑。

"你不说完我肯定睡不着了。"

"其实也没什么……我觉得那应该只是一场梦。"老大淡淡道,"后来的有一天,我在山麓旁的教堂附近听到里面有人在唱歌,听起来是她的声音,可是我推开教堂的门,里面空荡荡的,什么都没有。"

我哆嗦了一下:"肯定是你幻听了!"

老大耸了耸肩:"可能是吧,但是那个小教堂一直都挺邪门的,我听村里的人说里面经常传来意味不明的歌声,跟念经似的,听说还会屠宰牲畜上贡,不知道他们在做些什么。"

我咽了咽口水,作为一个克苏鲁深度中毒患者,我很难不把这种种离奇的异状和召唤邪神联系在一起,越想越害怕:"我要睡了!"

"喝杯牛奶吧,我包里还有一包牛奶。"老大说。

我觉得是该喝点东西压压惊了,于是点了点头。

老大找了个搪瓷杯,把牛奶包装剪开倒了进去,然后放在煤油灯上加热,温度上来了才递给我:"喝完睡吧,下半夜我叫你,等台风过去就会有人来接我们了。"

我点了点头,喝了一口:"给你剩一点吧。"

"你都喝了吧,我没胃口。"老大说。

我就干脆没给他剩。

过了十二点就是我的生日了,本以为会在这个小岛上度过一个别样的生日,没想到竟然是在这样的情况下。

牛奶很安神,明明刚才还为失踪的老三和老四揪心不已的我很快放松了下来,蜷缩在被子里,听着窗外的狂风暴雨陷入了沉睡之中。

天亮了。

等我意识都这点的时候,我猛地从被子里坐了起来。

屋子里一片寂静。

我立刻跳了起来,带着哭腔的声音在房间里回荡:"老大!你人呢?你到哪里去了?"

屋子里静悄悄的,没有人生活过的痕迹。

煤油灯不在了,牛奶包装袋也不在了,搪瓷杯更是消失无踪。

我冲出了屋子。台风已经过去了,天上淅沥沥地下着小雨,这个破败的院落里长满了荒草和藤蔓,唯独没有人迹。

我呆呆地站在门口,一时间竟然无法思考。

他们都去了哪里?

我回答不了这个问题。

那我应该去哪里?

去海边等着接人的小船?

可我怎么能一个人回去呢?

我想了很久,最后穿上了雨衣,拿起雨伞,朝着屋外走去。

我要去找他们,我一定可以找到他们!

我沿着开裂的水泥路往前走,一路走一路喊人,可是整个村子一个人都没有,没有人回应我。

我站在高坡上往下看,看到了山麓旁一个特别的建筑。

那是一间陈旧的教堂。

我的心猛地跳动了起来,着了魔一般朝着那个教堂走去。满脑子里都是老大对我说过的故事,他们会不会……是不是……会在那里?

我站在教堂外,绕着它走了一圈,每一扇玻璃窗都被封死了,什么都看不见。

我又回到了锈迹斑斑的教堂大门前,侧耳倾听。

里面似乎传来了吟唱一般的歌声。

我以为自己幻听了,我揉了揉耳朵,再次凑过去仔细倾听的时候,里面的声音停住了。

我呆呆地站在教堂门前,这一天一夜里发生的一切都是如此离奇,我的三位室友接连失踪，我来到了一个疑似发生过很多故事的秘密教堂前，里面传来了一阵似有若无的歌声。

这简直是个恐怖故事。

我汗毛倒竖地后退了两步，心生退意。

要不，还是等外面有人来了再……

不，万一他们就在里面呢？万一再耽误下去他们会遭遇不幸呢？

我犹豫再三，再一次将手按在了门上，轻轻一推。

"咯吱"一声，门开了。

09

一片漆黑之中，我隐约看到前方教堂的正中央站着一个黑色的人影，如同一个穿着长袍的稻草人，直挺挺地站在那里。

我吓得当即后退半步，逃跑的欲望再次占据了上风。

"你……你……是……谁？"我强忍着恐惧问道。

黑影没有动静，它像是一尊被冻结的雕像，矗立在那里。

光线太暗了，我看不清那到底是什么，我打开手电筒想照一照——该死的，关键时刻竟然没电了！

我大着胆子朝前走了一步，穿过了这扇腐朽的大门，身后突然有了一股风，一个麻袋从天而降，将我套在了里面！

我大叫了起来，一边叫一边挣扎。可是那个麻袋将我牢牢地套住，我感觉到了有人将我往前拉！这一刻我感觉自己身在一个噩梦之中，无边无际的恐惧将我彻底吞没。

我感觉到自己被一路拉扯着来到了一个空地上，我在麻袋里拼命滚动，外面却响起了奇怪的歌声，有人用古怪的腔调唱着古怪的歌词，让我毛骨悚然。

我怀疑自己是被卷入了什么恐怖的灵异事件中，甚至联想到了克苏鲁神话里……

我不敢想下去！

麻袋外有了一点烛光，我透过麻袋看到了几个人影，他们捧着那个蜡烛围绕着我转，手中似乎拿着什么武器。

我越想越害怕，浑身冷汗，无法思考。

直到有一个熟悉的声音响起。

阴沉沉的。

"Happy Birthday！"

10

麻袋被解开了。

失踪的老大、老三、老四，开始疯狂大笑，其中老四那个混蛋几乎捧不住手中的蛋糕。

我呆呆地坐在地上，心中有无数弹幕飞过，最大最粗的那一句是：友尽，绝交！

"毕竟是你的二十岁生日，我们想着要给你来个别出心裁的生日庆祝。"老大强忍着笑意开始解释来龙去脉。

我一脸麻木。

"这个岛的居民已经集体搬迁到别的地方了，现在根本没有人住，所以都没水没电了。"老大说。

"其实我们也没失踪，隔壁那屋子有个地下室，老三第一个去那里蹲着，然后是我，为了不被你发现，我是偷偷从窗户爬出去的。"老四一边笑一边揉肚子，上气不接下气。

"实话告诉你，你喝的牛奶里有安眠药，等你睡熟了之后，老大也走了，顺便把你的手电筒的电池给换成没电的了。"老三也笑。

"然后我们坐在地下室里，一起吃了顿自制火锅。"老大微笑着说道。

这下我可全明白了。

这一切都是这群混蛋搞出来的！什么神秘的岛民失踪事件，根本不存在！老大那个混蛋是故意编了故事想骗我到教堂来！然后这群混蛋套我麻袋，把我吓了个半死！

"那可真是谢谢你们了。"我冷冷道。

三人面面相觑，老四上来对我挤眉弄眼："我说老二，你不会是生气了吧？"

"没啊，我哪里敢生气，你们大老远把我骗来这里，不就是为了给我个惊喜吧？！我可惊喜了。"我皮笑肉不笑。

三人这才意识到问题的严重性，一叠声地给我道歉，做小伏低。

"我饿了，吃蛋糕吧。"我说。

三人赶忙把蛋糕捧了过来。我接过蛋糕，突然阴森森地笑了起来，一口气吹灭蜡烛，揪起一团奶油丢在了老四的身上，然后是老三，剩下的全都赏给了老大。

惨叫声在这个破旧的小教堂里响起，三人狼狈逃窜，而我一边狞笑一边抓人，堪比一个邪神的战斗力。

"老二饶命啊！别打啦别打啦！"

"高抬贵手，高抬贵手！主谋是老大，冤有头债有主，你找他去！"

"老弟，我们这不是为了给你个别出心裁的生日庆祝吗？！"

这恐怕是我过的最有"意思"的一次生日了。

终生难忘。

PART 5

男神
恋爱中

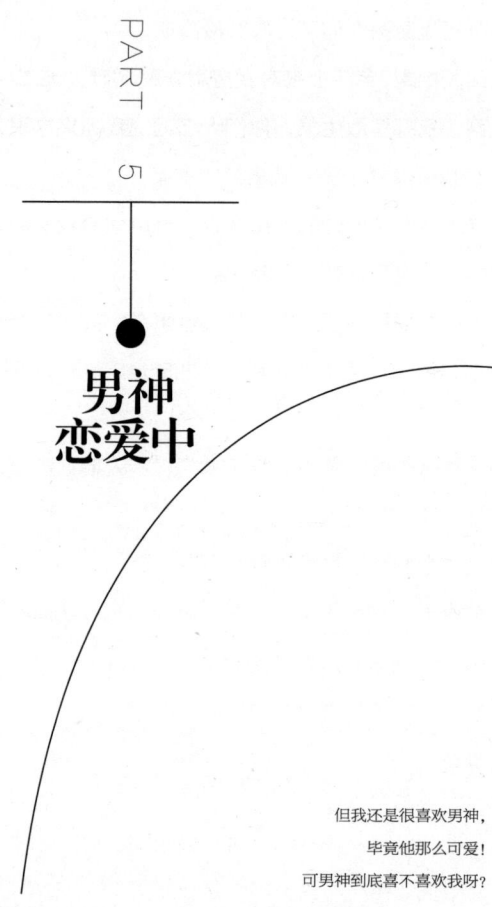

但我还是很喜欢男神,
毕竟他那么可爱!
可男神到底喜不喜欢我呀?

01

说起来,我也是有男神的。

我们在一个美丽的下雨天邂逅了。

我出门闲逛,浑浑噩噩不知道自己要去哪儿。

见到男神的那一刻,我更是想不起要怎么迈开脚步了。

我被丘比特的箭射中了心脏,心如擂鼓,人们管这个叫一见钟情。

雨淅沥沥地下个不停,我走不了,男神也是,我们一起在屋檐下躲雨。

我在偷看他,他也在偷看我,神情矜持,带着一丝男神的傲慢,却又像极了一个小王子。

我不敢说话,他也没有开口,我们就静静地在一起避雨。

我只想着,让这雨永远下下去,永远不要停。

可雨还是停了,男神对我点点头,转身离开了。

我呆呆地看着他的背影消失在眼前,竟然忘了追上去。

事后我追悔莫及,狂奔回家对妈妈呐喊:"妈,我恋爱了!!!"

我妈瞥了我一眼,继续睡觉,对我的终身大事毫不在意。

沮丧。

02

那个下雨天之后,我时常在那附近徘徊,终于再次见到了男神。

男神就住在这附近,他是个闲不住的,每天除了去学校,就是在附近散步。

有时候他坐在路边的长椅上,安静地享受阳光。有时候他只是路过。

如果附近有狗,他会嫌恶地避开,他讨厌狗。

男神真可爱,我们心有灵犀,我也讨厌狗!

唯一糟心的是,周围的女生被他的美貌吸引,疯狂地骚扰他。

她们给男神送好吃的便当,还试图揩油。

嫉妒让我怒火中烧,我冲了上去挤了进去,女生们的尖叫声让我耳朵疼。

我是狂热的,又是胆小的。面对男神的注视,我羞红了脸,结结巴巴地说了自己的名字。

男神对我点了点头。

我激动到要晕过去!

我真的恋爱了!

03

然后我就和男神认识了。

我每天都去看他,他有时候也来看我。

我们一起坐在长椅上晒太阳,没晒一会儿我就晕了,头昏脑涨地到了树阴下避暑。

我以为男神会嘲笑我连晒太阳都不行,可是他没有。

他迈着灵巧的步子来到我面前,歪着头看我:"喵?"

我笑了笑,找点水喝,解暑。

我很想靠近他、碰碰他,特别是他高高翘着的尾巴,但是男神矜持地避开了我，傲娇地走开了。

但我还是很喜欢男神，毕竟他那么可爱！

可男神到底喜不喜欢我呀？

哎，真想包养男神啊。

04

养男神毕竟是很费钱的，我吃喝全靠家里，拿什么养男神呢。

哎，再回家和妈妈叨叨恋爱的事情吧。

结果妈妈也出去了，我无聊地趴在窗头看了一会儿，吃了点饭，继续出门找男神去。

男神果然在那里，趴在躺椅上晒太阳，晒成一摊猫饼。

我刚想说话，路边蹿出来一条狗，眼睛发红，流着口水，一路乱叫乱咬。

妈呀，它是不是狂犬病发作了？

男神也坐了起来，警惕地看着狗，十分紧张的样子。

我腿都软了，动也动不了，眼看着疯狗朝我冲来，我尖叫一声，吓得迈不开腿。

男神"喵"地厉声叫着，从椅子上跳了出去，疯狗朝着它追去。

男神身手敏捷，迅速冲上了树，疯狗奈何不得，朝它一阵乱吠。

捉狗的人赶来了，一群人全副武装将这条疯狗抓了起来。

我松了口气，穿过人群来到了男神面前，一跃蹿上了树——这会儿我终于记得怎么上树了。

男神看着我，我看着他，害羞。

男神凑了过来，给我舔了舔毛。

"喵？"他问。

"喵！"我答。

我妈从街边路过，瞥了我俩一眼，继续翘着尾巴走开了。

看来这个点她是去隔壁街区找我爸蹭吃蹭喝打情骂俏了。

我开心地喵喵大叫："妈，我恋爱了！"

我妈给了我一个潇洒的背影："改天带回家看看！"

喜得我赶紧蹭了蹭男神的的鼻子。

05

"啊，男神有伴了！"一个女生指着树上的两只猫说道。

"好可爱好可爱！两只都好可爱！"另一个女生捧着脸说道。

我嫌她们吵，靠着男神呼呼大睡。

男神给我舔舔毛，也一块睡了。

午后阳光正好，猫咪们也恋爱了。

吸猫游戏

作者
薄暮冰轮

总策划
朱家君

选题策划
熊 嵩

执行策划
张益彬

责任编辑
何梦佳

封面设计
徐 蓉

设计总监
李 婕

宣传营销
郭海洋 蒋惊

运营发行
常蓦尘

出版社
长江出版社

总出品
漫娱文化

图书在版编目（CIP）数据

吸猫游戏／薄暮冰轮著.—武汉：长江出版社，2017.9
ISBN 978-7-5492-5344-9

Ⅰ．①吸… Ⅱ．①薄… Ⅲ．①短篇小说－小说集－中国－当代 Ⅳ．①I247.7
中国版本图书馆CIP数据核字（2017）第212535号

本书由薄暮冰轮等委托天津漫娱文化传播有限公司正式授权长江出版社，在中国大陆地区独家出版中文简体版本，并取得其他衍生授权。未经书面同意，不得以任何形式转载和使用。

吸猫游戏／薄暮冰轮　著

出　　版	长江出版社
	（武汉市解放大道1863号　邮政编码：430010）
出　　品	漫娱文化
	（湖北省武汉市积玉桥万达写字楼11号楼19层　邮政编码：430060）
出版人	赵　冕
选题策划	漫娱文化图书
市场发行	长江出版社发行部
网　　址	http://www.cjpress.com.cn
责任编辑	张艳艳
装帧设计	徐　蓉
印　　刷	湖南关山美印有限公司
版　　次	2017年9月第1版
印　　次	2017年9月第1次印刷
开　　本	780mm×1250mm　特规1/32
印　　张	8.5
字　　数	240千字
书　　号	ISBN 978-7-5492-5344-9
定　　价	35.00元

版权所有，翻版必究。如有质量问题，请联系本社退换。
电话：027-82927763(总编室)　027-82926806（市场营销部）